그 많은 봄날을

그 많은 봄날을

1판 1쇄 발행 **2024년 11월 2일**

지은이 **이경영**
발행인 **이선우**
펴낸곳 **도서출판 선우미디어**
등록 | 1997. 8. 7 제305-2014-000020
02643 서울시 동대문구 장한로 12길 40, 101동 203호
☎ 2272-3351, 3352 팩스: 2272-5540
sunwoome@hanmail.net
Printed in Korea ⓒ 2024. 이경영

16,000원

※ 이 책은 충청북도 충청북도, 충북문화재단 충북문화재단의 후원을 받아 예술창작활동지원사업의 일환으로 발간되었습니다.

ISBN 978-89-5658-777-6 03810

그 많은 봄날을

이경영 수필집

선우미디어
sunwoomedia

감사의 글

넓은 운동장 학교 울타리는 온통 노란 별빛으로 가득했습니다. 여고 시절 개나리 동산 벤치에 앉아, 단발머리 소녀들이 깔깔대며 놀던 때가 생각납니다. 어느덧 거울 앞에서 자신을 돌아보는 여인이 되었습니다.

먼 길 달려 이곳까지 왔습니다. 꿈을 꾸던 그 순간으로부터 오랜 시간이 흘렀습니다. 라일락 향 가득한 봄날 마음속에 한 알의 작은 씨앗을 심었습니다. 꿈을 꾸고, 그 꿈을 이루기 위해 노력하는 동안 저는 늘 행복했습니다. 그 꿈이 나를 키웠기 때문입니다. 이제 막 파랑새의 작은 언덕을 넘었습니다. 더욱 정진하여 다시 또 인생 2모작 농사를 지으려 합니다.

중부매일신문 '아침 뜨락'에 실린 글을 한 데 엮어 수필집으로 만드는 작업이라 그리 어렵지 않을 줄 알았습니다. 막상 원고를 교정하고 정리하는 동안 부끄러움투성이임을 발견했습니다. 다시 또 처음처럼 글을 쓰는 마음으로 읽고 또 읽고, 고치고, 다듬고…. 끝없이 정진하는 작업이었습니다. 살아온 이야기, 살아가는 이야기, 살아갈 이야기를 엮은 한 권의 수필집입니다. 가족끼리 서로 격려하며, 남편과 딸내미까지 합력하여 도와주었습니다. 과거를 돌아본다는 것, 현재를 산다는 것, 미래를 생각한다는 것 모두가 만만치 않은 일이었습니다. 부족한 글에 다시 새 옷을 입혀 얼굴 내밀어 봅니다.

작가의 작품세계를 써주신 이철호 선생님께 감사드립니다. 글쟁이로서의 가능성을 인정해 주시고 칭찬과 격려, 아낌없는 채찍질을 해 주신 송보영 선생님께 거듭 감사드립니다. 세심한 문학적 표현과 구성을 가르쳐주신 김윤희 선생님 고맙습니다. 어린 시절 신문 읽기와 일기 쓰기로 생각하고, 느낀 것을 기록하게 하셨던 친정아버지의 밥상머리 교육이 오늘의 저를 있게 해 주었습니다,

40년을 한결같이 나와 함께 해 준 남편은, 작가의 길을 함께 걷는 영원한 내 편이요 동역자입니다. 사위추천서와 함께 우리 가정의 든든한 버팀목이 되어 준 세 명의 사위, 사랑하는 딸과 아들. 며느리, 바라보기만 해도 기쁨을 주는 나의 비타민 손주들 혜원, 이솔, 승준, 이준, 지안, 지음 모두가 감사입니다. 나의 영원한 베이스캠프요 아낌없이 주는 나무인 연로하신 친정어머니께 이 책을 드립니다. 솔리데오 글로리아, 오직 하나님께 영광을!

2024년 가을

질그릇 이경영

차례

여름
夏

가을 秋

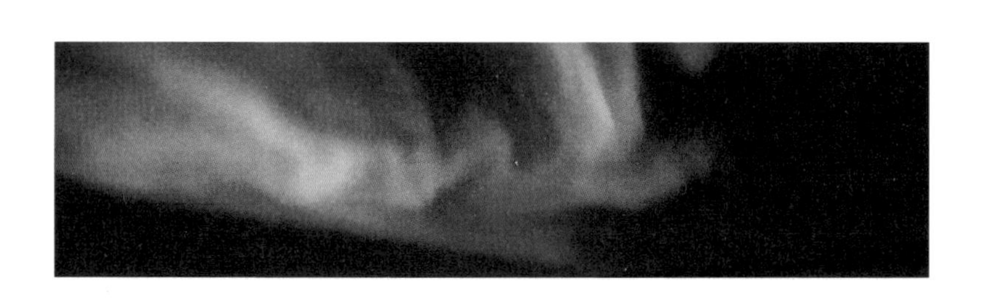

겨울
冬

어머니,
당신의 인생을
사랑합니
한나 · 보람 · 가은이가 걸어갈 엄마의 자리, 아내의 자
그리고 당신의 자리를 멋지게 살아준 그대.
진우를 가슴 떨리게 사랑해주는 '사랑' 그 자체인 엄마
당신에게 감사드립니다.
2019년 2월 26일 사 남매 드림

어머니가 계시는 곳이 고향이고 봄이다.

엄마! 하고 달려가면 언제든지 반겨주는 그곳이 친정이다

보리밥 도시락

누런 양은 도시락 빛바랜 뚜껑을 여는 순간 하얀 쌀밥에서 빛이 났다. 소년은 점심시간 교실에서 기름기 잘잘 흐르는 쌀밥 도시락을 먹던 그 날을 잊지 못하는 특별한 이유가 있다.

부뚜막에 걸린 가마솥에 불을 때면 사르락 짚불 타는 냄새와 밥 익는 구수한 냄새가 새벽을 깨운다. 졸린 눈을 부비고 일어나 고추장과 간장, 묵은지로 삼첩상을 물린다. 가방에 도시락을 넣고 부지런히 십 리 길을 걸어가야만 기차를 탈 수가 있다. 학교 근처 정거장에 내려야 할 때면 장에 가는 사람들과 짐짝, 한 무리의 통학생들과 힘 싸움을 해야만 한다. 몸으로 밀고 간신히 내리고 나면 책가방이 뒤엉켜 가방끈이 끊어진 적도 여러 번이다.

충북선 열차는 유난히 연착이 잦았다. 코맹맹이 역무원의 낭랑한 안내방송을 들으며 기차가 들어오기를 하염없이 기다린다. 뱃가죽이 등가죽에 달라붙어 꼬르륵~ 배고프단 신호에 더는 참을 수 없다. 한걸음에 기차역 광장 식수대로 달려가 벌컥벌컥 수돗물을 마시고 잠시 시장기를 면하고 기차역으로 달려오는데 뱃속에서 출렁 소리가 난다. 먹을 것이 부족하던 시절이었다. 가난한 농촌 소년은 역 근처 김이 모락모락 나는 십 원짜리 밀가루 풀빵을 냄새로만 허기를 채워야 했다.

하교 후 집으로 가는 길, 다시 또 십 리를 걸어야 한다. 밤길은 아침과는 그 분위기가 사뭇 다르다. 처녀가 한을 품고 죽어 목 놓아 우는 귀신이 나온다는 쌍고개를 홀로 넘어야 한다. 자신의 발걸음 소리에 놀라 머리끝이 쭈뼛쭈뼛 올라온다. 그렇게 고개를 넘어 늦은 밤 집에 도착하여 사립문 열자마자 가방을 던져놓고 쓰러지듯 잠이 들곤 했다.

기차 통학을 하던 50여 년 전 어느 날, 소년은 깜박 잠이 들고 말았다. 내려야 할 정거장을 놓치고 화들짝 놀라 엉겁결에 내린 역 앞에서 오도 가도 못할 신세가 되었다. 기차는 끊겼고 집으로 가기엔 너무 먼 길이다. 정신을 차리고 가만 보니 어릴 적 어머니를 따라갔던 먼 친척 집이 생각났다. 날씨 또한 매서운 추위로 하룻밤 신세를 질 수밖에 없는 피치 못할 상황이었다. 늦은 밤 대문을 두드리는 교복 입은 남학생이 누구 집 막내아들인 줄 아시고, 잠자리를 내주셨다.

다음 날 아침 잘사는 친척 집에서 하얀 쌀밥 도시락을 싸 주셨다. 친구들 앞에서 당당하게 도시락 뚜껑을 열고 맛난 점심을 먹을 생각에 학교 가는 길이 너무나 좋았다. 점심시간 뚜껑을 여는 순간, 당황한 시선이 그대로 멈추었다. 얇게 펴 넣은 하얀 쌀밥은 반찬과 뒤범벅되어, 한쪽으로 쏠려 도시락 속 반 정도밖에 차지 않았다. 미묘한 감정이 일순간에 올라왔다. 가슴으로 진하게 밀려오는 어머니의 사랑을 어렴풋이 알게 된, 남모르는 속울음을 삼키며 점심을 먹었다.

어머니가 싸주신 도시락은 늘 꽁당보리밥에 무짠지 반찬이 전부였다. 창피하다고 불평하며 먹던 보리밥 도시락은 책가방 속에서 이리 굴리고 저리 쏠려도 꽉찬 밥과 반찬이 섞이는 적이 없었다. 어머니의 도시락은 내 새끼 배고프지 말라고, 많이 먹으라고, 꾹꾹 누르고 눌러 흔들어 넘치도록 담아주었다. 어머니의 마음과 사랑이 그 안에 고스란히 들어 있었던 것이다.

하룻밤 재워주고 도시락까지 싸준 배려는 진심으로 고맙고 감사하다. 하지만 그 속에 담긴 마음은 달라도 너무 달랐다. 윤기 나는 하얀 쌀밥 도시락을 먹으며 소년은 '창고가 넉넉해야 인심 나듯 쌀밥을 먹되 넉넉하게 베풀며 사는 사람이 되어야겠다고 다짐하고 또 다짐했다. 열심히 공부해서 가난을 극복하고, 반드시 성공하고야 말겠다고 마음속으로 되뇌었다. 그날 반쪽짜리 쌀밥 도시락이 가난한 농부의 아들인 소년에게 미래에 대한 구체적인 꿈을 갖게 해 주었다.

십리 길 걸어 기차 통학하던 그 소년은, 이제 쌀밥보다 보리밥을 더 좋아한다. 건강식이라고 일부러 찾아 먹을 정도다. 밥에 물을 부어 몇 배로 불려 꿀꿀이죽을 먹던 그가, 밥보다 죽이라며 죽을 사 먹는다. 돌고 도는 달라진 세상에 격세지감을 느낀다.

어릴 적 젖배를 곯았다는 소년은 지금도 밥시간을 놓치거나 상차림이 조금만 늦어지면 허기를 참지 못한다. 배가 고프면 화부터 난다는 그는, "간식은 간식이고, 밥은 밥."이라는 밥식이 내 남편이다. 쌀밥보다 보리밥을 더 좋아하는 그의 소리가 들린다.

"여보~ 밥…."

친정엄마

엄마가 딸에게 전해 주는 인생 레시피, 누군가에게는 버려지는 고물이기도 할 것이지만 나에게는 보물로 거듭난다. 어느 집이나 엄마의 역할은 아무리 강조해도 지나침이 없다. 아이들을 다독이고 우애 있고 화목하게 지내도록 하는 집안 분위기는 엄마로부터 시작된다.

집 안의 해 '안해'가 바로 아내이고 어머니이다. 결혼 연령이 늦어지고 있는 요즘에 비하면 어려도 한참 어린 신부였던 친정엄마는 부잣집 막내딸로 남 부러울 것 없이 자랐다. 촌 부자로 농사짓는 게 싫다며 가난한 도시 총각에게 시집을 갔다. 홀어머니에 시동생 둘까지 책임져야 하는 고달픈 시집살이를 감내해야만 했다. 사는 게 너무 힘들어 눈물 훔치던 엄마의 뒷모습을 보았던 어렴풋한 기억이 있다. 돌이켜 보니 자식들 품에 끼고 지지고 볶고 살았던 그때가 엄마 인생에 가장 행복한 시절이었다고 말씀하신다.

엄마의 총기와 기억력은 상상을 초월할 정도다. 옛이야기를 시작하면 끝이 없다. 엄마로 아내로 며느리로 살아온 세월은 눈물 나게 가슴 아프기도 했지만 때론 너무 기뻤던 기억의 실타래를 계속 풀어내신다. 그 입에서 나오는 전설의 고향은 들어주는 사람만 있으면 밤을 새워도 부족하다. 일부종사하며 사 남매를 키운 젊은 날의 수고와 한숨은 돌아보면 눈물로 쓴 일기장이다.

엄마의 다림질은 일상이었다. 가끔 우리 집에 오시면 옷장 문을 열어 와이셔츠부터 바지까지 오랜 시간을 다리미와 함께하신다. 구겨진 주름이 쫙 펴지듯, 이 옷 입고 일하는 사위 인생에 시온의 대로가 활짝 열리길 기도하셨다. 사회생활 하는 남자가 깔끔하고 단정하게 옷을 입어야 하는 일도 잘 풀린다는 게 엄마의 지론이다. 엄마의 다림질 철학은 나의 딸들에게도 계속 이어지고 있다.

어머니가 계시는 곳이 고향이고 봄이다. 엄마! 하고 달려가면 언제든지 반겨주는 그곳이 친정이다. 엄마가 늘 하시던 말씀을 귓등으로 듣다 막상 그 일을 맞닥뜨리고 보면 알게 된다. '아! 그 말이 바로 이 뜻이었구나.' 깨달았을 땐 반 백년 이상 세월을 보낸 중노인이 되고서야 겨우 철이 든 게다.

그렇듯 곱고 예뻤던 엄마는 이제 허리가 굽고 오른손에 장애가 와서 마음껏 쓰지 못한다. 손이 마르고 한쪽 어깨를 쓰지 못해 지팡이에 의지해야만 걸을 수 있다. 어린아이들 유치원(幼稚園)에 보내는 젊은 엄마들이, 노오란 미니버스를 기다리고 있다. 그 옆에는 노치원(老稚園) 버스를 기다리는 어르신들이 있다. 유치원과 노치원의 극명한 대비는 세대 차가 나도 너무 난다.

극진한 사랑으로 아내를 보살피시던 아버지가 돌아가신 후 엄마는 내게로 오셨다. 아버지의 빈자리를 채우기엔 턱없이 부족하지만 아침저녁 부축을 받아 올라탄 주간보호센터 차가 출발하는 모습을 눈으로 봐야만 안심이 된다. 진자리 마른자리 갈아 주며 나를 길러주신 엄마를, 이제는 내가 다시 보살펴 드려야 할 때가 왔다.

아기가 태어나 어른이 되고 자기 자식을 키우다가 늙어 제 몸 추스르지 못할 때가 온다. 제 어미 기저귀를 자식이 다시 또 갈아주어야 하는 돌고 도는 것이 인생이다. 세월은 강물처럼 흘러 어느새 팔십 년이 훌쩍 지나갔다. 한숨 고개, 눈물고개 넘으며 고생한 기억은 저만치 가고 이제 자식만 남았다고 말씀하신다. 여기까지 오느라 고생하며 살아온 그 길, 잠시 왔다 가는 나그네 길이다. 언젠가 나도 따라갈 순례자의 길이다. 인생의 강물은 무심히 흐른다.

『한국문인』신작수필 2021.6.

요즘 아이들

수업 시간에 한 아이가 책을 읽고 있는 모습이 눈에 띈다. 나 역시 여고 시절, 선생님 눈을 피해 소설책 읽기에 빠져 시간 가는 줄 모르게 스릴을 즐기던 전과가 있다. 그 녀석을 십분 이해하고 못 본 척 적당히 눈 감아 줄 수 있는 아량을 베풀었다.

무슨 책을 그렇게 재미있게 읽고 있는지 궁금했다. 수업이 끝난 후 책장을 열어 잠깐 살펴보니 고등학교 졸업을 앞둔 학생이 쓴 자전적 소설이다. 《둥지》라는 제목부터 아이를 키우는 엄마의 호기심을 자극하기에 충분한 내용이다. 우연인지 일인칭 주인공인 지은이가 초등학교 까마득한 후배인지라 호기심이 생겨 단숨에 읽어 내렸다. 추천인 국어 선생님의 글은,

우리들은 아이들에게 좋은 환경을 만들어 주기 위해 노력한다. 좋은 환경이 아이들을 훌륭하게 잘 키울 수 있다고 믿기 때문이다. 그런 노력은 번번이 좌절에 부딪히곤 한다. 그러나 다행스럽게도 아이들은 좋은 환경에서만 훌륭하게 자라는 것은 아니다. 때로 극악한 상황 속에서도 놀랍게 건강한 모습으로 자라기도 한다. 무거운 돌을 밀어 올리고 돋아나는 새싹처럼.

내가 먼저 읽고 도서관에서 다시 빌려 딸에게 권해주었다. 다 읽은 후 엄마하고 서로의 생각을 나눠 보자 했다. 딸에게서 온 메일을 미처 다 읽기도 전에 난 울고 말았다.

나 때문에 부산하게 시작되는 엄마의 아침이 언젠가는 너무나 그리운 모습이겠지요. 그동안 엄마 힘들게 한 거 미안해요. 진심이 아니란 걸 느꼈으면서도 서운하고 아팠던 마음을 엄마에 대한 반항으로 말대꾸했던 것 같아요. 언젠가 제가 결혼하여 딸을 낳아 키우게 된다면 그제야 엄마의 진심을 이해하게 될까요? 엄마 부탁이 있어요. 화가 날 때는 말하지 말아주세요. 엄마도 모르게 튀어나오는 말들이 저에게 상처가 되니까요. 조금 참았다가 얼마쯤 시간이 흐른 후, 얘야, 이렇게 해 줬으면 좋겠다. 엄마가 지난번에도 그렇게 얘기한 것 같은데. 이렇게 말해 주세요. 저도 제가 뭘 잘못했는지 알고 있거든요. 오랫동안 많이 기다려줘서 고마워요. 이제 조금이나마 엄마를 이해할 수 있을 것 같아요.

제가 엄마를 사랑하고 존경하는 마음은 알아주셨으면 해요. 문학 시간이 즐거운 이유가 엄마 때문이고, 일찍부터 영어를 시작하게 해 줘 재미있고, 신나고, 자신있게 영어 공부를 하게 된 것도 엄마 때문이죠. 어린이합창단원으로 공연하며 폭 넓은 세계를 경험할 수 있게 해 준 것도 감사해요. 시의 아름다운 정서를 가르쳐준 것도, 책 많이 읽는 엄마의 태교로 독서를 좋아하게 된 그 모든 것들까지 모두가 고맙고 감사하죠. 엄마한테 받은 게 셀 수없이 많아요. 사랑하고 존경하는 우리 엄마. 마음 여린 우리 엄마. 너무너무 사랑합니다.

옆 사람이 있다는 것도 의식하지 못한 채, 주르르 흐르는 눈물을 감출 수 없었다. 진심의 소리를 말하며 지혜롭게 아웃 펀치를 날리는, 엄마보다 훨씬 나은 요즘 아이 우리 딸이다.

그렇게 고백하던 딸이 어느새 엄마가 되어 다시 또 요즘 아이를 키우고 있다. 어려운 환경을 극복해 가며 성숙하게 성장해 가는 과정을 소설로 쓴 후배 남학생. 사랑의 이름으로 순간마다 잔소리하는 엄마에게 멋진 충고를 하며 사랑을 고백하는 딸. 엄마보다 훨씬 더 성숙하고 야무진 사춘기 여학생 모두 요즘 아이들이다. 누가 이들에게,

"도대체 요즘 아이들 버르장머리 없고, 감각적이고, 가벼워. 세상이 말세야 말세."라 말할 수 있을까?

동서고금을 막론하고 할머니도 어머니도, 내 아이들도 눈에 넣어도 아프지 않을 손주들까지 현재 시점에서는 언제나 요즘 아이들이다. 언젠가 둥지를 떠나 자기 삶을 펼치게 될 요즘 아이들로 살고 있다. 급속하게 변하고 발전하고 있는 현대 사회 속에서 우리의 아이들 또한 빠르게 변화하고 있다. 야단을 칠 때나 놀아 줄 때도, 스마트한 부모로 살기 힘든 시대를 살아가고 있는 우리들이다. 그러나 확실한 건 그들의 어깨 위에 우리의 미래가 달려있다.

"우리 때는 말이야 ~ 엄마 때는 그렇게 했단 말이야~."

'라떼' 화법의 구닥다리 꼰대의 충고는 이제 식상하다. 개성 있고 독창적인 그들 삶의 방식을 이해하고, 소통한다면 화통하고 형통할 것이다.

친구(親舊)

어린 시절을 함께 보낸 죽마고우 셋이서 색다른 하루를 보냈다. 진주와 청주, 서울로 흩어져 사는 친구들이다. 우리는 청와대와 광화문, 덕수궁이 내려 보이는 서울 한 복판 전망 좋은 방에서 하룻밤을 지내기로 했다. 호캉스로 동갑내기 쥐띠 부인 회갑 여행이다.

'호텔과 바캉스'의 합성어 호캉스는, 호텔에서 휴가를 보낸다는 의미다. 호텔 안에 있는 부대 시설을 즐기며, 느긋하게 몸과 마음의 여유를 가진 하루는 즐거움 그 이상이었다. 아침 식사를 하다가 바라본 창밖 시청 건물에 걸려있는 시구(詩句)가 한눈에 들어온다.

"뜨거울수록 새하얀 입김. 그대가 얼마나 따듯한 사람이면."

그렇다 아침을 함께 맞이할 수 있는 따듯한 사람이 내 곁에 있어 참 좋다. 함께 자고 함께 먹으며, 일상의 소소한 이야기들로 시간 가는 줄 모르는 수다 삼매경에 빠진다. 게다가 코로나로 인해 한적한 남대문 시장에서 호떡, 만두, 어묵, 튀김, 떡볶이를 먹으며 가벼운 쇼핑을 하는 호사를 누릴 수 있어 더 좋았다. 친구들과 함께 회갑을 자축하는 화려한 외출이다.

추억을 함께 한 우리들 사이의 공통된 이야기는 끝없이 이어진다. 소녀 시절 마음의 격동기를 같이 보낸 친구들이다. 함께 있을 땐 아무것도 두려울 것 없이 호기(豪氣)를 부리던 때도 있었다. 오래된 시간이라는 보물을 간직한 값어치 있는 우정이다. 그리 길지 않은 인생길을 친구와 더불어 같이 갈 수 있다는 것은 참으로 고마운 일이다. 점점 순수가 사라지는 삭막한 세대에, 오랜 친구는 저절로 만들어지는 것이 아니다. 이제 새로운 사람을 만나기보다는 오래된 사람들과 더불어 묵은지 같이 깊고 진한 마음을 나누며 살고 싶다.

지초(芝草)와 난초(蘭草)는 둘 다 향기로운 꽃이다, 맑고 깨끗하며 높고 훌륭한 인품을 가진 두터운 벗 사이의 사귐을 이르는 지란지교(芝蘭之交)다. 지란(芝蘭)과 같은 친구가 가까이에 살고 있다면 얼마나 좋을까? 그런 친구를 곁에 두고 싶다.

저녁을 먹고 나면 허물없이 찾아가 차 한 잔을 나눌 수 있는 친구. 입은 옷을 갈아입지 않고, 김치 냄새가 좀 나더라도 흉보지 않을 친구. 비 오는 오후나 눈 내리는 밤에도 슬리퍼를 끌고 찾아가도 좋을, 밤늦도록 공허한 마음도 마음 놓고 열어 보일 수 있고, 악의 없이 남의 얘기를 주고받고 나서도 말이 날까 봐 걱정되지 않는 그런 친구.

바람결 따라 향기 속에 묻어나는 우정의 숨결로 이어진 50년 지기 친구들. 젊을 땐 아이들 키우느라 서로의 일상에 바빠 만나지 못했다. "그립고 아쉬움에 가슴 조이던 머언 먼 젊음의 뒤안길에서 이제는 돌아와 거울 앞에 선 내 누님 같은 꽃이 된 여인"의 자리에 와 있다.

이제는 친구가 보고플 땐 언제든 달려갈 수 있는 몸과 마음의 여유가 생겼다. "먼 곳에서 벗이 찾아오면 이 또한 즐겁지 아니한가(有朋 自遠方來 不亦樂乎)"라는 공자의 가르침을 굳이 듣지 않아도, 그런 벗이 있다는 사실이 감사하다.

좋은 친구를 만나 잘 된 사람, 나쁜 친구를 만나 망가진 사람, 어떤 친구와 어떻게 어울려 지내느냐 따라 그 사람의 인생과 삶의 빛깔이 달라진다. 그래서 친구를 두 번째 자기의 얼굴이라 하지 않는가. 진실된 마음을 나누고 함께하면 힘이 되는 친구가 있다는 것은 축복이다. 삶에서 친구가 얼마나 많은 영향을 미치는지, 핵가족 사회에선 더더욱 그런 친구를 가지기 쉽지 않다.

사 남매를 키우고 학생들을 가르치면서, 친구와의 사귐이 중요하다는 사실을 늘 강조했다. 서로 이해하고 감싸주며 믿음을 깨지 않는 한결같은 친구가 있다면 그것이야말로 성공적인 인생을 사는 것이라고 말한다.

한결같은 우정은 나무를 심는 것과 같다. 한번 뿌리를 내리면 다시 움직이지 않는 나무처럼 오랜 세월이 지났어도 변함없는 친구가 되어야겠다. 먼 훗날 그 나무 그늘 아래서 우리 아이들이, 다음 세대 누군가가 편히 쉴 수 있는 나무 같은 친구 말이다. 다시 또 친구들과 함께 할 호캉스를 꿈꾼다.

그 이름

사람은 자기 이름과 함께 평생을 살아간다. 이름은 그 사람을 가리킨다. 글을 배우고 익히면서 처음 써 보는 글자가 바로 자신의 이름이다. 엄마, 아빠, 가족의 이름을 아는 것에서부터 배움에 눈이 뜨이게 되는 처음 시작 단계다.

아이가 태어나면 부모는 이름을 짓기 위하여 매우 고심하며 소망과 의미를 부여한다. 세상에서 부귀영화를 누리며 행복하게 잘 살기를 바라는 간절한 뜻을 담는다. 그럼에도 우리 현대사의 여성 이름에는 남아선호사상이 뿌리 깊게 박힌 슬픈 이름이 많다.

친구 '말희'네 집에 언니가 많다는 사실을 그땐 알지 못했다. 생각해 보니 말희란 이름 역시 '딸은 이제 그만(末끝말 姬계집희)' 아들 동생을 보라는 어른들의 기원이 담긴 여섯 번째 딸 이름이었다. 갓 낳은 아이라는 갓난이, 아들이 아니어서 기대에 어긋났다 하여 언년이, 딸 그만이기를 바라는 딸그만이, 같은 뜻의 종말(終末)이, 후남(後男)이, 말순(末順)이….

혈통을 중시하는 가부장적인 우리 문화다. 남자는 족보의 항렬을 따라 이름을 매우 중요시했지만 여자는 특별한 경우를 제외하고는 이름다운 이름이 없었다. 어려서는 가정의 울타리에 속해 있었고, 혼인하고 나면 주로 친정집 지명을 따라 이름을 대신한 택호(宅號)인

청주댁, 서울댁, 진천댁, 강릉댁 등으로 불렸다. 여성의 이름은 시대에 따라 사회상이나 유행이 반영되고 변화를 거듭했다.

일제강점기 때는 창씨 개명으로 일본의 여성 이름인 '꼬(子)' 자를 사용, 영자의 전성시대를 이룬 영자(英子), 춘자(春子), 애자(愛子), 미자(美子) 등의 이름이 주를 이루었다. 봉건적이고 가부장적인 시대에는 순하다(順)의 순과 맑다(淑)의 '숙'을 강조한 영숙, 미숙, 경숙…의 이름이 많았다.

세월이 흐르면서 뜻이 좋고 음이 아름다운 이름으로 변모를 거듭해 여성미를 강조하는 희(姬), 옥(玉), 정(貞), 미(美), 혜(惠) 등의 이름으로 변화했다.

이제는 현대적이고 서구적 중성적인 느낌이나 개성을 강조한 새롭고 아름답고 예쁜 한글 이름이 많아지고 있다.

보기에 탐스럽기도 한 빨간 카네이션에, 연두빛 봉데이지와 편백나뭇잎으로 장식한 꽃바구니가 집으로 배달되었다. 분홍색 리본에는 '1985년도 옥천여고 제자 서운'이라 쓰여 있었다. 삼십 년이 지난 오랜 제자가 보낸 사랑과 정성이 가득 담긴 고마운 선물이다. 서운이는 공부를 제법 잘하는, 밝고 명랑한 소녀였다. 국립대학 국문과에 합격했지만 형제가 많았던 소녀는 가정 형편상 대학 진학을 할 수 없었다. 서운이는 다른 형제에게 그 기회를 양보하고 직장생활을 했다. 이제는 넉넉한 가정의 안주인이 되어 소중한 추억을 간직할 줄 아는 행복한 여인으로 살아가고 있다. 열여덟 여고생 제자가 오십 대 아줌마가 되어 그 옛날 선생님을 찾아와 그때는 알지 못했던 가슴 아픈 지나온 세월을 풀어낸다.

"선생님? 제가 아들이 아니고 딸이라고 제 이름이 서운이잖아요."

그 말에 순간 지금까지 예쁜 이름인 줄로만 알고 있던 나는 적지 않은 충격을 받았다.

"그래? 그랬구나!"

"사실 저는 무슨 뜻인지도 모르고 살았어요. 뒤늦게 제 이름을 짓게 된 이유를 알았어요. 그래도 저는 제 이름을 지어주신 부모님 원망하지 않아요. 사람들은 이름을 바꾸기도 하지만 이제껏 살아온 이름을 소중히 여기고, 어떻게 사느냐가 더 중요하다고 생각해요. 호랑이는 죽어 가죽을 남기고, 사람은 죽어 이름을 남긴다잖아요. 제 이름에 부끄럽지 않은 삶, 이름값을 하고 사는 것이 더 중요하지 않을까요?"

서운이는 제 이름을 사랑한다고 거듭 강조한다. 살면서 사랑하면서 이름값하고 사는 게 중요하다는 서운이의 말이 아픈 기억으로 남는다.

산삼(山蔘)

천지 분별없이 논밭길을 헤매고 다니는 어린 소년에게는 자연이 놀이터였다.

아들 오 형제 중 가운데 낀 소년은 그리 큰 존재감이 없는 서열이었다. 위에서 명령하면 아랫사람은 무조건 복종해야 하는 군대식 상명하복 분위기에서 자랐다. 시키면 시키는 대로 해야 했던, 단조로운 일상이 답답해 늘 시골 생활을 탈피하고 싶었다. 소년은 왜 공부를 해야 하는지, 어떻게 살아야 하는지 도무지 꿈이 없는 학생 시절을 보냈다.

그날도 이리저리 짐짝 같은 통학버스를 탔다. 옆 사람의 거친 숨소리와 찌든 땀내가 코를 찌르는 좁은 틈새를 비집고 들어가다 선배의 가방끈을 뚝 떨어트렸다. 큰일났다 싶은 순간 선배와 눈이 마주쳤다.

"너 일요일 11시까지 우리 동네 교회 앞마당으로 와. 거기서 기다릴 테니까."

하늘 같은 선배의 약속 아닌 명령을 지켜야만 했다. 두렵고 떨리는 날이 점점 다가왔다. 두려움과 걱정으로 고민하다가 미리 약속된 장소에서 선배가 사는 동네 쪽 길을 초조하게 바라보고 있었다. 그런데 선배는 예상했던 쪽이 아닌 반대편에서 걸어왔다. 환하게 웃는 얼굴로 소년을 반겨주었다. 험상궂은 얼굴로 마땅히 한 대 칠 줄 알았는데 뜻밖이었다. 잘 왔다며 손을 덥석 잡고 교회당 안으로 들어갔다.

세상에 태어나 처음으로 예배당에 발을 디디게 된 연유다. 그곳은 질풍노도 인생의 방황기에 있던 소년을 따듯하게 품어준, 어머니의 젖가슴 같은 곳이 되었다. 그때부터 시간만 나면 문지방이 닳도록 드나들었고, 자신도 모르는 사이 발걸음은 집 이상의 집으로 향하게 되었다. 의지와 상관없이 억지로 따라 간 걸음이었지만, 삶의 목표와 꿈을 찾은 전환의 여울목이 되어 신학 공부까지 하게 되었다.

그는 은혜 가운데 신실한 아내를 만났다. 집안 내력인지 사내아이만 둘을 낳아 여전히 여자가 귀한 가정으로 살았다. 동서남북 분간이 어려운 영동의 깊은 산골 마을과 보은(報恩)에서 농촌 목회를 했다. 열정을 다해 개척교회 목회를 하는 중 행복한 가정에 먹구름이 몰려왔다. 면역력이 바닥으로 떨어진 아내의 건강에 이상 신호가 온 것이다. 가난한 목회자에게 치료를 위한 약값을 감당하기에 터무니없는 한계가 있다. 한창 자라는 두 아들과 아픈 아내를 위해 새로운 삶을 모색해야만 했다. 결국 짧은 기간에 도제수업과 같은 전문 기술을 익혔다. 이제 그는 욕실 인테리어 리모델링을 하는 타일 기술자로 변신, 그 분야의 전문가가 되었다.

고등학생 시절 통학버스에서 운명적인 만남 이후, 그는 목사가 되었고, 그 선배는 장로가 되어 오랜 세월이 흐른 후 다시 만난 것이다.

그는 "나를 나되게 인도해 준 선배님 가정을 위해, 지나온 시간 동안 하루도 빠지지 않고 기도했고 지금도 여전히 기도하고 있습니다." 라고 고백한다.

어느 날 불쑥 찾아와, 빨리 어디를 가야 한다며 팔을 끌었다. 입으로만 하는 감사는 감사가 아니다. 고마움을 갚아야 한다며, 산삼이 있는 곳을 가자며 걸음을 재촉했다. 몸에 좋은 기운을 받으려면 각자 따로 먹어야 한다고 깊이 감추어둔 산삼(山蔘) 두 뿌리를 건넸다. 투병중인 아내를 위해 몸에 좋다는 약초를 구하러 온 산을 헤매고 다니다보니 심마니가 다 됐단다. 유독 그의 눈에만 잘 보인다는 귀한 산삼을 난생처음 먹었다. 산삼을 먹었다기보다 그 속에 담긴 그의 사랑과 진심을 받은 것이다. 지금도 딸 부잣집 우리 아이들을 수양딸 삼아 따듯한 정(情)을 주고받는다.

그는 시간이 날 때마다 자신의 달란트로 가난한 과부와 고아를 돌아보는 봉사의 손길을 펼치며 살고 있다. 어디선가 무슨 일이 생기면 슈퍼맨처럼 나타나 뚝딱 해결해 주고, 뒤도 돌아보지 않고 사라진다.

소년 시절 우연한 만남이 인생길에 동역자가 되어, 황혼길을 함께 걷는다. 그가 준 산삼 먹고 건강하게 살다, 하늘에서 부르면 돌아갈 그날까지 평생 동역자가 있다는 것이야말로, 큰 복(福)이다.

시장풍경(市場風景)

세월 따라 삶의 모양과 살아가는 방식이 달라진다. 친정아버지는 고향을 떠나 일가친척 없는 서울에서 생계를 위한 장사를 시작하셨다. 젖도 떼지 못한 어린 아기를 포대기에 싸 등에 업고 매서운 추위에 동상이 걸렸던 이야기, 나를 잃어버리고 온 시장통을 다 헤매다, 경찰서에서 찾았다는 어머니의 이야기는 백 번도 더 들었다. 그래도 고생이 고생인 줄 모르고 앞만 보고 사셨다는 부모님이다.

그 시절 제법 산다는 사람들의 도시락 반찬으로 어묵과 소시지가 잘 나갔던가 보다. 한국냉장에서 매일 물건을 갖다주는 대로 팔고, 후불 계산을 하는데 매상이 제법 높았던 것 같다. 우리 형제들에게는 한냉 아저씨가 수금하러 오는 날을 손꼽아 기다리던 달콤한 기억이 있다. 아저씨가 오는 날에는 종합선물 과자 세트나 케이크를 선물로 꼭 들고 오셨기 때문이다. 엄마 아빠 힘든 건 안중에 없고, 과자 상자를 뜯고 그 달달함에 빠져, 다음 달 아저씨가 오는 날만 손꼽아 기다렸다.

시장은 부모님 삶의 터전이었고, 무에서 유를 만든 디딤돌이었다. 낯설고 물선 곳에서 사 남매를 키우며 살림을 일으켜 집도 사고 땅도 사며 자수성가를 이룬 터전이다. 엄마 아빠는 늘 바쁘셨지만 자녀 교육에 우선순위를 두었다. 전기구이 통닭을 손에 들고 오는 날이면 온 가족이 둘러앉아 아버지의 꿈과 바람을 들었다. 가끔 우리 사 남매를 데리고 자장면 집에 외식하러 가는 날에도 "아버지가 힘든 줄 모르고 새벽부터 열심히 일하는 이유는 오로지 너희들을 위해서다."라는 잔소리 같은 아버지의 훈시를 들어야만 했다.

우리를 얼마나 사랑하는지 고백하시는 아버지에게서 정서적 친밀감을 느낄 수 있었다. 가족을 최우선으로 두고, 성실하게 사시는 아버지의 뒷모습을 보며 우리는 자랐다.

시장에는 사람 사는 냄새가 난다. 온종일 시장통을 헤집고 돌아다녀도 피곤한 게 뭔지 몰랐던 그때다. 야간 자율 학습 시간이면 친구들과 간식값을 걷어 신촌 시장에 가서 떡볶이, 순대, 튀김, 호떡을 사온다. 그날 밤 교실은 여고생들 웃음꽃이 가득 피어나는 먹자판이 된다. 토요일 오후 '남싸롱 가자'고 하면 남대문 시장으로, '동싸롱 가자'면 동대문 시장, 이태원 보세 시장으로 친구 따라 우르르 몰려다녔다. 삼삼오오 가시내들이 안목을 높이겠다던 시장 놀이는 쇼핑이라기보다는 우리들의 놀이터였다. 선머슴 같던 그 소녀들이 누구는 시어머니가 되고 장모님이 되었다. 손자 손녀들의 재롱에 일희일비하는 고상한 할머니가 되어 오래된 거울을 들여다본다.

시장에 가면 열심히 살아가는 사람들을 만난다. 남대문 시장 리어카 좌판대 스피커 소리는 리듬에 맞춰 손과 발로 박자를 딱딱 맞추는 기막힌 재주가 놀랍다. 북적거리는 사람들 틈 속에 밀고 밀리며 보물 같은 신기한 물건들을 보는 재미에 저절로 발길이 머문다.

"골라 골라! 어제 왔던 미스킴이 오늘 또 왔네. 영등포 아줌마도 오셨구 성북동 아저씨도 오셨네. 골라 골라~ 맘껏 골라. 두 장에 오천 원."

여기저기 들려오는 손님 유치작전의 익살스러운 멘트는 이미 시작된 전쟁이다. 그곳이야말로 '서민의 서민에 의한 서민을 위한' 곳이다. 사람들 냄새가 나는 시장은 꿈을 향한 희망과 힘겨운 노동이 공존한다. 각자의 색깔과 모양으로 피어올라 사람들 사이의 공감대가 만들어지는 곳이 바로 시장이다.

언제 어디서든 사고 싶은 것은 부담 없이 쉽게 살 수 있던 동네 시장을 가는 것에 브레이크가 걸렸다. 아담과 이브의 만남으로 면 단위 조그만 마을에서 신혼살림을 시작했다. 낯선 곳에서 처음 마주한 장터는 물건을 가득 실은 요란한 경운기 소리가 아침을 깨운다. 2일과 7일이면 어김없이 장(場)이 들어서는 오일장(五日場)과의 만남이다. 난전이 펼쳐지면 농산물과 가축들 사람들이 함께 밀고 밀린다. 과일, 채소, 어물, 잡화, 가축시장으로 붐비는 장터 길목에 주름진 손과 때 낀 손톱, 그을린 얼굴에 주름살 가득 패인 할머니의 채소들이 손짓한다.

"새댁 이리 와 봐." 이가 빠진 할머니는 손주들 책이라도 사 줘야 한다며 깨끗이 다듬은 열무를 권한다. 필요해서보다는 인정에 끌려 장바구니에 담는다. 그 위에 쪽파와 호박 따듯한 마음까지 얹어주시는 덤 속에 담긴 할머니의 정(情)이다, 어쩌다 할머니가 보이지 않으면 어디 아프신 건 아닌지 은근히 궁금해지기도 했다. 봄에는 봄나물이, 여름엔 신선한 채소와 풍성한 과일이, 가을엔 감이 많이 나는 곶감 장이 열린다. 한가롭고 스산한 겨울 장까지 그곳에서 시골 장터의 사계(四季)를 보냈다.

새봄 신혼부부는 새로운 임지로 떠나게 되면서 오일장과도 이별을 고한다. 동네 시장에서부터 조금만 차를 타고 나가면 대형마트와 백

화점이 있다, 토요 장터, 게라지 세일, 로컬푸드까지 시장풍경과 장터 문화는 계속 달라지고 있다. 손가락 하나로 똑딱 하고 결제하면 다음 날 새벽 현관문 앞에 배송된 재료로 아침 식탁을 차릴 수 있는 세상이다.

친정아버지 삶의 터전이었던 흑석동 시장은 사람만 바뀐 채로 그 자리에 그대로 있지만 내가 머물던 그곳이 아니다. 친구들과 몰려다니던 신촌 시장이나 남대문 시장도 계속 놀이터의 주인공들이 바뀐다. 야채만 파는 게 아니라 그 속에 따듯한 정까지 담아주던 할머니의 장터도 마음속에 있을 뿐이다.

그림처럼 펼쳐지는 장날의 아련한 추억과 시장풍경은 옛날이야기가 되어버렸다. 사라져 가고 있는 오일장을 우리 손주들은 볼 수 있을까?

(한국문인 하반기 백일장장원, 새한국 문학신보 제5호 2022.1.)

나의 농원(農園)

창밖으로 들어오는 햇살 가득한 봄 향기는 아름다운 그리움이다.

교실 밖 야트막한 화단에 심어진 라일락 향기가 허락도 없이 소녀의 가슴으로 파고들었다. 폴폴 흩날리는 매력적인 향기에 취해 애써 졸음을 참던 여고 시절이다. 점심시간 턱 괴고 창밖에 연분홍과 연보라, 하얀 별꽃을 바라보다가 깜박 책상에 엎드려 잠이 들었다. 그 시간이 너무 좋았던 소녀는 마음속에 그림을 그리기 시작했다. 나무를 심어야겠다는 꿈이다. 먼 훗날 내 집 앞마당에 라일락 나무를 심어 이 행복한 순간을 계속 이어가겠노라 자신과 한 약속이다.

꿈을 꾸는 사람은 행복하다. 그 꿈을 향해 나아가는 동안 마음껏 상상의 날개를 펼칠 수 있기 때문이다. 또 꿈을 이루려 노력하는 동안 누리는 기대감과 희망, 긍정은 무한 자산이 된다. 꿈꾸는 자가 누리는 자유와 기쁨이 있다. 라일락, 늘 푸른 소나무, 화사한 벚나무 열매 맺는 유실수까지 있는 나무 농장을 가지고 싶었다. 사계절 꽃이 피는 정원을 가지려는 야무진 꿈을 꾸던 소녀가 이순(耳順)에 그 꿈을 이루었다.

즐거움이 가득한 동네 다락(多樂)마을 나의 농장에 나무를 심었다. '다락뜰 농원'이라 예쁘고 사랑스러운 이름을 짓고 현판을 걸었다. 라일락, 단풍나무, 느티나무, 뽕나무, 열매를 따 먹을 수 있는 갖가지 유실수와 겨울에도 늘 푸른 소나무를 가득 심었다. 일 년 내내 꽃이 피고 지는 작은 화단까지 만들었다. 바람과 그늘, 초록이 주는 맑은 공기, 나무가 주는 선물은 아무리 강조해도 모자라지 않다. 파란 하늘이, 맑은 바람이, 따사로운 햇살이 내게 선물로 주어졌다. 그 속에서 누리는 힐링과 쉼은 무엇과도 바꿀 수 없다.

나무가 주는 혜택은 무한하다. 맑은 공기와 피톤치드, 바람과 그늘까지…. 나무는 아낌없이 제 몸을 내어준다. 멀리서 바라보면 주황색 꽃이 줄줄이 피어있는 듯 감나무에 붉은빛 대봉감이 주렁주렁 달렸다. 건드리면 제 무게를 이기지 못해 떨어질 듯 간신히 매달려있다. 그 모습은 꽃이고 한 폭의 그림이다. 덕분에 아침저녁으로 대봉감을 따 먹는 행복이 있으니, 부자가 따로 없다. 나는 심기만 했을 뿐인데 햇빛과 바람이, 비와 눈이 나무를 키운다.

나무는 묵묵히 제 자리를 지킨다. 커다란 나무 그늘에서 뛰어놀던 아이가 어른이 되어 다시 찾아오지만, 산천은 옛 그대로 변함이 없되 곁에 있던 친구와 이웃은 간데없다. 대신 나무가 제 자리에서 그때 그 아이를 반가이 맞이해 준다. 편리함과 풍요로움을 찾아 이리저리 오가는 약삭빠름에 피폐해진 마음을 품어주고 어루만져 준다. 나무는 오래 참고 기다려준다. 아낌없이 제 몸을 내어준다. 열매를, 가지를, 몸뚱이를, 잘려 나간 밑동마저도 잠시 쉬었다 가는 의자로 기꺼이 내어준다.

나무 아래서 아이들이 맘껏 뛰놀 수 있게 해 주고 연둣빛 푸르름과 시원한 바람으로 몸과 마음을 깨워준다. 청춘들에게는 사랑의 밀어와 약속을 나누는 곳이 되어주기도 한다. 추억을 찾아오면 잘 왔다고 톡톡 다독여준다. 그 아래서 장기도 두고 바둑도 둘 수 있는 한적한 여유를 주는 바람과 그늘이 있다.

썩은 가지 잘라내는 아픔을 참고 더 깊이 뿌리박아 거목이 된 나무는 오랜 세월 비와 바람에 제 몸 썩어 가루가 된다. 그것조차도 또 다른 나무를 일으키고 세워주는 거름이 되어 생명을 이어간다. 나무는 숲을 이룬다. 나무가 주는 그 경제적 가치는 열 손가락으로 꼽을 수 없을 정도로 많다.

이백여 소나무를 키우고 가꾸는 나의 농원에 솔 향기 나는 황톳길 족욕 체험이 가능한 치유 농장을 또다시 꿈꾼다. 사람들이 찾아와 맨발 걷기로 잠시 피곤을 풀고 건강을 챙기며, 몸과 마음을 치유할 수 있는 오솔길 쉼터를 만들고 싶다. 낮에는 피톤치드 향기를 마시며 솔숲 길을 걷고, 밤에는 별을 보며 걸을 수 있는 맨발 황톳길이다. 에너지를 채우며 건강한 쉼을 얻을 수 있는 치유농업이 주는 이로움 속에 푹 빠지고 싶다.

나무는 하루가 다르게 쑥쑥 자란다. 공짜로 받는 햇살, 바람, 빛과 더불어 나무는 인생길 함께 동행하는 친구다. 나의 농원에 꽃이 피고 열매가 맺히는 한, 나무 심기 백년지대계(百年之大計)는 계속 이어질 것이다. 오늘 밤은 별 총총 쏟아지는 황홀경 속에서, 맨발 길을 걷는 꿈을 꾸며 깊은 잠을 잘 수 있을 것 같다.

엄마의 일기장

'친구와 술은 묵을수록 좋다.'

나는 나와 인연을 맺은 것들을 소중히 간직하고 추억하는 '되새김의 철학'이 있다. 친구에게 받은 편지나 카드, 초등학교 상장부터 중고등학교 학생증과 성적표, 심지어 영어 단어를 정리한 수첩까지 나에겐 보물 아닌 것이 없다. 그래서 이사할 때마다 온갖 잡동사니들을 다 데리고 다닌다. 남들 보기 하찮게 보이는 빛바랜 종이 한 장, 한 줄 메모조차도 쉽게 버리지 못하는 것은 그 속에 담겨있는 추억을 버리지 못하는 애착 같은 것이다.

유행과 상관없이 세월의 때가 묻은, 오래된 물건들을 간직하며 한결같이 소중하고 정갈하게 사용하고 있는 사람들을 종종 볼 수 있다. 그들에게는 정겨운 마음뿐 아니라 존경심마저 생긴다. 옛것의 가치를 귀히 여길 줄 알고, 과거와 현재를 조화롭게 이어가는 모습을 볼 수 있기 때문이다. 이삿짐을 쌀 때, 문제의 잡동사니 보따리를 다시 또 주섬주섬 챙긴다. 아이로니컬하게도 한 번 풀어보지 않고, 읽어보지도 않으면서, 도대체 왜 나는 그것들을 버리지 못하는 것일까.

"누가 쥐띠 아니랄까 봐 뭐든 가져다 쌓아 놓을 줄 만 알지, 도무지 버릴 줄은 모른다."는 남편의 핀잔을 듣는다.

집 안 구석구석 대청소를 하던 날이다. 딸들이 책꽂이에서 겉표지가 헐렁헐렁 떨어져 나간 40여 년 전 엄마의 일기장을 발견했다. 누런 갱지에 번져 있는 글씨, 퀴퀴한 냄새까지 오래전 그날로 데리고 갔다. 아이들은 시간 가는 줄 모르고 밤늦게까지 그 옛날 엄마의 사춘기 비밀스러운 사생활이 적나라하게 들어있는 이야기를 훔쳐보고 있다. 자기들끼리 눈을 맞추고 킥킥대며 읽고 또 읽는다. 엄마의 소녀 시절 이야기가 소설책보다 더 재미있단다. 딸들은 엄마에게 묻고 또 물으며, 궁금한 것이 산더미처럼 쌓였다고 엄마랑 같이 자면서 이야기하고 싶어 했다. 엄마의 일기장 그것은 철없는 아이가 일기를 쓰며 소녀의 모습으로 성장해 가는 한 편의 자서전이다.

엄마의 첫사랑, 그 소년은 어디서 무엇이 되어, 어떻게 사느냐? 학교 앞에서 파는 노란 병아리를 사 놓고 외할머니께 혼날까 봐, 친구 집에 맡겨 놓고 키웠던 그 삐약이가 얼마만큼 자랐었느냐? 엄마와 싸운 그 친구와 어떻게 화해했느냐? 그 친구는 지금도 연락하고 지내느냐? 고물고물 쏟아내는 딸들의 질문에, 나도 같이 추억의 그림을 하나씩 꺼내 보는 시간을 보냈다.

반세기를 훌쩍 넘겨버린 엄마와 지금의 딸들이 일기장을 통해 속마음을 나눈다. 아이들과 같은 눈높이와 같은 마음으로 단숨에 추억여행을 다녀온 느낌이다.

아버지가 학교 앞 문방구에서 예쁜 일기장을 사주셨다.

"기쁜 일이나, 슬픈 일이 있을 때 일기장과 마음의 대화를 나눠 보거라. 때론 책을 읽다 감동받은 특별한 글이나, 멋진 말이나 교훈적인 이야기도 써 보고, 무엇이든 쓰고, 또 쓰도록 해라."

친정아버지의 가정교육은 신문읽기와 일기 쓰기였다. 새로운 것을 알게 되었을 때의 아는 기쁨이나, 생각하고 느낀 것은 반드시 일기장에 기록하게 했다. 메모하며 종이에 쓰는 소소한 기록의 힘이 오늘의 나를 만든 원동력이다.

자신의 마음과 생각을 다잡는 중요한 것이 기록이다. 흘러가는 생각을 놓치지 않고 붙들어 매기 위해 오늘도 나는 한 권의 책과 메모장을 가방 속에 꼭 넣고 다닌다. 기록의 힘은 마치 타임머신을 타고 과거로 돌아가 그 시절의 추억을 소환하여 잃어버린 시간을 찾는 기쁨을 준다. 공짜로 추억여행을 선물해 주는 고마운 벗이다.

낡은 일기장에서 흑백 필름의 따듯한 영상을 돌려보며, 잊고 있던 소중한 기억을 떠올리고 저절로 흐뭇한 미소가 지어진다. 설거지하는 등 뒤로 와서, 슬며시 어깨를 감싸는 다정한 목소리가 귓가에 들린다.

"당신의 일기장은 성공작이야. 백 마디 말보다 훨씬 더 강력한 살아있는 교과서임이 틀림없어. 쥐띠 부인하고 결혼하길 참 잘했어."

평생 짝꿍은 엄지손가락을 치켜세운다.

사람 낚는 어부

누구에게나 붙들고 싶은 기억과 돌아가고 싶은 시간이 있다. 세월이 흘러 흘러 우리는 인생의 어느 계절쯤 걸어가고 있을까?

'사모님은 밥과 국, 그리고 장소만 제공하라.'는 애교스러운 지시를 미리 주문받았다. 남편의 제자들이 양손에 한 보따리씩 들고 우리 집을 찾아왔다. 아줌마부대가 가지고 온 먹거리로 한 상 가득하게 차리니 육해공군 산해진미가 가득하다. 그야말로 잔칫집이 따로 없다. 정성껏 준비한 카네이션 꽃바구니와 함께 문학소녀였던 제자가 편지를 읽기 시작한다.

"우리들 마음속 영원한 선생님! 삼십 년이 훨씬 지난 오래 묵은 제자들과, 얼핏 동창인 듯 보이는 선생님이 화장대 위 사진 속에서 그윽한 미소를 짓고 있네요. 꿈 많던 여고 시절을 함께 보냈던 친구들과 선생님이 계셔서 행복했던 추억의 시간을 지금껏 간직하며 살고 있습니다. 알고 계셨나요? 제자들의 짝사랑을…. 새벽 일찍 등교해 선생님 책상 위에 친구들 몰래 올려놓았던 꽃송이들의 수줍은 고백을요. 일부러 짓궂은 질문과 행동으로, 관심 사려고 했던 그 노력을 선생님은 알면서도 속아 주셨죠? 지금 생각해 보면 유치하지만 그것조차 아름다웠던 기억으로 피어오르는 그리움입니다.

가난의 굴레가 여린 소녀의 자격지심이 되어, 명랑한 척 위장하고, 속으로 울었던 소녀 시절이었지요. 세월이 흘러 강산이 세 번 바뀌는 시간이 지났네요. 그때가 진정 행복했다 말할 수 있는 것은, 골고루 나눠 주셨던 선생님의 관심과 사랑이었어요. 그 사랑의 씨앗이 화사하게 꽃피어 우리들 인생에 향기를 품게 했음을 알기 때문입니다.

어젯밤은 선생님 찾아뵐 생각에 가슴 설레며 잠을 이루지 못했죠. '내 아이들도 이다음 엄마 나이쯤 되었을 때, 찾아뵐 수 있는 이런 선생님이 계시면 참 좋겠다.'라는 생각을 하며 이곳으로 발걸음을 옮겼습니다. 경제적인 풍요보다는 세월을 뛰어넘은 기억만으로 행복할 수 있는 스승과 제자의 사랑 이야기를 전해 주고 싶네요. 선생님이 주신 가르침과, 사랑의 흔적이 있는 어미의 마음을 재산으로 남겨 주고 싶습니다. 오늘 여기 함께한 친구들과 앞으로 사십 년, 오십 년, 오래도록 선생님을 찾아뵐 수 있기를 기도하며 사랑의 마음을 전합니다. 선생님 감사합니다. 사랑합니다. 항상 건강하세요.

1985년 옥천여고 졸업반 제자들 드림."

열여덟 여고생 제자가 오십 줄 학부형이 되어 그 옛날 선생님 댁을 찾아 추억을 나누는 만남을 가졌다. 그때는 알지 못했던 소녀 시절 이야기들을 편안하게 풀어낸다.

신혼의 선생님 댁에, 아기 양말, 손 싸개, 발싸개, 딸랑이 장난감을 사 들고 집 앞을 기웃거리던 수줍던 소녀들이다. 지난 시간의 간격이 무색할 정도로 여고 시절 왁자지껄 교실 안에 있는 듯했다. 졸업앨범을 들춰보는 남편과 제자들 모습을 바라본다. 안 사람 눈에 들어오는 것은 사랑 그 이상의 감동이다. 그저 고맙고 감사하고, 흐뭇하기만 하다. 농부의 아들 가난한 총각 선생님을 사랑해, 그동안 힘들고 어려움도 많았다. 그래도 가장 잘한 것은 사람을 키우는 일, 제자 낳는 삶을 살았다는 것이다.

가르침을 통해 만나고 헤어진, 셀 수 없이 많은 제자들이 있다. 그들은 이 사회 속에서 성실한 가장으로, 멋진 아빠로, 자상한 엄마로, 매력적인 아내로 살아가고 있다. 그것만으로도 교사로서 충분히 보람된 삶을 살았다. 세상이 알아주는 부러워할 만한 위치의 보이는 성공은 아닐지라도, 그 이상의 가치가 있다. 목이 터져라 열정을 다해 가르친 것은 스승보다 더 나은 청출어람과 같은 제자를 키우는 일이었다. 다음 세대를 감당할 사람 낚는 어부로 교직을 천직으로 여기며 살아온 교사 남편을 나는 신뢰한다.

우리 젊은 날 인생의 계절들이 그 시간 속에 그 아이들 속에, 고스란히 담겨 오늘을 살아가고 있는 훈장 같은 주인공 제자들이 있음에….

파월 장병 아저씨

추억은 고장 난 시계처럼 그 시간 그대로 멈춰 있다. 우리 반 교실은 낡고 오래된 목조건물 2층이었다. 교단 위에서 선생님이 걸음을 떼실 때마다 마룻바닥에서 삐걱거리는 소리가 났다.

"우리는 민족중흥의 역사적 사명을 띠고 이 땅에 태어났다. 조상의 빛난 얼을 오늘에 되살려, 안으로 자주독립의 자세를 확립하고, 밖으로 인류 공영에 이바지할 때다."

국민교육헌장을 줄줄 외우던 아침 자습 시간이었다. 선생님께서 "오늘은 무더운 나라 베트남 전쟁터에서 싸우시는 파월 장병 아저씨께 보내는 위문편지를 쓴다."고 말씀하셨다.

열 살짜리 꼬맹이는 연필심 꾹꾹 눌러가며 가운뎃손가락 첫 번째 마디에 굳은살 박이도록 정성스럽게 편지를 썼다. 편지쓰기를 마친 학생들은 앞뒤 친구들과 재잘거렸다. 시끌벅적 소란한 교실은 쇳소리 나는 탁상용 종을 땡땡 두세 번 쳐야만 조용해진다.

어느 날 아침, "너희들이 보낸 위문편지에 답장이 왔다. 선생님이 읽어줄 테니 다들 조용히 듣거라." 뜻밖에도 그 편지는 나에게 온 것이었다. 많은 친구들중 내가 선택되었다는 으쓱함에 가슴을 콩콩 치는 두근거림은 주체 하기 어려웠다.

어린 네가 보내 준 편지가 열사의 땅 월남 전쟁터에서. 긴장된 하루하루를 보내고 있는 아저씨에게 얼마나 큰 위로가 되었는지 정말 고맙구나. 아저씨에게도 너만 한 아들이 있단다. 그것도 네가 다니는 은로국민학교 3학년 ○○○.

그 순간 편지를 읽어주시던 선생님과 나, 우리 반 친구들 모두 깜짝 놀라 얼음이 되었다. 당시 계급이 소령이셨던 그분의 아들이 바로 우리와 함께 그 자리에 앉아 있었다. 월남에 계신 아버지가 보낸 위문편지 답장을, 같은 반 친구가 듣고 있었으니 어찌 놀라지 않을 수 있을까. 위문편지로 인해, 우리 엄마와 친구 어머니와도 서로 연락이 되어 인사를 나누는 사이가 되었다. 이런 인연이 또 있을까?

그 후로도 성 소령 아저씨와 나는 오랫동안 계속 편지를 주고받았다. 해마다 국군의 날이면 위문편지와 소령 아저씨, 그리고 같은 반 친구가 생각나는 어린 날의 그리움 한 자락이다.

40년이 지난 후 초등학교 동창회에서 소령님 아들과 만났다. 어릴 땐 서로 말 한마디 건네지 못하고 수줍던 꼬마들이 인생의 가을 녘에 다시 만난 것이다. 아저씨의 안부를 묻고 들으며, 어느새 우리는 초등학교 3학년 낡고 오래된 교실 한편에 앉아 있었다. 흑백 사진 속 추억의 조각들을 이어 붙이며 퍼즐을 맞춘다.

꼬마 숙녀가 인생의 의미를 깨달아 안다는 지천명(知天命)의 나이가 되어서야 소령 아저씨 댁으로 향했다. 살아계실 때 꼭 한번 찾아뵙고 인사를 드려야 할 것 같아 뒤늦은 걸음을 재촉한다. 나보다 더 또렷이 그때를 기억하며 젊은 날 전쟁터의 무용담을 이야기해 주셨다. 오래 간직하고 있었는데 이사하는 과정에서 분실된 위문편지를 매우 아쉬워하셨다.

말씀 중에 간간이 목울음을 삼키면서도 아저씨는 실뭉치 풀어내듯 쉼 없이 말씀하셨다. 밀림 속에 숨어있는 베트콩을 찾기 위해 잡풀들을 말려 죽이는, 물에 탄 제초제가 항공기로 대량 살포됐다. 그 물이 하늘에서 운무처럼 쏟아져 몸에 닿으면, 시원해서 두 팔 벌려 온몸으로 맞았다. 게릴라전에 지쳐 목이 말라 밀림 속 썩은 물에 해독제를 타서 마시고 버티는 어려움도 겪었단다. 그때는 결코 알지 못했다. 전쟁이 종식된 후에야 알게 된 우매하고 안타까운 현실을….

대령으로 예편하신 아저씨는 고엽제 후유증으로 고생하고 계셨다. 가난하고 힘들었던 시절, 잘 사는 나라를 만들기 위해 조국과 겨레 앞에 기꺼이 목숨을 내놓는 심정으로 전쟁터로 가셨다. 월남전 참전으로 얻은 국가안보의 힘과 경제 발전의 원동력이 된 군인으로서 의무를 자랑스러워하셨다. 그 불타는 애국심이 오늘 우리를 이곳에 있게 한 것이다.

베트남 전쟁 시기에 월남 파병 한국군 초대 총사령관이자 육군 예비역 장군의 이야기가 생각난다. 그는 "나를 파월 장병이 묻혀 있는 사병 묘역에 묻어달라"는 유언을 남겼다. 총알이 빗발치는 전쟁터에서 생사를 함께했던 전우애와 언제나 부하들과 함께하는 사령관이었던 그의 마지막 소원이었다. 죽어서도 사병들과 함께하는 군인이고자 했다. 그분은 동작동 현충원 국립묘지 설립 이후 장군 묘역을 마다하고 병사들 곁에 잠들어 있다. 세상을 떠난 후에도 그를 찾는 사람들의 발길이 끊이지 않는 전우애의 표상이다.

그 시절 우리 세대는 라디오에서 나오는 맹호부대, 백마부대 군가를 부르며 팔짝팔짝 뛰면서 고무줄 놀이를 했었다.

"자유 통일을 위해서 조국을 지키시다 조국을 위해서 님들은 뽑혔으니, 가시는 곳 월남 땅 하늘은 멀더라도 한결같은 겨레 마음 님의 뒤를 따르리라." 흥얼흥얼 부르던 그 노래의 곡조와 가사들이 아직도 귀에 생생하다.

전장의 후유증으로 자다가도 깜짝깜짝 놀란다는 아저씨께 드리는 감사는 아무리 강조해도 지나치지 않는다. 조만간 다시 한번 성 소령 아저씨를 찾아뵙고 인사를 드려야 할 것 같다.

"노병은 죽지 않는다. 다만 사라질 뿐이다."

그 많은 봄날을

뒷모습은 어깨 형님이지만, 앞모습은 순둥순둥 착함이 가득 들어있는 결이 고운 청년은 내 제자다. 얼굴 보고 눈을 마주 보면 때 묻지 않은 순수가 그대로 묻어난다. 큰 키에, 덩치가 산 만한 녀석의 뒷모습은 마치 거인 골리앗이 걸어가는 듯하다. 그러다 보니 본의 아니게 오해받기 십상이다. 보이는 것과 보이지 않는 것 사이의 괴리는 영원한 평행선이다. 하지만 맑은 영혼을 가진 그를 만나고 돌아오는 길은 숲속 자연의 향기를 마신 듯 마음까지 정화된다.

와글와글 퉁탕퉁탕 어디로 튈지 모르는 사춘기 소년들과 보내는 하루는 시간이 어떻게 지나가는지 모르게 휙 지나간다. 폭발적인 에너지가 분분한 땀 냄새 가득한 교실은 그들의 뜨거운 열기를 발산하기에는 공간이 너무 좁고 갑갑하다. 유리창이 깨지는 정도는 다반사고, 혹여 저네끼리 싸움이라도 나면 분을 이기지 못해 교실 문을 주먹으로 퍽! 하고 치면 뻥? 하고 구멍이 날 정도의 사고는 일상이다.

유난히 학교에 오기 싫어하는 학생이 있다. 여동생이 같이 등교하여 오빠가 분명히 교실 안으로 들어가는 것을 확인하고 갔다는데 그 애는 자리에 없었다. 언제 집으로 갔는지 다시 또 아들 손을 잡고 어머니가 학교에 오시는 일이 종종 있었다. 며칠 학교에 잘 나오다가도 어느 사이에 또 집으로 가 버리는 학교 부적응학생이다.

학교에 오기 싫어하는 것 말고는, 친구들에게 절대 해코지하지 않는 심성이 바른 아이였다. 다만 매일의 등굣길이 괴로울 뿐이다. 아침에 같이 등교하고 교실 밖에서 아들이 잘 있나 애태우며 지켜보는 어머니의 간절한 자식 사랑이 눈물겨웠다. 공부 잘하기를 바란다거나 친구들보다 뛰어나기를 바라는 건 언감생심이다. 부모님은 기술을 가르쳐 조그만 빵집이라도 차려주면 장차 먹고 살 수는 있을 것이라 했다. 실업계 고등학교를 보내, 아들의 미래를 준비하려는 계획을 가지고 계셨다. 문제는 출석 일수가 모자라 중학교 졸업장을 받을 수 있을지 발을 동동 구르는 현실이다.

드디어 졸업식 날, 어머니의 가슴 아픈 고백을 들으며 눈물이 핑 도는 인사를 받았다.

"그렇게 띄엄띄엄 학교에 오는 우리 아들이 간신히 졸업장을 받았네요. 학교 가기 싫어하는 아들 데리고 학교에 오는 게 저도 정말 힘들었어요. 중학교 졸업장이 있어야 고등학교를 갈 수 있으니 달래도 보구, 사정도 해가면서 3년을 힘겹게 달려왔네요. 선생님 덕분입니다. 정말로 감사드려요."

누구에게는 당연한 일상의 일들이, 누군가에게는 그리 쉽지 않은 어느 하루라는 것을…. 제자와 어머니에게는 진실로 빛나는 졸업장이었다.

"선생님, 점심 같이하고 싶어요."

빨간 장미가 피는 오월, 제자의 어머니로부터 전화를 받았다. 녀석이 나를 만나고 싶다고 해서 함께 기다리고 있었다. 고등학교에서도 역시 학교생활을 힘들어하고 졸업장 받을 날만 기다리고 있단다. 결국은 어머니가 공부해서 제과제빵 기능사 자격증을 취득해 아들의 미래를 준비하고 계셨다. 정성을 가득 담은 소담하고 예쁜 꽃바구니를 내게 전해 주었다.

"제자와 어머니가 전해 주는 감사가 너무 멋지네요." 식당 사장님이 감탄사를 연발했다. 아들과 함께 등교하는 눈물고개 고생 고개 힘들었던 기억은 저만치 가고 사랑스러운 눈길로 아들을 바라보는 어머니의 모성은 참으로 위대했다.

어렵게 학교생활을 마친 제자는 사회생활을 너무나 잘하고 있어 주변 사람들을 놀라게 했다. 해마다 스승의 날이면 잊지 않고 안부 인사와 함께 어디서 어떻게 살고 있는지 일상의 소식을 전하는 듬직한 제자다. 얼마 전에는 차를 샀다고 선생님과 드라이브하고 싶다는 연락이 왔다. 녀석이 운전하는 차를 타고 가다 졸지에 그의 가족 모두를 만나게 되었다. 오랜만에 뵙게 된 어머니께서는 너무나 반가워 했다.

"선생님! 갑자기 제가 뭘 드릴 건 없고, 오늘 처음 들고나온 가방인데, 제가 뜨개질한 거예요. 이거라도 선생님께 드리고 싶은데 받아주세요."라면서 건넨 정성스러운 손길과 사랑의 마음이 가득 들어있는 핸드메이드 가방을 뜻하지 않게 선물로 받았다.

아들이 고등학교 졸업식 하는 날 엄마는 졸업장을 들고 운동장에서 큰 소리로 외쳤단다.

"드디어 우리 아들이 고등학교를 졸업했어요." 지난한 시간이 그림처럼 펼쳐져 눈물 펑펑 쏟았다는 감격스러운 이야기다.

학교라는 제도적인 울타리 속에 있는 걸 그리도 힘겨워했던 아들을 키우는 동안, 그 어려운 시간을 잘도 견디어내고 이 자리까지 올 수 있었다. 아픈 손가락 아들에 대한 애틋한 사랑으로 그 많은 봄날을 힘든 줄 모르고 청춘을 바친 훈이 어머니다. 눈물겨운 위대한 모성이 오늘 이 사회에서 제 몫을 감당하며 살아가고 있는 밝고 건강한 순수 청년으로 키워냈다. 그것은 비 오고 눈 내리고 거친 파도가 몰아쳐도, 묵묵히 품고 담아낸 어머니의 넓고 깊은 가슴이다.

오, 나의 캡틴

누군가 "오 나의 캡틴! 오 나의 선장님! 오 나의 선생님!"이라고 불러주는 사람이 있다면, 그는 분명 성공적인 삶을 산 사람일 것이다.

짧지 않은 긴 세월 제자들을 가르치며 젊음을 바쳐 힘쓰고 애쓰던 그가 정년퇴임을 했다. 다시는 돌아오지 않을 한 번뿐인 연습 없는 인생이다. 비록 흙발로 짓밟고 가는 행인이 있을지라도, 옅으나 깊으나 급한 여울이나 물길을 건네주던 나룻배의 역할을 묵묵히 감당했다. 덕분에 스승보다 뛰어난 수많은 제자를 사회의 역군으로 길러냈다. 40여 년 동안 교육자로 대과(大過)없이 공직 생활을 마무리할 수 있었다.

"고생했다,

수고했다,

잘했다."

그의 아내로 아낌없는 감사의 박수를 보낸다. 그와 함께 새로 시작할 인생 2모작을 위하여, 오늘 현재에 충실한 삶을 즐겨야겠다.

최근 대학입시와 사교육을 소재로 한 드라마가 큰 이슈다. 서울대, 연세대, 고려대(SKY)를 가리키기도 하고, 하늘 위의 성, 가장 높은 곳, 가장 높은 지위를 상징하기도 한다. 중의적 표현의 스카이캐슬(SKY CASTLE) 높은 성이다. 교육 자원이 고소득 가구로 쏠리고,

명문 학교 진학에 필요한 학원, 과외 스케줄 등을 지속적으로 관리해 주는 사교육 관리비에 엄청난 비용을 쓴다는 이야기다. 수도권 강남 중심 교육의 문제점을 예리하게 꼬집은 스토리텔링이다. 실제로 한인 학생이 외국 명문대 재학생 행세를 하다가 발각되었던, 입학 사기 사건도 있었다. 자녀를 미국 아이비리그 대학에 입학시키고자 하는 지나친 교육열로 인한 병적 폐해의 슬픈 현실이다.

명문 고등학교의 전통과 권위에 저항하고 도전하는 《죽은 시인의 사회》에서 키팅 선생은 이렇게 외쳤다.

"카르페디엠(carpe diem)

지금 살고 있는 현재 이 순간에 충실하라. 현재를 즐겨라(seize the day)

현재를 잡아라."라는 뜻의 라틴어(語)이다. 대학입시, 좋은 직장 찬란한 미래를 준비한다는 미명하에 현재의 삶과 낭만, 즐거움을 포기해야만 하는 학생들에게 전하는 메시지다. 지금 이 순간 무엇보다도 확실하며 중요한 시간임을 알게 해 주는 신선한 가르침이다. 학생들에겐 삶의 나침반이 되고, 학부모에겐 자녀 교육에 대한 지침이 된다. 선생님들에겐 참교육에 대한 깨달음을 일깨워주는 그런 교육자가 많은 세상을 그려본다. 입시지옥에 눌려있는 학생들이 자신을 찾아 인생을 설계하고, 새로운 삶을 살겠다고 한다. 우리는 다른 세상을 볼 수 있다고 노래하는 아우성이, 오늘 나에게 전하는 소리로 들려진다.

사십여 년 전 시골 학교에서는 입시지옥이라는 말이 무슨 말인지 알지 못했다. 내신 성적 관리, 동아리 활동, 봉사활동 등 학생부 기재 사항을 관리해 주는 '입시 멘토' 그런 낱말조차도 없었다. 이름 없이 빛도 없이 그저 맡은 바 임무를 성실하게 학생들을 가르쳤을 뿐이다. 학생들은 선생님을 존경했고, 선생님을 닮고자 했다. 그런 선생님께 감사하다고 학부형 손에 들려온 것들은 고구마, 감자, 김장김치, 산나물이었다. 치맛바람이 뭔지 모르는, 그저 고맙고 감사한 마음을 나눈 것이다. 그러나 그곳에는 분명 스승이 있었고, 제자가 있었다.

"오 나의 캡틴!

오 나의 선장님!

오 나의 선생님!" 이 있었다.

러브레터와 SNS

신세대와의 힘겨루기에서 구세대가 밀릴 수밖에 없는 이유가 있다. 건강한 신체와 컴퓨터 활용 능력과 정보력이 많이 앞서는 젊은이들을 따라잡기가 쉽지 않다. 구세대의 가장 큰 막힘은 새로운 것들을 잘 받아들이려 하지 않는 쓸데없는 고집이다. 그래서 구닥다리 꼰대라는 소리를 듣는다. 요즘 아이들은? 라떼는 말이야? 세대 차이를 계속 잔소리처럼 말한다.

연애 시절 우리는 빨간 우체통과 우체부 아저씨와 매우 가깝게 지냈다. 우리 사이를 이어주는 집배원이 기꺼이 월하노인 역할을 한 고마운 분이었다. 최소 일주일 정도의 시간을 기다려야만 서로의 소식과 안부를 알 수 있는 러브레터를 주고받았다.

'머루랑 다래랑 먹고 청산에 살으리랏다.'는 고시조의 정취에 흠뻑 빠져있던 문학도 시절, 무던히도 비가 많이 왔던 80년 여름이다. 누가 들어도 낯설지 않은 우리 민족이 그리는 가상의 고향 청산(靑山)에 갔다. 당신을 초대한다는 연둣빛 포스터와 현수막이 나의 여름을 유혹했다. 탱자나무 울타리를 사이에 두고 산비탈에 초·중·고등학교가 나란히 사다리꼴 모양으로 붙어있는 정겹고 고즈넉한 곳이다. 면 단위 마을에 천 명 이상의 대학생들이 모였으니 온 동네가 축제 분위기다. 운동장 조회대 위에서 군수님, 면장님, 교장선생님, 이장님,

부녀회장님까지 고맙고도 짧지 않은 환영 인사가 이어졌다.

논에는 여름 벼들이 푸른 침대가 춤을 추듯 바람에 출렁거렸다. 초록으로 뒤덮인 산은 병풍을 친 듯 안정감을 준다. 낮에는 구름 기둥이 미루나무 아래 그늘을 만들고, 햇살에 반짝이는 잎사귀는 겨드랑이 속까지 시원한 바람이 인다. 밤에는 다리 밑에서 모닥불을 피우고 둘러앉아 기타 치며 노래한다. 그렇게 여름은 뜨겁게 익어갔다.

"민족의 가슴마다 피 묻은 그리스도를 심어, 이 땅에 푸르고 푸른 그리스도의 계절이 오게 하자. 꼭 오게 하자. 누가? 내가. 언제? 지금." 외치고 또 외쳤다. 달빛은 젊은이들의 꿈과 미래를 환히 비추어 주었다.

캠프파이어 때 옆자리에 앉아 있던 파트너는 동아리 선배님이다. 그 얼굴과 이름 정도는 알고 있던 터였으나 그날 처음 일대일 만남을 가지게 된 것이다. 새롭게 알게 된 그는, 고등학교 과학교사로 충청과 전라지역 대학생 여름수련회 장소를 그곳으로 유치한 숨은 공로자였다. 학창 시절 제일 싫어하고 재미없던 과목이 수학 과학이라고 그에게 말했다. 자신은 문학과 음악을 좋아한다며 자기소개를 하는 그의 진중함이 좋아 보였다. 순수한 선후배의 만남이 이어지는 동안 난 그에게 여고 시절 짝사랑하던 선생님의 체취를 느꼈다. 그에게 마음이 향하고 있던 즈음, 진하고도 짤막한 프러포즈를 받았다.

"주 안에서 당신을 사랑합니다." 오래 참고, 온유하게, 모든 것을 참으며, 바라고 믿으며 절제하면서 기다리겠단다. 그와 나의 데이트는 한 달에 한 번 정도 만났고, 90%가 편지였다. 눈을 뜨면 아침 인사를 시작으로, 공부하면서 잠들기까지 하루 세 통 이상 편지를 써 봉투에 번호를 붙여 보낸 날도 있다. 그렇게 수많은 사랑의 메시지가 오고 갔다. 내가 학교를 졸업할 때까지 오랜 기다림 후, 크리스마스 이브에 약혼했다. 부활절 주간에 결혼하고 우리가 처음 만났던 청산에서 신혼살림을 시작했다.

SNS(Social Network Services)가 일상의 통신수단이 된 작금의 사랑을 표현하는 방법 또한 최첨단을 향해 가고 있다. 모바일 메신저와 블로그, 인스타그램, 24시간 웹상에서 이루어지는 소통과 공감의 방법은 거스를 수 없는 문명의 이기(利器)임에 틀림 없다. 편지를 쓰며 그리운 마음을 전하고, 답장을 쓰며 사랑을 주고받던 아날로그 러브레터 세대는 달라도 너무 다르다. 편지 세대는 초고속 온라인 세계를 헉헉거리며 따라가기 바쁘다.

그에 비해 요즘 아이들은 온라인상에서 초 단위 소통이 이루어지는 시대의 주인공이다. 변화에 민첩하고 민감하지 않으면 정보의 물결을 좀처럼 따라가기 어렵다. 올드한 세대의 대표주자 할머니는 초고속으로 가고 있는 청소년 손주들 사이에서 완행열차로 가고 있다. 그럼에도 불구하고 나는 천천히 느리게 가고 싶다. 먼 훗날 우리 아이들에게 보여 주려 간직한 두툼한 연애편지 속에 들어있는 그 옛날 그 정서를 그리워하면서, 오늘 이순간을 사랑하며 영원처럼 살고 싶다. 느린 것은 아름답다.

유년(幼年)의 뜰

햇살 가득한 우리 집은 골목길 끝에 있었다. 부모님은 일제강점기와 전쟁을 겪으며 배고픔의 설움으로, 먹기 위해 사는 고달픈 인생길을 걸어왔다.

격변의 이데올로기 시대에 공주사범학교를 나온 고모는 소학교 교사였다. 공부에 욕심이 많았던 똑똑한 그녀는 소련 유학의 꿈을 안고 월북했다. 할머니를 비롯해 남은 식구들은 졸지에 빨갱이 가족으로 오인받아 고향을 떠나 야반도주할 수밖에 없었다. 직장을 잃고 서울로 올라온 아버지는 닥치는 대로 일하며, 고단한 삶을 사셨다.

호구지책으로 시장에서 장사하던 그 시절, 내 어린 눈으로 바라본 밥 배달 아주머니의 쟁반 탑 묘기 대행진은 놀라움이었다. 똬리 튼 머리 위에 꽃 그림이 그려진 양은 쟁반 5층짜리 배달 밥상이다. 춤추듯 무너질 듯 좁은 시장 골목길을 아슬아슬하게 걸어가는 움직이는 밥상이 신기하기만 했다. 김이 모락모락 나는 배달 밥상을 먹으며 허기를 채우던 부모님의 모습은 내 안에 그림으로 남아있다. 밥 쟁반을 머리에 이고 천천히 조심스레 달리는 부지런한 시장 사람들의 걸음걸이는 삶 자체였다.

누군가는 우리 민족을 가리켜 배달을 즐겨 한다고 해서 배달민족이라 부르기도 한단다. 그렇다면 최초로 배달이 시작된 곳은 시장통이고 배달민족 원조는 시장 사람들일 게다. 그때엔 바쁜 일상 속 끼니를 해결하기 위해 어쩔 수 없이 생겨난 것이었고 고단한 삶을 살아가는 이들의 한 단면이기도 했다. 오늘날 전화만 하면 십 분 내로 달려오는 배달의 기수 오토바이와는 달라도 너무 다른 풍경이다. 많은 이들이 배달을 즐겨하는 이유는 다양한 것들을 접하기 위해서, 편리해서 행해지는 게 대부분이다. 24시간 배달이 가능한 우리 문화를 가리켜 배달민족(配達民族)의 문화라는 신조어가 생길 정도이니 배달을 즐겨도 너무 즐기는 참 대단한 민족이다.

한 끼를 해결하며 아침부터 저녁까지 쉴 틈 없이 일하던 부모님께서 드디어 우리 가족의 본적지가 된 내 집 마련의 꿈을 이루었다. 전세살이를 전전하다 드디어 처음 장만한 우리 집으로 이사했다. 방과 방을 이어주는 대청마루와 조그만 마당과 창고가 있는 집에서 기뻐하시던 젊은 엄마 아빠의 모습이 지금도 기억에 또렷하다. 그 후 우리집은 친인척들의 서울행이면 으레 숙식을 제공하는 집이 되었다. 또 어려운 사람들이 세 들어 살다 집을 사서 나가는, 징검다리 같은 집이기도 했다. 가까이 대학교가 있어 기억조차 가물가물한 오빠들이 거쳐 간 자취 집이자 하숙집이기도 했다.

나의 유년기는 부모님의 일터, 학교와 교회, 트라이앵글 공간을 벗어나지 못했다. 바쁘다는 이유로 자녀들을 교회 교육에 맡긴 지혜로운 엄마 덕분에 사 남매는 정서적인 상처 없이 잘 성장할 수 있었다. 그런데도 엄마는 어릴 적 우리에게 잘 먹이고, 잘 입혀 주지 못해 마음 아프고, 미안하다고 말씀하신다. 키워주고, 가르쳐주신 것만으로도 은혜이고 감사인데, 주고 또 주어도 못 해 준 것만 생각나는 것이 부모 마음인가 보다.

눈 감으면 그리운 양지뜰 내 고향은 검은 돌이 많이 나는 흑석동이다. 눈 내리는 겨울 동생과 함께 추억의 보물을 찾으러, 우리 어린 시절이 고스란히 들어있는 고향집을 찾았다. 잰걸음으로 한참을 걸어 학교에 갔고 또 한참을 걸어갔던 시장과 교회가 이렇게 가까운 거리인 줄 어른이 되어서야 알았다. 10분 안쪽이면 모든 게 해결되는 가까운 거리에 우리 집이 있었다. 우리가 살던 집은 문패가 바뀐 높은 다세대 주택 3층 집으로 변해 옛 모습이라고는 흔적조차 찾을 수 없었다. 다방구, 공기놀이, 고무줄놀이하며 뛰어놀던 친구들과 가족들이 그 어디에도 보이지 않는다. 세월이 흘러도 사람만 달라질 뿐 모든게 그대로 있을 것이라 생각했다.

그런데 다시 와 보니, 산천도 옛날과 같지 않고 그곳에 있던 사람도 간데없다. 그저 동생과 나, 어린 시절 그대로 잠시 유년의 뜨락에 머물다 왔을 뿐이다.

오랜 시간이 흐른 후에도 마음속에 새겨진 어린 날의 초상(肖像)을 나눌 수 있는 사람이 있다는 건 정말 다행이다. 돈이 많은 사람보다, 추억이 많은 사람이 부자라는 사실을 깨닫는 순간이다. 감동과 아름다움을 나눌 따듯한 마음을 가진 사람들과 더불어 살고 싶다. 우리 사는 모든 순간이 기적이고 행복이다. 지금, 이 순간의 기적을 함께 나눌 수 있는 사람들이 내 옆에 있다면 더욱 사랑할 일이다. 나와 더불어, 함께 한 사람들이 언제든 나를 반기는 유년의 뜰은 행복한 기억들만 가득하다.

아버지의 자리

아버지의 어깨는 늘 무겁다. 가장으로서 가족을 부양해야 하는 삶의 무게를 지고 가는 아버지다. 가정과 일을 양립할 수 있는 사회적 환경이기에 더욱 고달프다. 그래서 아버지의 어깨는 세상의 무게라 하지 않는가.

자식 사랑이야 그 어떤 저울로도 경중(輕重)을 잴 수 없다. 아버지는 엄하게 자식 교육을 해야 하고, 어머니는 깊은 사랑으로 자녀를 보살펴야 함을 이르는 엄부자모(嚴父慈母)는 옛말이 되었다. 똑 부러지고 엄격한 젊은 엄마, 눈에서 꿀이 뚝뚝 떨어지는 사랑 가득한 젊은 아빠의 지극정성 육아는 말할 수 없이 따듯하다. 가부장적인 아버지로서의 권위를 앞세우지도 않고, 열두 폭 치마로 이리저리 덮어주던 푸근한 어머니들의 사랑 방정식도 달라졌다. 엄마, 아빠 구분 없이 가사와 육아에 동참하는 신세대 아버지들의 자리매김이다.

이 땅 어디에도 '아버지'는 없다고, 그들이 남긴 건 분노와 상처뿐이라며, 치유되지 않은 상처로 인해 아버지 됨의 자리를 감당하지 못하는 수많은 아버지도 있다.

교사인 그 남자는 '아버지학교' 학생이 되어 달라지기 시작했다. 그는 네 아이의 자상하고 성실한 아버지다. 세상에 사랑할 사람이라곤 단 한 사람밖에 없는 것처럼 아내를 사랑하는 가슴 따뜻한 남자

이기도 하다. 그 아내와 아이들이 주는 점수로 평균 90점 이상은 되는 우등생 아버지요 내 편이다.

그가 토요일 저녁 아버지학교 첫 수업을 마치고 집에 돌아와서, 아이들을 꼬옥 껴안는다. 아빠가 너희들 마음 잘 헤아려 주지 못한 것 미안하다고 고백한다. 두 번째 주에는 아빠가 '너를 사랑하는 이유 스무 가지'를 쓰고 또 썼다. 네 아이 각자에게, 무려 80가지가 넘는 목록을 일일이 다 써 주었다. 시간을 쪼개어 아이들과 일대일 데이트를 하며 그것을 읽어주며 마음을 전한다. 아버지와 아이들이 행복해하는 모습을 지켜보는 아내 눈에도 기쁨이 가득하다. 어느 때는 사랑의 마음이 들어있는 편지와 함께, 아내의 발을 씻겨주던 듬직한 그의 등을 보기도 했다.

아버지학교 사명 선언문을 낭독하며 더 좋은 아버지가 되기 위해 자신을 다독이는 모습 또한 믿음직스럽다. 가끔 아빠가 표현하는 오버된 제스처에 아이들이 "아빠, 오늘 아버지학교 다녀오신 거 맞죠?" 하며 기분 좋은 농(弄)을 한다.

"이제까지 내가 참 괜찮은 아버지인 줄 알았는데 아버지가 살아야 가정이 산다는 강의를 듣고 보니 난 한참 부족한 아버지인 것 같아…." 부모의 뒷모습을 보고 자라는 자녀들은, 부족함을 고백하는 아버지를 분명 존경하게 될 것이다.

세상에서 많은 공부를 했지만, 아버지학교 졸업을 최종 학력으로 자랑하고 싶다는 어느 아버지가 했던 말이 아직도 기억에 생생하다.

행복을 추구하는 남편이었지만 오히려 불행을 주었고, 자상한 아버지이기를 원했지만, 오히려 폭력적인 아버지로 서 있었습니다. 무력한 아버지에 대한 서글픔, 저의 폭력과 무자비를 드러내게 하였습니다. 처음으로 눈물을 흘렸습니다. 진정 남자다움이 무엇인지를 알게 되었습니다. 아버지는 모든 남성다움을 갖춘 완벽한 자리임을 깨닫게 하셨습니다. –〈눈물 흘리는 아버지들〉에서

자식들 보기에 한 점 부끄럽지 않으려, 무거운 짐 지고 책임을 다하느라 정신없이 여기까지 살아낸 아버지들이다. 자식을 바른길로 이끌고 싶은 가슴 따뜻한 부정(父情)과 아내에게 인정받고 싶은 가장으로 살아가기 쉽지 않았음을 말하는 그들이다. 그럼에도 불구하고 아버지는 자녀에게 자신의 지식과 경험을 통해 물고기 잡는 법을 도와주는 인생 선배이자 가장 가까운 스승이어야 한다. 사랑하고 축복하는 애정 표현을 아끼지 않고, 할 수만 있으면 가족과 함께하는 많은 시간을 내주어야 한다. 아빠가 필요한 순간을 함께 보내는 아버지에게는 가정에서 아버지의 자리가 항상 기다리고 있다.

아버지학교 졸업생인 남편이 믿음직스럽다. '아버지의 자리' 그것은 절대 양보할 수 없는 자리다.

못 말리는 시누이

언제 어느 때든 맨발로 달려와 반가이 맞아주는 분이 있다. "밥 먹고 가라."가 첫 번째 인사인 나의 영원한 베이스캠프 시누이다.

자연이 온통 교과서였던 60여 년 전, 열여덟 누이는 갓난쟁이 동생을 업어 키웠다. 곡식 자루와 산나물 한 보따리 머리에 이고 장에 나간 어머니를 대신해 젖먹이에게 암죽을 끓여 먹였다. 졸리고 배고파 보채는 아기를 재우며 엄마 맞잡이로 막내둥이를 키운 누이다. 구멍 송송 난 땀에 젖은 누런 메리야스 하나 달랑 입은 채, 맨발로 밖에 나가는 동생을 자식같이 키웠으니 얼마나 깊은 정이 들었을지 알 것 같다.

전쟁을 겪으며 배를 쥐어짜던 보릿고개 모진 세월을 맨몸으로 부딪치며 살아오신 탓일까. 시어머님은 강해도 너무 강해 똑 부러질 듯 대쪽 같은 성품이었다. 시집가면 책잡힌다며 어린 딸에게 살림살이를 가르쳤다. 농사일부터 고추장 된장 담그기는 물론 두부까지 만들게 했다니 얼마나 힘들었을까. 게다가 어린 동생까지 돌봐야 했으니, 학교에 간다는 건 상상도 할 수 없는 일이었다.

어느 날 동생을 업고 학교에 갔다. 수업 시간에 아기가 울거나, 기저귀에 응가했을 때면 선생님과 친구들의 눈총이 불편했단다. 다음 날 도저히 학교에 갈 용기가 나지 않아, 동생을 핑계삼아 집에 있었다. 밭에서 일하는데 책가방 들고 오는 친구들이 저만치 무리 지어 오면, 창피해서 나무 뒤에 숨곤 했다. 학교가 싫다며 집을 뛰쳐나가는 철없는 학생들의 배부른 투정과는 너무나 대조적인 과거와 현재의 괴리다.

시누이는 중매쟁이를 통해 이웃 마을 농사 거리 많은 집으로 시집갔다. 결혼해서도 막냇동생이 눈에 밟혀 밤에, 신랑 모르게 소리 없이 울었다 한다. 촌 부자는 일 부자라고 허리가 꼬부라지도록 살림을 일구었다. 이제 살 만큼 산다고 해도 꼬부랑 할머니가 된 형님의 굽은 허리는 도무지 펴질 기미가 보이지 않는다. 아기를 갓 낳은 산모가 미역국 먹고 나면, 바로 밭에 나가 호미질을 했다니 세상에 이런 일이…. 형님 살아오신 이야기를 들으면 눈물이 난다. 한 많은 여자의 일생을 산 형님의 인생은 무엇으로 보상받으랴.

물이 위에서 아래로 흐르듯 조건 없는 사랑은 내리사랑임이 틀림없다. 형은 아우를 아우는 또 그 밑의 아우를 돌보며, 서로의 필요를 채워주고 채움을 받으며 살았다. 그 속에서 자연스레 인간관계와 사회성이 저절로 익혀지던 시골집 안마당이다.

그 시절 어린 누이 손에 자란 그 갓난아이가 바로 내 남편이다. 여전히 자식 이상으로 사랑해 주는 누이의 깊은 속 정(情)은 끝이 없다.

형님의 동생 사랑은 마르지 않는 샘물이다. 당신 손에 자란 막냇동생과 함께하는 올케를 딸자식 못지않은 사랑으로 돌봐 주신다. 친정엄마의 손길보다 더 따스한 사랑으로 동생댁을 어여삐 보살펴 주신다. 한결같은 시누이 사랑은 어떤 감사로도 부족하다. 시어머니는 막내며느리를 세상물정 모른다며 곱지 않은 시선으로 보셨다. 그 시어머니와 며느리 사이를 열두 폭 치마로 싸안아, 이리 덮고 저리 품어주는 나의 위로자다. '때리는 시어미보다 말리는 시누이가 더 밉다'라는 말이 우리에게는 통하지 않는다.

형님의 넉넉한 나눔은 아낌없이 주는 나무다. 결혼 후 지금까지 김장 김치는 물론 참기름, 들기름, 감자, 고구마, 밑반찬까지 끝없이 챙겨주신다. 나에게 화수분이다. 혹 손국수라도 미는 날이면 우리 가족은 특별식으로 배불리 외식하는 날이다. 신기한 것은, 아이들도 제 고모 집에 가서 먹는 밥이 고급스러운 음식보다 훨씬 더 맛이 있단다. 그 손맛에 길들어진 남편이야 말해 무엇하겠는가. 형님은 분명 그 속에 사랑 가득 담은 양념을 흔들어 차고 넘치게 넣었으리라.

사 남매 중 아주버님 두 분 모두 돌아가시고, 제일 위 맏딸인 형님과 막내인 남편만 남았다. 잠시라도 안 보면 궁금하고 보고 싶어 형님 댁으로 달려간다.

"올케 왔구나. 밥 먹고 가라."가 여전히 첫인사다. 행함으로 사랑을 가르쳐준 위대한 스승이 바로 우리 형님이다. 학교에서는 절대 배울 수 없는 못 말리는 시누이 사랑이다.

오늘 저녁엔 시누이 표 청국장을 맛있게 끓여, 형님이 애틋하게 사랑하는 그 막내와 함께 사랑의 만찬을 나누어야겠다.

삶의
모든 순간이
꽃처럼 피어나길
생신을 진심으로 축하드립니다
당신의 아름다운 꽃청춘으로 인해 우리라는 예쁜꽃이 피었습니다
그사랑에 감사하며 우리로 인해 못다핀 청춘의 꽃!!
효도하며 꽃피워 드릴께요.. 오래오래 건강하게 함께 해 주세요
사랑하는 가족일동

여름

夏

할머니의 보리밥집에는 구수한 된장찌개와 숭늉 한 그릇 소박한 보리밥 상차림이다. 시골길을 달려 그곳을 찾는 이들은 아마도 어머니의 손맛이 그리워서일 게다. 보리밥 속에 어린 시절의 향수를 함께 비비는 것이고, 그들 노부부는 오랜 세월 연륜의 정(情)을 양념으로 넣는 것이리라.

소중히 간직하는 물건 속에 스토리가 있으면 상품이 된다. 그 속에 무엇이 들어있느냐가 중요하다. 의미가 된다는 건 누군가의 마음속에 살아있다는 것이다.

전환의 여울목

백세시대 그 이상을 추구하고 있는 요즘이다. 높은 수준의 의료 발달과 끊임없는 과학기술 발전의 결과다. 어떤 것이 몸에 좋다고 방송에 소개되면 농가 재배 품목이 달라진다.

하수오, 헛개나무, 개똥쑥, 오디, 여주 등. 솜씨 좋은 주부들은 가지가지 밑반찬을 만들거나 효소 담그기로 일손이 바빠진다. 이웃집 이장님도 쑥 향기가 멀리까지 간다는 개똥쑥을 키우며 따듯한 쑥차 한번 들어보라며 집 앞에 놓고 가시기도 한다. 그만큼 몸에 좋다는 건 불티나게 팔린다. 건강한 노후에 대한 사람들의 관심은 끝이 없다. 어언간 나도 백 세 인생 전환의 여울목 앞에 서 있다.

연년생 딸 둘을 키우며 육아에 지치고 힘들어하던 초보 엄마 시절이다. 아이들 씻기고, 집 안 정리와 청소, 두 아이 육아에 늘 잠이 부족했다. 중학생 아들을 키우는 이웃집 언니가 그런 나를 참 많이 도와주었다. 따르릉 전화선 너머 들리는 소리는, "내가 아기 좀 봐줄 테니 잠깐이라도 눈 붙여." 우리 아이들을 언니 집에 데리고 가서 봐주었다. 때로는 이웃들의 질투 섞인 뒷담화를 듣기도 했다.

"누구는 좋겠다. 애 봐주는 사람도 있고…. 누구 엄마는 매일 그 집에 가서 돈도 안 받고 애들 챙기는 그 집 유모냐?"라는 비아냥거림이 들려도 무한 사랑을 주던 언니다. 우리 아이들은 그녀를 '천사 이모'라 불렀다. 그런 언니가 인생 중반기에 대전에 새 아파트를 장만

했다. 혼수를 준비하듯 가구에서부터 이불, 갖가지 가전제품까지 새로 장만했다. 그야말로 날아갈 듯 행복한 이사를 가는 바람에 우린 헤어지게 되었다.

연립주택 위 아래층과 옆 동에 살면서 또래 아이들까지 친하게 지내며 오랜 시간을 함께한 우리다. 은행원, 교사, 자영업, 서로 다른 직업을 가진 세 가정은 서로 봉급날이 달라 매달 세 번은 자연스레 만났다. 봉급날에는 외식하고, 아이들 데리고 가까운 곳 나들이도 함께 하고 든든한 이웃사촌으로 서로를 세워가며 허물없이 지냈다. 그러던 중 언니가 제일 먼저 이사를 간 것이다.

다음 해 우리도 새로운 곳으로 발령이 났다. 지역 유지로 터를 잡고 언제까지나 고향을 지키는 친구 가족만 남았다. 사람도 사랑도 만나면 헤어지고, 헤어지면 다시 만나게 될 인연의 끈을 붙잡고 서로 애틋한 마음으로 지내고 있었다.

늦은 밤 친구에게 연락이 왔다. 울먹이는 목소리는 잠겨있었다.

"왜? 무슨 일이야? 부부싸움 했어? 이 시간에 웬일이야?"

"자기야! 천사 이모 지금 병원에 가셨어, 매우 힘들대."

낙엽이 떨어지고 찬 바람이 부는 가을, 천사 이모가 입원한 대학병원 병실을 찾았다. 워낙 작은 체구에 깡마른 몸이었지만 안 본 사이에, 꼬챙이처럼 바싹 마른 언니를 보고 깜짝 놀랐다. 재생불량성빈혈로 혈소판 수혈을 하느라 온몸에 피멍 자국이 가득했다.

지난 시간이, 주마등처럼 스쳐 간다. 언니 손을 꼭 잡고 함께했던 추억들을 나누며, 다음 주에 또다시 오겠다 약속하고 헤어졌다.

"샬롬!

언니? 샬롬이란 말 무슨 뜻인 줄 알아요?

'하나님 안에서 평안해.'라는 말이에요."

"응. 알아…."

일주일이 채 못 되어 언니가 위독하다는 연락을 받았다. 천사 이모가 키워주던 어린 것들은 세상모르고 잠이 들었다. 잠자는 아이들을 차에 태우고, 우리 부부는 늦은 밤 입원병실을 향해 최대 속도로 달렸다. 의식이 없는 채 숨만 붙어있는 상태다. 환자 머리맡 카세트에서는 찬송가 소리가 들리고, 가족 모두가 임종을 지켜보고 있다. 나는 아직 온기가 남아있는 손을 가만히 잡고 지난주 마지막 나누었던 인사를 나직이 속삭였다.

'샬롬!

우리 하늘에서 다시 또 만나요.' 마음속으로 기도했다. 뭐가 그리 급했는지 언니는 백 세 인생 중반에, 그렇게 빨리 하늘나라로 갔다. 그러나 내 마음속에, 우리 아이들 기억속에 천사 이모로 여전히 남아있다.

앞만 보고 달리다 덜컥 브레이크에 걸려 돌아보면 이미 몸 어딘가가 망가져 있다. 건강을 돌아보고 챙겨야 할 때다. 얼마 전 한 선배가 "나는 내 인생의 가을을 즐긴다. 그리고 천천히 조금씩 겨울을 준비한다."면서 "자기는 어때?"하고 묻는다.

"난 아직 여름인 데요." 아직은 여름이라고 못내 우긴다. 하지만 나는 이미 가을을 지나고 있음에도 억지를 부렸다.

진정한 아름다움이란 밖에 있는 것보다 내 안에 있는 속사람이다. 몸과 마음이 건강한 들꽃같이 꾸밈없는 사람이 되고 싶었다. 질박한 항아리같이 변하지 않는 무던한 사람이 되고 싶다. 모르는 것을 모른다고 말할 수 있는 정직하고 진실한 사람이 되려 한다. 가까이 있는 것들을 저만치 떨어져 바라보는 넉넉한 마음과 눈을 가져야겠다. 아는 것은 애써 난 척 하지 않고도, 내 속의 것을 나눌 수 있는 겸손하고 지혜로운 사람이 되고 싶다.

그동안 함께 해 온 인생의 동역자들이 만들어 준 그늘에서 편안하고 행복한 인생의 가을을 겸허히 맞이하고 싶다. 전환의 여울목 앞에서 여유롭고 넉넉한 마음으로 천천히 조금씩 겨울을 준비한다.

태몽(胎夢)

할머니 보리밥집에는 사람들의 발길이 끊이지 않는다. 구수한 된장찌개와 보리밥, 따듯한 숭늉 한 그릇 소박한 상차림이다. 시골길을 달려 그곳을 찾는 이들은 아마도 어머니의 손맛이 그리워서일 게다. 보리밥 속에 어린 시절의 향수를 함께 비비는 것이고, 그들 노부부는 오랜 세월 연륜의 정(情)을 양념으로 넣는 것이리라. 30초 광고 속에 넘쳐나는 뉴스의 홍수 속에, 소중히 간직하는 물건 속에 스토리가 있으면 상품이 된다. 그 속에 무엇이 들어있느냐가 중요하다. 의미가 된다는 건 누군가의 마음속에 살아있다는 것이다.

어머님은 아버님과 산 위에 올라 나무하다 한숨 돌리려고 발아래를 내려다보았다. 어머니 아버지를 바라보고 있는 사람 모양의 석상들, 그리고 일렬로 줄을 서있는 나무들과 눈이 마주쳤다. 마치 차렷! 열중쉬어! 자세로 운동장 조회를 하는 학생들을 보는 것 같았다.

어머니의 태몽(胎夢)이다. 막내아들을 낳은 어머님은 '이 자식을 가르치면 사람을 지휘하는 자리에 있을 것'이라는 신념이 소망이 되었다. 젖도 떼지 못한 막내둥이를 어린 딸에게 맡기고, 곡식 자루를 이고 지고 동으로 서로 장터를 다니셨다.

'청갱이댁'이라 불리던 어머님은 한씨 성을 가진 거침없고 강한 분이다. 쉬지 않고 노상에서 보따리를 풀고 장사를 했다. 어떻게 해서라도 억척스럽게 수입원을 마련하셨다. 물 한 바가지로 주린 배를 채우고, 풀뿌리와 나무껍질로 보릿고개를 사셨던 어머님의 세월이다. 어머님의 태몽(胎夢)은 붙들고 싶은 신앙 같은 것이었다. 당신의 막내아들 또한 그런 어머님의 심정을 너무도 잘 알기에 바르게 성장해 후학을 기르는 일에 최선을 다했다.

방학이 되면 어머님은 우리 집으로 오셨다. 가끔 가까이 있는 시누이댁에 가시기도 하고, 형님이 오시기도 했다. 함께 늙어가는 어머니와 딸은 가물가물한 기억을 모아 두런두런 지나온 삶을 나누며 다정한 시간을 보내곤 했다.

너무 가난해서 이를 악물고 살아오신 고생 고개 인생 고개를 힘겹게 넘으신 어머님이다.

"내가 살아온 세월을 이야기하면 책 한 권으로도 모자란다." 평생 살아오신 이야기를 구구절절 구성진 창으로 잘도 풀어내는 어머님, 나의 가난 너의 가난이 아닌 우리 시대의 가난을 온몸으로 버티며 살아내셨다.

따가운 햇살에 가을이 익어가는 어느 날 어머님이 쓰러지셨다. 병원에서는 노환이니 집에서 잘 드시고 요양하라면서 퇴원을 종용해 우리 집에 모시게 되었다. 어머님은 그해 겨울까지 일어나지 못하셨다. 우리 내외는 아침저녁 번갈아 가며 밥을 떠 드렸고, 출근 후에는 시누님이 오셔서 지극정성으로 보살펴 드렸다.

서울에서 큰아주버님이 어머님을 뵈러 오셨다.

"제수씨가 고생이 많네요."

"아주버님? 어머님 모신 복(福)은 제가 다 받을게요."

"네 그렇게 하세요."

그다음 주에는 둘째 아주버님이 다녀가셨다. 역시나 똑같은 인사를 하셨고, 나는 또 같은 답을 받았다. 형과 아내가 주고받는 인사가 남편에게 예사롭지 않게 들렸나 보다. 그 순간 남편과 나의 눈이 마주쳤다. 나는 분명히 믿음의 고백을 한 것이다. 두 분 아주버님께 합법적인 복(福)의 승계를 허락받았다. 성경 속 인물 중 팥죽 한 그릇으로, 장자(長子)의 복과 명분을 팔았던 형이 있다. 우리는 그렇게 장자의 명분을 어머님 모신 복으로 거저 받은 것이다. 어머님의 임종을 잘 지켜드리고 장례를 주관해 아버님 곁에 편안히 모셨다.

어머님의 막내아들이 기관장으로 승진했을 때다. 부모님 떠나가신 빈 둥지 고향 동네 어귀와 초등학교 교문에 누구누구 아무개 씨 아들을 축하하는 커다란 현수막이 걸렸다. 동창회와 마을에서 대형 현수막을 만들어 주었다. 마을 잔치하라며 경로당과 동창회에 감사의 마음을 전했다. 부모님 살아계셨더라면 얼마나 좋아하셨을까? 아들 등에 업혀 덩실덩실 춤을 추셨을 모습이 그려진다. 그토록 바라던 아들의 모습을 어머님은 끝내 보지 못하셨다.

"나는 못 보지만 너는 볼 것이다." 시누에게 늘 입버릇처럼 말씀하셨다고 한다. 아마도 하늘나라에서 흡족하게 바라보고 계실 것이다.

어머님의 사랑은 마르지 않는 샘물이다. 퍼내고 퍼내도 차고 넘치게 내리사랑으로 끝없이 흘러간다. 남편은 지금도 보릿고개 노랫가락만 들려도 어머님 생각이 난다며 눈물을 훔친다. 태몽은 어머님에게 붙잡고 싶고, 붙잡아야만 하는 삶 그 자체였다.

화음(和音)

인생은 흘러가는 것이 아니라 내면의 단단함을 조금씩 채워가는 것이다. 높이가 다른 둘 이상의 음이 동시에 울려 하나의 조화로운 어울림으로 내는 화음이야말로 아름다운 천상의 소리다.

인간관계에 있어서뿐 아니라 사랑도 일도 음악도 마찬가지다. 옆 사람의 소리를 들으며 내 소리를 함께 맞춰가지 않으면 불협화음이 일어난다. 말투나 눈빛에서 까딱 실수하면 오해가 생기고 관계가 소원해지기도 한다. 가정에서도 역시, 한쪽에서 소프라노를 내면 또 다른 한쪽에서는 알토로 화답해야 한다. 테너에는 베이스로 화음을 맞춰야 담 밖으로 큰 소리가 새어 나가지 않는다. 서로 다른 남이 만나, 임이 되어 부부(夫婦)의 연을 맺어 물 흐르듯 살아가는 것이 결코 쉬운 일이 아니다. 그래서 사이좋은 부부로 백년해로하는 것을, 두 사람이 서로 도(道)를 닦는 과정이라 하지 않는가.

예전에 기타 좀 친다는 동네 오빠들이 통기타와 함께 불던 하모니카의 울림이 내 가슴에 아련하게 남아있다.

십릿길을 기차와 도보로 통학하던 가난한 농촌 소녀은, 멀리서 들려오는 아련한 소리에 끌려 무작정 다가갔다. 창문 밖으로 새어 나오는 환상적인 화음에 어느 집 담 밑에 기대어 그 곡이 다 끝날 때까지 듣고서야 걸음을 재촉했다. 그 후 소년은 하모니카 매력에 빠져 하모니카를 불기 시작했다. 애잔한 소리는 때로 울적한 마음을 달래주기도 하고, 기쁨을 함께해 주는 그의 가까운 친구가 되었다. 피아노를 배운 적 없는 그가 하모니카에 쿵작쿵작 반주까지 넣어 신나게 부른다. 악보를 봐야만 연주가 되는 내게는 신기하고 놀라울 따름이다.

그와 함께 환상의 빛 오로라를 보기 위해 겨울 여행을 갔다. 건조한 북극의 밤하늘에 형형색색의 빛이 머리 위로 쏟아진다.

"우와! 판타스틱! 그레이트! 원더풀! 대박!"

여기저기서 세계인의 감탄사가 끝없이 이어진다. 빛과 빛 사이 잠깐의 정적이 흐르면 언제 또다시 나타날지 모르는 오로라를 숨죽여 기다린다. 캄캄한 어둠 속 티피 안에서 황홀한 빛을 기다리는 동안 주머니에 하모니카가 없는 것이 아쉬웠다. 다양한 인종들이 모여 앉아, 어디선가 들었음 직한 우리의 아리랑을 함께 흥얼거릴 수 있는 최고의 순간을 놓친 것이 못내 아쉬웠다.

그 후 우리는 여행길에 반드시 하모니카를 챙기기로 마음먹었다, 또 그와 함께 언제 어디서든 화음 맞춰 부를 수 있는 간단한 레퍼토리를 준비하기로 했다.

하모니카는 직사각형의 틀에 입으로 바람을 불어 칸마다 쇠붙이를 끼운 얇은 판 리드(reed)의 떨림으로 소리를 내는 작은 관악기다. 매혹적인 선율은 들숨과 날숨 호흡으로 소리를 만든다. 크기가 작고 가벼워 주머니에 넣어 다녀도 부담이 없고 어느 곳 어떠한 분위기에서도 흥을 돋을 수 있는 악기다. 하모니카를 사랑하는 사람들이 모여 그 안에서 감미롭고, 섬세하고, 애처롭고, 명랑한 소리로 조화를 이룬다. 소리가 만들어내는 아름다움은 값으로 계산할 수 없다.

수백 수천만 원을 호가하는 다른 악기에 비하면 가격 또한 얼마나 저렴하고 착한지 모른다.

하모니카는 집에서 불어도 이웃에 크게 피해를 주지 않아 좋다. 애잔한 단조곡에서부터 동요, 트로트, 민요, 발라드, 팝송, 클래식까지 두루 섭렵할 수 있다. 게다가 '아 에 이 오 우' 입 운동으로 입 주변 근육과 턱살이 처지는 것을 막아주는 보너스 효과까지 더한다. 횡격막을 이용해 숨을 불며, 뿜어내는 복식 호흡으로 폐 기능이 좋아지고 스트레스 해소에 그만이다. 주머니에 쏙 들어가는 그 작은 악기는 매력적인 요정임이 틀림없다.

하모니카로 앙상블을 이루는 공통분모를 가진 사람들의 정겨운 만남이 있다. 취미생활을 통해 건강한 노년를 보내기 위한 장(場)이다. 하모니카를 배우는 학생들은 다양한 경험을 가진 분들이 모여 인생 이야기를 나누는 즐거움까지 더한다. 음악으로 하나 된 화음(和音)을 만들어가는 것은 또 하나의 기분 좋은 도전이다.

화음을 맞춘다는 것은 마음을 맞추는 것과 같다. 만남이 봉사로 이어지는 하모니카를 사랑하는 모임은, 한 달에 한 번씩 주간보호센터나 노인복지센터를 찾아 어르신들과 즐거운 시간을 나눈다. 언제 어느 곳에서든 길거리 공연이 가능한 버스킹으로 행복 바이러스를 전해 줄 수 있으니 이 또한 얼마나 감사한 일인가. 화음으로 만드는 봉사가 내면의 기쁨으로 가득 채운다.

오늘도 나는 하모니카와 입을 맞춘다.

매듭짓기

끈을 묶을 땐 풀 때를 생각해 조심스레 매듭을 짓는다. 사람의 일이나 관계에서도 자신이 묶은 매듭은 스스로 풀어야 한다. 우리 선조들도 일을 시작한 사람이 그 일을 마무리하고, 묶은 사람이 풀어야 한다는 결자해지(結者解之)를 가르쳤다.

대나무의 생명력은 강하다. 2차 세계대전을 종식 시켰던 히로시마 원자폭탄 속에서도 유일하게 살아남았을 정도다. 휘어질지언정 부러지지 않는 유연함은 속이 비어 있는 둥근 마디의 매듭 때문이라 한다. 대나무의 강함이, 그 높이가 아니라 매듭에서 비롯되듯 건강한 사람은 내적인 매듭을 지닌다.

우리 집에 셋째 딸이 태어났을 때, 난 그 아이의 이름을 '사랑'이라 지었다. 남편은 아이가 자라 사춘기가 되면 남학생들이 이름을 가지고 장난치고 놀린다면서 "당신이 정 그렇게 짓고 싶다면 집에서 애칭으로 부르면 좋겠다."고 했다. 그의 말에 따라 아름다울 '가(嘉)' 은혜 '은(恩)', 주님의 아름다운 은혜란 뜻의 이름을 지어주었다. 아이는 아무 탈 없이 건강하고 지혜롭게 잘 자랐다.

사실 많은 사람이 우리 집 셋째 딸의 존재에 대한 감사를 이해하지 못했다. 첫째와 둘째 딸을 낳은 후 무조건 아들이 있어야만 한다는 시어머니의 성화는 스트레스 폭격기였다. 아들을 낳아야만 한다는 숙명적인 사명감에, 마음 졸이며 셋째를 가졌다. 태명을 '다윗'이라 짓고, 매일 밤 앉은뱅이책상에 앉아 대학노트에 성경을 필사했다. 태중의 아기에게 편지를 쓰며 대화를 나누는 태교다.

열 달 후 기다리던 아들을 낳았다. 온 가족이 기뻐했고 많은 사람의 축하를 받았다. 눈이 크고 코가 오똑한 잘생긴 아들은 한껏 젖을 빨았다. 그런데 갑자기 아기가 젖을 물지 않고, 자꾸 밀어내더니 시름시름 눈을 감는다. 계속 감는다. 친정엄마는 강보에 싸인 아기를 데리고 소아과에 갔다. 청진기를 댄 의사는 자리에서 벌떡 일어나 빨리 큰 병원으로 가라고 밀어냈단다. 아기 낳은 지 일주일 된 산모는 집에 있었고, 친정엄마와 남편은 구급차를 타고 종합병원으로 갔다. 아기는 끝내 엄마 품으로 돌아오지 못했다. 불룩 솟은 배가 꺼져 출렁거리는 내장이 제자리를 잡아가는 훗배앓이 통증이 채 가시기도 전이다.

그날 불어닥친 회오리바람은, 아기 잃은 엄마를 절망의 나락으로 빠뜨렸다. 하늘이 무너지는 슬픔과 고통에 몸부림치며 도무지 이해할 수 없어 괴로운 하루하루를 보냈다. 아기가 먹어야 할 젖은 퉁퉁 불고, 젖을 먹어야 할 아기는 온데간데없다. 눈 감으면 강보에 싸인 아기가 보이고, 잠이 오지 않아 불면증에 시달렸다. 나의 분신을 떠나보낸 아픔에 울고 또 울었다. 왜 나에게 그런 일이 있느냐고, 하나님을 원망하며 따지듯 물었다. 육체와 정신은 점점 지쳐가고, 텅 빈 마음속 황폐한 공간은 그 무엇으로도 채워지지 않는다. 그래도 몸조리는 해야 한다며 냉장고에 반찬을 가득 채워주고, 미역국을 끓여준 분들이 있었다. 그 따듯한 마음은 지금까지 잊을 수 없는 감사다. 힘들어도 아이를 하나 더 낳아 키우면 잊을 수 있다고 위로해 주는 분도 있었다.

건강한 아이를 낳아 품에 안고 키우고 싶었다. 거친 폭풍우가 지나간 후, 태어난 네 번째 아이가 우리 집 셋째 딸이다. 아이는 지혜와 키가 자라며 엄마의 위로자요 기쁨이요, 엄마의 바나바로 잘 자라 주었다. 캄캄한 밤하늘에 별이 더욱 빛나듯, 셋째를 키우며 마음의 상처가 조금씩 치유되고 내면의 기쁨이 회복되어 졌다. 아기천사를 키우면서 이해할 수 없던 하나님의 사랑이 느껴졌다. . 이어서 또 아들을 낳았으니, 다섯 번 출산한 요즘 보기 드문 출산드라 다둥이 엄마다. 젊은 날 아픔을 딛고 일어선 견고한 '신앙의 매듭짓기' 터널을 지나왔다.

모든 신분은 그에 걸맞은 수준을 요구한다. 존귀한 자로서의 귀한 신분에 맞는 수준은 어느 정도여야 할지 되묻는다. 아픈 만큼 성숙해지는 것임을 알게 된 큰 대가를 치러야 했다. 나를 나답게 만든 흔들림 없는 진리의 매듭짓기였다. 그 매듭은 영과 육이 건강한 사려 깊은 사람으로 살아내기 위한 것이었음을 그해 가을이 가르쳐주었다.

물꼬 싸움

아파트에서 살다가 한적한 마을에 집을 짓고 산 지 벌써 십여 년이 지났다.

주방 창문에서 내다보이는 밭에는 새벽인데도 벌써 뒷집 할아버지가 맨흙 위에 철퍼덕 주저앉아 불편한 다리로 엉덩이를 밀며 일하고 있다. 밥 먹는 시간 외에는 온종일 밭에서 살다시피 하는 할아버지의 생명줄은 물과 흙이다.

갑자기 밖에서 큰 소리가 나면 영락없이 또 싸움판이 벌어진 것이다. 겉으로 보기에는 평화로운 시골 마을이지만 이웃사촌 인심은 옛말이다.

"저 영감탱이 제정신이 아니야. 썩을 놈, 죽일 놈. 치매야 치매."

육두문자가 난무하는 욕설은 기본이고, 삿대질에 악다구니를 쓰며 서로 달려든다. 한 평의 땅, 한 줄기의 생명줄을 지키기 위한 싸움이 끝내 멱살잡이 큰 싸움으로 번진다. 신고를 받고 출동한 경찰들도 어쩌지 못하고 되돌아가기 일쑤다.

농부에게 물은 생명 그 이상이다. 물꼬 싸움으로 대를 이어 원수지간이 된 이웃, 마을 안을 들여다보면 평화가 깨진 지 이미 오래다. 이곳에는 젊은 사람이 거의 없고, 대부분 노인이 농사짓는 데 논·밭에 물 주는 일로 자주 다툼이 벌어진다. 관개시설이 잘 되어있고 농사는 대부분 기계로 짓고 있는데도 여전히 물로 인해 싸우는 일이 이 마을에서 왕왕 일어난다. 논바닥만 갈라지는 게 아니라 농부의 마음도 타들어 가는 거친 사막이 되는가 보다.

이곳에 터를 잡고 들어오면서 첫 번째 부딪힌 문제도 역시 물이었다. 농업용수와 식수 구분 없이 사용하여 몹시 황당했다. 일 년 치 물세를 똑같이 내고 다 같이 사용하는 동네 지하수임에도 고놈의 물 때문에 허구한 날 동네가 시끄럽다. 세상에서 제일 재미있는 구경이 불구경, 싸움 구경이라고 했던가. 하지만 물을 지키고 빼가려는 크고 작은 싸움으로 마음 밭까지 점점 딱딱해져, 이웃 간 인심은 이미 메말라 버렸다. 사막의 오아시스처럼 물이 콸콸 넘쳐나 이웃들이 평화롭게 지낸다면 얼마나 좋을까.

그해 우리 마을에 시간당 최고 200mm의 물 폭탄이 쏟아져 삽시간에 수중도시로 변했다. 홀로 지내는 할머니 집은 흔적도 없이 사라졌다. 산비탈 지반이 약해져 공원묘지 토사가 유출되어 산사태가 나고, 하천 범람으로 침수·단수·정전으로 농작물 피해 또한 컸다. 20여 년 만에 있는 재해였다. 그때 나는 간발의 시간 차로 먼저 집을 빠져나왔다. 딸이 홍수 상황을 실시간 동영상으로 보내 주면서 "엄마 도저히 믿겨 지지 않아~"라고 한다.

전국에서 보내 준 성금과 적십자 후원으로 새로 집이 지어졌고, 복구 작업을 통해 마을로 들어가는 튼튼한 새 다리가 다시 만들어졌다. 맑은 계곡물이 흐르는 월운천(月雲川)은 언제 그런 일이 있었느냐는 듯 말이 없다.

얼마 전 동네 상수도 공사가 시작되었다. 각자 사용한 만큼 물세를 내면 전쟁 같은 물싸움은 더는 없어지려나. 지금도 여전히 이웃들 간의 물꼬 싸움으로 시끄럽다.

우리 마을이 맑고 푸른 생태 환경이 살아 있는, 사람과 자연이 어우러지고 초록 숲과 하천이 일급수 물로 바꾸어지기를 기대한다. 징검다리 건너며 물장구치고, 밤이면 각양각색 은은한 불빛에 가족들이 산책할 수 있는 도심 속 쉼터가 새롭게 펼쳐지면 얼마나 좋을까. 더는 이 마을에 물로 인하여 싸움이 없는 평화로운 마을이 되기를 소망한다.

멀리 20층이 넘는 아파트 공사가 한창이다. 저쪽은 도시요 이쪽은 농촌이다. 개발붐에 밀려 어느새 도시와 농촌의 경계선상에 있는 동네가 되었다. 내가 사는 이곳은 여전히 지하수를 먹고, 하루 열두 번 운행하는 버스를 시간 맞춰 타고 나가야 하는 농촌 마을이다.

울타리 밖에서 무슨 일이 있는지 알지 못하는 우리 집 앞마당 풍경은 평화롭다. 팬지, 제비꽃, 매발톱, 송엽국, 페츄니아가 지천으로 꽃망울을 터트린다.

『한국문인』 신작수필 2021.6.

간 큰 남자

하루 세 끼를 집에서 다 챙겨 먹는 남자를 '삼식(三食)이'라고 하는 유머가 있다. 무슨 일이 있어도 아침밥은 꼭 챙겨 먹는 내 남편은 우리 집 '두식이'다. 어떤 휴일엔 어김없이 '삼식이'가 되기도 한다.

출장이나 멀리 여행을 가는 날에는 졸린 눈으로 새벽밥을 차렸다, 찰칵! 현관문이 닫히는 소리를 듣고 난 후에야 다시 또 잠을 청하곤 했다. 빵은 간식이지 밥이 아니라는, 간 큰 남자와 나는 사십 년 넘게 살고 있다. 밥을 먹지 않으면 밖에서 힘을 못 쓴다는 밥 예찬론자다. 아침잠이 많은 올빼미형 아내와 새벽형 남편이 만나, 달콤하고 맛난 잠자리 권리를 내어준 채 그렇게 살았다.

'밥상머리교육이 곧 가정교육이다.'라는 남편의 확고부동한 생각, 가족이 다 같이 밥 먹으며 머리를 맞대고 이야기를 나눌 수 있는 시간은 아침 식사밖에 없다면서 아이들을 깨워 식탁에 앉혀야 한다. 더 자고 싶은 아이들에겐 아침 식탁에 앉아야만 하는 스트레스 또한 크지만 억지로라도 앉아야만 하는 우리 집 아침 풍경이다. 하지만 옳은 가치관을 가르치는 바른생활 사나이에게 특별히 반기를 들 명분이 없었다. 가부장적인 가정에서 자란 충청도 양반 기질이 다분한 남편과는 첫 만남부터 평등의 눈높이에서 만나지 못했다.

결혼 적령기 총각 선생님과 까마득한 동아리 후배의 만남이었다.

대학생인 나에게 졸업할 때까지 기다리겠다는 진심 가득 담긴 고백을 받았다. 절제 있는 그의 행동은 '내 사랑'이기보다 존경하는 선배님이었다. 혹 의견 차이가 있을 때면, 자기의 제자를 대하듯 날 가르쳤다. 믿음 안에서 '행복한 가정상'을 제시하고 설명하며, 온전히 자기 사람이 되게 만들었다. 옳은 걸 옳다 하는 이에게 어린 신부는 마땅히 그의 뜻에 순종하며 살았다.

세월은 우리 집 딸들을 지극정성으로 사랑하는 젊은 남자들을 셋이나 선물해 주었다. 아내를 사랑하고, 육아를 함께 하며, 행복한 가정을 만들어가는 그들이다. 달달한 그들의 모습을 바라보는 것으로도 엔도르핀이 솟아난다. 사위가 자기 여자에게 하는 모습들이 너무 예쁘기도 하지만, 부럽기도 했다.

지금까지 살아온 내 삶의 방식과는 달라도 너무 다른 모습들을 보면서, 내 안에 남편을 향한 볼멘소리가 점점 많아지기 시작했다. 집안일에 있어서 아내와 남편 역할에 대한 선이 엄격하게 구분되는 것이 싫었다. 이제까지 살아온 생활 방식에 은근히 화가 치밀어 남편에게 반기를 들었다. 게다가 엄마의 남자를 향한 아빠에게 남자 대 여자로서 아이들의 목소리도 한 몫 더했다.

삼십 년 묵은 체증이 확 풀어지게 된 결정적인 사건은 가족 역할극이다. 아이들이 아빠가 되어 평소의 아빠 모습으로 역할극 하는 내내 다 같이 하하 호호 웃었다. 하지만 그는 웃는 게 아니었다. 분명 자기 모습을 돌아보게 된 울림이 있었던 듯하다. 말보다는 행동으로 보여주는 그의 뒷모습이었지만, 바꾸려 애쓰는 마음이 보였다. 조금씩 아주 조금씩 우리 집 아침 풍경이 달라지기 시작했다. 어느 사이에 알아서 척척 잘하는 '남편' 아닌 '내 편'이 되었다.

이제는 잘 해도 너무 잘한다. 자기들의 아빠에게, 엄마의 남자에게, 가정 안에서 부부 역할이 평등의 자리에 있어야 한다는 메시지를 주고 아이들은 제 둥지를 찾아 떠났다.

서로의 역할을 도와주고 함께하다 보니, 라이프 스타일도 달라졌다. 동이 틀 무렵 일어나 집 안과 밖을 돌아보며 부지런히 일을 다 끝마치고 났는데도, 남편은 아직도 단잠에 빠져있다. 잠꾸러기였던 아내가 새벽을 깨우고, 남편은 밤늦게까지 컴퓨터 바둑을 두느라 올빼미가 되었다. 일찍 일어나니, 아침 시간이 한결 여유롭다.

부부는 같은 목적지를 향해 함께 걸어가는 동지다. 남은 인생 그와 함께 살아갈 황혼의 블루스가 기대된다. 예전처럼 살았다면, 퇴직 후 그는 분명 삼식이가 되고도 남을 '간 큰 남자'였을 텐데 말이다. 내일 아침은 그와 함께 샐러드와 샌드위치를 만들어 아침 식사를 해 볼까보다.

그해 여름

잊혀지지 않는 그 추억을 찾아 보물창고를 열어본다. 문맹 타파와 농촌 계몽운동에 앞장섰던 상록수의 주인공처럼 그해 여름을 그렇게 보냈다. 내 젊은 날 인생 한 자락이다.

방학 동안 농촌 일손을 거들며 노동의 의미와 체험을 통한 농촌 봉사활동(農村奉仕活動)으로 여름성경학교를 열었다. 마음을 같이 한 후배들과 함께 계획하고 준비했다. 돌이켜보니 그것은 타오르는 젊음의 열정이었다. 사랑의 마음이 시킨 일이었기에 우리는 손발이 척척 맞았다.

괴산 청천의 작은 시골집에서 아이들이 다닥다닥 모여 앉아 선생님을 기다리고 있다. 맛있는 간식과 노래, 율동, 색종이 접기, 그림그리기, 학습을 돕기 위한 공부방을 준비했다. 2박 3일 동안 여름성경학교는 미니올림픽과 한 마당 잔치까지 일사천리로 진행되었다.

무사히 끝내고 돌아오는 길은, 고단한 봉사 후에 얻어지는 뿌듯한 만족감으로 가득 채워진다. 헤어짐을 아쉬워하며 사립문 밖에서 눈물을 글썽이던 아이들의 맑은 눈망울이 내내 마음에 걸렸다.

의논 끝에 우리는 일회성이 아닌 지속적인 봉사를 하기로 결정하고, 일요일 오후 시간을 기꺼이 반납하기로 했다. 한결같은 꾸준한 봉사가 쉽지는 않았다. 하지만 끝까지 남은 후배와 둘이서 흙먼지

날리는 시골길을 매주 달려갔다. 우리를 기다리는 아이들을 만나기 위해 버스를 3번이나 갈아타고서….

금신리 마을로 발길을 향했다. 할아버지와 단둘이 사는 어린 소녀가 우리 선생님들을 무척 따랐다. 얼굴에 주근깨가 가득한 단발머리 숙이는 유독 사랑을 받고 싶어 했다. 돌아오는 길에는 공책을 찢어 쓴 어린 영혼의 마음이 담긴 숙이의 편지를 읽을 수 있었다. 사랑의 부재가 남긴 빈 공간을 조금이라도 채워주어야겠다는 의무감이 마음을 다독였다. 사랑으로 채워진 의미 있는 시간을 보낸 그해 여름이다. 오늘날 농활(農活)이란 이름으로 본질과 순수를 잃어버린 단체의 힘으로 이용되고, 퇴색되어 가는 예전과는 너무 달라진 현실이 안타깝다.

그때는 힘들다는 것이 어떤 것인지 알지 못했다. 앞으로 어떤 어려움이 닥칠지도 전혀 예상하지 못했다. 흙냄새조차 모르고 시멘트 바닥 위에서 자란 나는 자연과 가까이할 수 있는 그 시간이 마냥 좋았다. 온몸이 땀으로 젖었을 때 삐걱삐걱 펌프질로 올라오는 우물물 샤워는 뼛속까지 짜릿했다. 깜짝 놀라 기절하지 않은 게 다행일 정도로 차가움을 넘어선 서늘한 냉수욕이다. 내가 나를 만나, 나를 돌아본, 다시는 경험하지 못할 겁 없는 스물두 살 여름은 그렇게 지나갔다. 젊은 날 여름 농촌봉사활동은 나를 키운 인생 수업이다.

만남보다는 헤어짐이 더 힘겨운 일이라는 것을 알게 된 가을이 성큼 다가왔다.

지금 나는 어설픈 초보 농사꾼으로 살아가고 있다. 어쩌면 그해 여름 농촌 봉사활동의 뜨거운 열정과 따듯한 기억이 나를 이곳으로 이끌었는지 모른다. 다시 돌아갈 수 없는 젊은 날 아름다운 추억은 오늘 나에게 반추의 기쁨을 준다. 어린 시절 온 가족이 한 상에 둘러앉아 먹던 엄마표 동태찌개 맛을 잊을 수가 없다. 행복한 추억은 오래 간직되는 맛남이다. 땀 흘린 후 고추장에 열무김치, 거기다 열정을 비벼 넣은 비빔밥. 그 맛을 잊지 못하는 까닭이다.

젊은 날 함께 농촌 봉사하던 청년은, 여전히 힘들고 어려운 이들을 위한 숨은 봉사를 나누는 의사 선생님이 되었다. 그해 여름 속으로 다시 한번 들어가 보고 싶다. 매 주 우리를 그렇게 기다리던 어린 숙이는 어디서 어떻게 살고 있을까? 성숙한 아줌마가 되었을 어린 소녀 숙이가 어디선가 선생님! 하고 툭 튀어나올 것만 같다.

딸 부잣집

'요람에서 무덤까지'

사람은 태어나는 그 순간부터 죽음에 이를 때까지 헤아릴 수 없이 많은 만남이 있다. 그 첫 번째가 출산의 고통을 넘어 생명의 끈으로 이어지는 만남이다. 아버지와 어머니의 끈으로 이어진 자녀를 만나 비로소 한 가족이 되는 놀라운 생명의 신비다.

"Father and mother, I Love You.(아버지 어머니, 나는 당신을 사랑합니다.)"

단어의 첫 글자를 따서 연결하면 'FAMILY'가 되는 깊은 뜻이 있는 '가족'의 어원이다.

아들 공부 시키려고 캐나다에서 살다가 2년여 만에 방학을 이용해 잠깐 귀국한 친구를 만났다. 그녀는 기러기 아빠가 된 남편이 처음엔 '외롭다. 아들만 챙기지 말고 빨리 오라.'고 볼멘 소리를 했는데 이제는 오랜만에 만나 잔소리 듣기 싫다며 "아들 데리고 빨리 가라. 혼자 있는 게 오히려 더 편하다."고 한단다. 머나먼 이국땅에서 남편과 떨어져 엄마 혼자 아들 뒷바라지하는 아내를 위로하기는커녕, 빨리 가라 재촉한단다.

서글픔을 달래 보려 아들과 함께 기분 전환 드라이브라도 하자고 하면 "저는 바쁘니 엄마 친구들과 가세요. 잔소리 좀 그만하시고 제

발 혼자 있게 해 달라고 한단다. 두 남자 사이에서 존재 이유를 생각한다는 친구의 푸념이다.

또 다른 친구는 아들만 둘이다. 남편 생일날 케이크에 촛불 켜 놓고 생일 축하 노래를 부르고 나면, 세 남자는 말 한마디 없이 멀뚱하게 앉아 있단다. 썰렁한 분위기가 어색해 "엄마가 춤추고 노래할 테니 너희들은 박수 쳐."라며 혼자서 춤추고 장구 치는 자신의 처지가 한심하게 느껴진다고 하소연한다. 이제라도 할 수만 있다면, 딸 하나 낳고 싶다며 아들만 있는 친구의 '딸 타령'을 듣는다.

둘째 딸 낳고 공주 탄생을 축하한다며 병원을 찾은 친지들과 웃으며 인사 나누고 있었다. 그때 등 뒤로 시어머니 목소리가 들린다. "쓰잘데기없는 지지배 낳아놓고 뭐가 좋다고 저리 실실대! 아들 안 낳으면 씨앗을 봐서라도 데려올겨!"

독하고 모진 말에 상처받은 며느리와 시어머니의 거리는 한없이 멀어졌다. 그 후 선도 안 보고 데려간다는 셋째딸을 낳았다. 거기에다 늦둥이 아들까지 다른 집보다 두 배로 아이들 낳고 키우느라 정말 힘들었다.

가끔 딸 둘과 쇼핑하러 나가면 "딸만 둘인가 봐요?"라고 묻는 점원에게 "예!" 하고 대답한다. 밑으로 셋째와 넷째를 데리고 나가면, "사이가 너무 좋아 보여요. 남매를 두셨나 봐요?"라고 묻는다. 나는 또 "예!"라고 대답한다. 그리고 애들 넷과 외식이라도 할라치면 "어머! 사 남매를 두셨네요." 굳이 긴 설명을 생략하고 그때그때 처한 상황에 따라 답했다.

이제는 딸 많은 엄마를 부러워하는 세상이 되었다. 아이들 넷이 지금까지 엄마 아빠에게 준 기쁨은 다 셀 수 없이 차고도 넘친다.

사춘기 우리 아이들 키울 때다. 출근길 엘리베이터 문이 열렸는데 눈에 확 들어오는 작은 포스터가 보였다.

"오늘은 우리 아빠 귀빠진 날입니다. 우리 아빠가 살아오신 길, 이름, 나이, 현재 하는 일, 엄마와의 만남. 우리 아빠는 우리를 이렇게 키워주셨어요. 고마우신 우리 아빠께 감사드려요. 여러분! 다 같이 우리 아빠 생신을 축하해 주세요."

리본 끈에 볼펜을 매달아 두었다. "어쩌면 딸들이 저렇게 아빠에게 깜찍한 생일 축하 선물을 준비할 수가 있을까요? 나도 딸 하나 있었으면…" 종이 위에 써 내려간 통로 이웃들의 롤링 페이퍼에 부러움까지 더한 축하 인사가 달렸다. 딸 부잣집 아이들이 주는 깜찍하고 애교스러운 선물은 엄마 아빠에게 기쁨과 행복으로 가득 채워준다.

남편 정년 퇴임식 때의 일이다. 아이들은 아빠 모르게 퇴임식 자리에서 자녀들이 주는 감사패 전달을 순서에 넣었다. 아들은 앞으로 나가 아빠에게 허그하며 감사의 표시를 했다.

"아버지 당신의 인생을 존경합니다. 인생을 걸어가는 동안 큰딸의 자부심이 되어 주시고, 둘째 딸에게 늘 푸르른 소나무로, 셋째 딸에게는 언제나 빛나는 별로 반짝여준 그대. 늦둥이 막내아들을 품어주시고, 좋은 그릇으로 키워주신 당신께 감사드립니다."

당신의 열매 사 남매 드림.

캐리커처로 아빠의 이미지를 그린 그 속에는 가족으로 만나 아이들을 키우며 함께 했던 엄마 아빠의 인생이 들어있었다. 간결하고도 일목요연하게 각자 한마디씩 자신의 마음을 담아 써 내려간 가슴 찐한 감동의 선물이다.

그리 호락호락하지 않았던 젊은 날의 나에게

"고생했다.

수고했다. 잘 살았다!" 토닥이며 위로해 주는 것 같다. 자녀의 수가 부의 상징이 된다는 요즘 네 아이 키우는 엄마라 하면 깜짝 놀라는 그들에게 감히 말한다. 딸 부잣집 엄마 아빠의 부요함은 그 무엇으로도 따라 올 수 없을 것이라고.

'자식은 기업이요. 태의 열매는 전통에 가득한 화살'이기 때문이다.

엿보기

사랑하는 사람들 모습을 보면 마치 등 뒤에서 빛이 나는 것 같다. 자신들도 모르게 밖으로 뿜어져 나오는 행복을 주는 엔도르핀 덕인지 보는 이에게도 달달한 기쁨을 준다. 행여 놓칠세라 두 손 꼭 잡고 걸어가는 사랑 가득한 젊은이들의 어여쁜 모습을 보면, 엄마 미소가 저절로 나온다.

사람의 일생에서 치르게 되는 가장 큰 행사를 인륜지대사(人倫之大事)라 한다. 우리나라에서는 관례, 혼례, 상례, 제례에 대한 4가지 예법이 있다. 혼례를 치른 신랑과 신부의 첫날 밤. 손가락에 침을 묻혀 전통 격자 창호지에 구멍을 내고 신방을 훔쳐보던 우리네 풍속이 있다. 신부는 꼼작 않고 신랑이 방에 들어오기까지 오매불망 기다린다. 족두리를 벗겨주고, 옷고름을 풀며, 묶은 치마 매듭을 뒤에서 풀어주는 신랑 신부의 모습을 하하 호호 엿보던 첫날밤 '엿보기는' 우리 민족의 오랜 풍습이다.

때로는 신부를 훔쳐 간 도둑이라며 마른 명태로 신랑의 발바닥을 때린다. 원기 회복을 자극하는 신랑 다루기로 처가 집 식구들과 빨리 친숙한 관계가 되도록 하기 위한 장난스러운 의식이기도 하다. '신랑 달음'이 끝나면 신붓집에서 마을 주민들에게 음식을 대접하고, 신랑과 마을 사람들과 인사를 나누면서 교제의 시간을 보낸다. 그런데 홀로 기다리는 새색시와 신랑을 배려해, 절대 삼경(11시에서 1시 사이)을 넘기지 않은 철칙이 있었다. 조상들의 슬기와 배려가 담긴 아름다운 모습이다. 처음 사랑을 시작하는 이들을 지켜보는 즐거움에, 마을 사람들 모두 신랑 신부가 된 듯 대리만족을 누렸던 것이다.

같이 숨 쉬고 함께 가슴 뛸 수 있는 사람을 만나기 위해 기도하고 이상형을 그리며, 자신을 준비하던 딸아이가 사랑에 푹 빠졌다. 서로 다른 곳에서 각자 자신의 일을 하고 있지만, 마음은 온통 24시간을 함께 하고 있는 것 같다. 엄마 아빠는 아침저녁 딸아이의 출퇴근을 돕고 식사와 잠자리를 해결해 주는 보호자로 자리매김할 뿐이다. 그 안에는 사랑하는 사람으로 가득 채워진, 못 말리는 사랑만 있다.

기부왕 성공 투자자인 워런 버핏이 “내 인생의 전환점은 인생을 함께 걸어갈 아내 수잔을 만난 것”이라 했다. 만남의 중요성은 아무리 강조해도 지나치지 않다. 우리 아이들의 인생에서 건강하고 행복한 가정을 위해 가장 중요한 건 어떤 배우자를 만나느냐가 그 무엇보다 중요하다.

오래된 친구로 지내다가, 어느 날부터 서툰 사랑을 시작하고는 운명적인 연인이 되었다. 알콩달콩 서로를 알아가는 진지한 만남이기에 미더운 마음으로 지켜보고 있었다. 게다가 “내 아들이 좋아하는 여자라면 엄마는 다 좋다. 하나님이 우리 가정에 보내 주신 귀한 선물이니 나는 무조건 며느리 편이다.”라고 말씀하는 시어른되실 분들의 인품에 그저 감사할 뿐이다. 이제 서서히 엄마 품에서 떠나보낼 채비를 해야 할 때가 다가오는 것 같다.

사랑으로 가득한 이 두 사람 인생에 항상 행복한 시계만 돌아갈 수는 없을 것이다. 힘들고 어려운 일이 닥쳤을 때, 힘이 되고 지지해 주고, 격려해 줄 수 있는 믿을 수 있는 한 사람이 되는 그것이 진정한 사랑이리라. 두 사람 마음이 하나 되어 그 예리함이 쇠도 끊을 수 있는 이인동심(二人同心)이면, 때로 힘겨운 일이나 역경이 올 지라도 능히 헤쳐나갈 수 있을 것이다.

청춘의 시간을 만끽하는 젊은 연인들의 사랑을 엿보는 즐거움을 누리는 황혼이다. 나도 모르는 사이에 조금씩 그들의 사랑에 젖어 들어 소소한 기쁨을 함께 누리는 오늘이다. 사랑은 전염되는가 보다.

선물

너무 기쁘면 눈물이 나고 너무 슬프면 허탈한 웃음이 나온다. 기뻐서 흘리는 눈물은 감동지수가 넘쳐나는 행복 충만이다. 행간마다 눈을 깜박이며 목울음을 삼키고 읽어야만 하는 감동적인 선물을 받았다. 사람의 마음을 부드럽게 하는 선물(Present)은 현재, 지금을 가리키는 말이기도 하다.

> 당신에게 가장 기억에 남는 것은 무엇입니까?
> 작은 천국 지음

오묘한 하늘빛 표지를 보는 순간 감 잡았다. 오래전부터 작은 천국 모임이 있을 때마다 특별한 이벤트를 해왔던 터였기에 쉽게 눈치를 챌 수 있었다. 첫 장을 열어 목차를 보자 예감은 적중했다.

"기억에 남는 글을 늘 우리에게 써주시는, 엄마에게 자그마한 선물을 준비했습니다. 오래오래 엄마의 마음속에 남기를 바라는 가족 선물입니다."

남의 편이 아닌 내 편인 그가 왕비에게 보내는 글인 〈젖은 손〉, 그리고 사위 셋과 손주들, 딸과 아들이 엄마에게 주는 깜짝선물이 들어 있었다. 거기다가 친정엄마의 인터뷰와 돌아가신 아버지 유언, 여

동생이 쓴 속마음까지….

첫 장부터 끝까지 눈물 한 바가지 콧물 한 줌으로 손수건을 놓을 수가 없었다. 가족 전체가 하나의 끈으로 엮어져 각자의 자리에서 정성스럽게 쓴 글을 한데 모아 세상에 하나밖에 없는 귀한 책으로 내게 안겨졌다.

"두둥실 보름달이 떠오르면, 정월 대보름에 태어난 당신의 얼굴이 생각나요. 수줍은 아가씨가 초콜릿 스물여덟 개를 예쁜 은박지에 싸서 와이셔츠와 함께 소포로 생일선물을 보내 준 당신. 사십여 년을 나와 함께 해준 지난 세월이 너무도 고맙고 감사하오. 당신은 우리 집안의 위대한 어머니요 사랑의 보금자리요 주인이오. 남편과 자식을 위한 희생적인 내조는 두고두고 잊지 못할 나의 보석이요 왕비임에 틀림 없소."라는 남편의 글에 그동안 가슴에 응어리진 아픔들이 한순간에 녹아내린다.

"사랑의 다른 이름을 찾아가면 그 끝에 엄마가 있다. 딸이었던 내가 엄마가 되고 보니, 여자의 일생에서 엄마라는 이름표가 생기면 또 다른 길이 열린다. 엄마는 옆도 뒤도 돌아볼 겨를 없이 구부러지고 좁은 길을 황소처럼 우직하게 앞만 보고 걸어오셨다. 나는 두 아이 육아도 감당하기 힘들어 찡찡대는데, 엄마는 넷이나 키우셨으니 얼마나 힘드셨을까. 나라면 절대 못 했을 일들을 우리 엄마는 척척 해냈다. 켜켜이 쌓인 시간과 굽이굽이 살아온 세월이 엄마가 살아오신 인생길이다. 엄마를 따라가려면 아직도 먼 길이지만 수고하고 무거운 짐을 이제 다 내려놓고, 그 어깨가 가벼워졌으면 좋겠다. 쥐띠 부인 우리 엄마가 살아오신 삶을 진심으로 존경하고 사랑한다."라는 내용이다. 가까이서 엄마를 챙기는 딸아이의 고백이 큰 위로가 되었다.

"어머니로, 할머니로, 더 멋있어지는 노년 신사의 아내로, 그리고 아직 딸로서도, 그 역할을 잘해 주시는 우리 장모님. 하나님께 맡기고 살아온 사람의 경영이 어떠한지 곁에서 볼 수 있게 해 주셔서 감사합니다. 자녀들에게 힘이 되고 무엇보다도 존재 그 자체로 귀감이 됩니다. 오래오래 건강하시고 행복하시기를 기도합니다."

평범한 엄마로 그 자리를 성실하게 감당했을 뿐인데 사위들에게까지 이렇게 칭송을 받으니 몸 둘 바를 모르겠다.

살면서 이토록 가슴 뭉클한 감동과 기쁨이 가득 채워지는 순간들이 얼마나 있을까? 자녀들로부터 받은 최고의 선물은 내 인생 여정을 잠시 되돌아보는 뜻밖의 여유를 가지게 되었다. 지나온 세월이 파도처럼 밀려와 그리운 추억으로 어느새 저만치 밀려간다. 그때는 너무 힘들어 죽을 것만 같았던 순간들이, 언제 그런 일이 있었냐는 듯 작은 점으로 사라져 버린다. 감사의 마음을 전하기 위해 서프라이즈를 기획하고 준비한, 아이들 마음이 얄미울 정도로 고맙고 사랑스럽다. 이 깜짝선물의 유효기간이 꽤 오래갈 것 같다.

나도 역시 그들에게 줄 무언가를 준비해야겠다. 가족이 다 같이 가는 여행선물을. 지난여름 물한계곡에서 보았던 별이 쏟아지는 밤, 별똥별이 떨어질 때마다 환호하던 그 밤하늘을 다시 보고 싶다는 소원을 들어줘야겠다. 구부러지고 좁은 산길을 지나, 굽이굽이 걸어온 시간을 하나씩 내려놓으려 한다. 가족이라는 울타리로 만들어진 작은 천국은 언제나 즐겁고 행복하다. 그들이야말로 내 생애 최고의 선물이다.

하모니(harmony)

합창에는 주인공이 없다. 소프라노, 알토, 테너, 베이스 네 파트가 다 함께 불러도 한 사람이 부르는 듯 소리를 내야 한다. 모두가 하나의 소리로 화음을 이뤄 곡조 있는 이야기를 들려주는 것이 합창이기 때문이다. 혼자서만 잘해서도 안 되고 자기 목소리만 튀어도 꼴불견이다. 옆 사람 소리를 들으면서 노래하고, 공감하며 함께 그 속에 동화되어야 하는 것이 합창이다. 하나의 화음을 만들기 위해서는 오랜 연습과 부단한 인내의 시간이 필요하다.

연년생인 우리 집 딸들은 어린이합창단 활동을 했다. 방송국 합창단 창단 멤버로 미국 크리스탈 쳐치를 비롯하여 국내외 공연을 많이 다녔다. 노래하는 천사들은 지휘자의 손끝을 따라 눈을 크게 뜨고, 입꼬리를 올려 예쁜 입 모양으로 합창한다. 밝은 얼굴과 무대 매너는 자연스레 시선을 끌었고 그로 인해 만들어진 자산은 어마어마하다. 세상에서 가장 아름다운 미소가 만들어졌다. 유능한 지휘자와 안무 선생님을 만난 덕분에 웃는 얼굴을 덤으로 선물 받았으니 말이다. 덕분에 미소 천사라는 소리를 들으며 자랄 수 있는 큰 복을 누렸다.

한복을 입고 우리의 전통 민요를 부를 때는 외국인들도 아리랑 가락을 따라 부르며 부라보! 원더풀! 박수가 쏟아진다. 누구라도 시선이 마주치면 활짝 핀 표정과 자연스러운 미소는 상대방을 기분 좋게 해 준다. 이는 결코 하루아침에 만들어지는 것이 아니다. 아이들이 하는 말이 한 곡을 마치고 나면, 입술이 부르르 떨리고 턱이 아플 정도라고 한다. 반복되는 연습과 훈련의 결과로 만들어진 얼굴이다. 웃는 얼굴조차도 부단한 연습이 이뤄낸 결과다. 하물며 우리네 삶 가운데 힘들지 않고 저절로 얻게 되는 쉬운 일이 어디 있을까?

나 역시 반평생 이상 알토 파트 자리를 지켰다. 오랫동안 그 속에 있다보니 이제는 소리를 듣고 웬만하면 알토 화음을 맞출 정도다. 어린 시절부터 지금까지 내게 있는 작은 달란트로 봉사할 수 있는 특기이자 취미다. 기본적인 발성을 통해 폐활량을 늘리고 노래에 대한 피드백도 배울 수 있는 더하기의 삶은 매 순간이 기쁨이고 감사다. 무대마다 색다른 경험을 할 수 있었던 것도 또 하나의 드라마틱한 시간이다. 리듬을 타고 노래하며 가사를 통해 쌓였던 스트레스가 말끔히 해소되어 마음까지 치료되니 합창의 매력을 말해 뭐할까.

소프라노가 합창곡 전체를 이끌고 가는 힘이 있다면 알토는 낮은 소리로 받쳐주는 역할을 한다. 다른 파트의 소리에 묻혀 들리는 듯 들리지 않은 듯 안정된 화음을 이루어 누군가에게 조용한 메시지를 전한다. 낮은소리로 협력하며 하모니를 맞추는 알토 음을 내는 사람 역시도 그런 성정(性情)을 지닌 것 같다. 크게 자신의 소리를 내기보다는, 대체로 양보하고 튀지 않는다. 그래서 그런지 화합도 잘하고, 모이기도 잘하며 무난하고 한결같은 성향이 있지 않나 싶다.

소프라노는 노래의 색깔을 뚜렷이 나타내는 높은 음역대로 개성이 강하다. 그에 비해 알토(alto)는 여성 파트의 저음으로 듣기에 편하고 부르기도 편하다. 부드러운 소리와 음색 그대로 얼굴도 성품도 모나지 않고 둥글둥글한 것이 신기하다. 또한 알토는 상대를 세워주는 역할을 한다. 옆 사람의 소리를 들으며 내 소리를 내는 알토 음의 특성과 무관하지 않다. 알토 파트의 사람들은 변덕스럽지 않고 한 가지 일을 오래도록 성실히 감당하는 진득한 면도 볼 수 있다. 여간해 다른 사람들과 다투는 법이 없으니 인간관계도 오래간다. 돕는 역할이 소리와 비례하는가 보다.

자연 속에서도 소프라노, 알토, 테너, 베이스가 파트별로 노래한다. 이른 아침 산새들이 재잘대며 소프라노로 노래하면, 졸졸졸 시냇물이 알토 소리를 낸다. 종달새의 지저귐이 테너라면 바람 소리, 파도 소리가 베이스음으로 조화를 이룬다. 그렇게 도, 미, 솔 3도 화음을 울릴 때 도와 솔 소리를 들으며 미 소리를 내는 것이 알토와 베이스다.

그다지 튀지도 드러나지도 않는 절대음감 알토(alto)를 나는 사랑하고 예찬한다. 그 소리를 이어가는 우리 아이들 그리고 다음 세대까지 다함께 하모니를 이룬다. 앙콜 박수를 받는 판타스틱한 무대 위의 갈채를 꿈꾸며.

아버지의 목소리

아버지의 굽은 손가락에는 팔십여 년 긴 세월이 들어있다. 일제강점기에 어린 시절을 보냈고, 전쟁을 겪으며 사선의 고비를 몇 번이나 넘었다. 혼돈의 시대 이데올로기의 갈등을 겪고, 고향을 떠나 서울에서 자리를 잡았다. 중동 건설 현장에도 있었고, 눈부신 산업화에 이르기까지 힘겨운 격동기를 살아오셨다. 다시는 이 땅에 전쟁이 일어나서는 안 된다며 반공을 강조하였고, 절약과 검소함이 몸에 배어있는 삶의 철학을 가진 분이다.

"김 서방은 잘 있냐? 애들은 건강하고?"

아버지의 주름진 얼굴이 전화선 너머 보이는 듯 아련하다. 천천히 띄엄띄엄 생각한 대로 말이 나오지 않는 어눌한 목소리로, 자식의 안부를 확인하신다. 아버지의 건강과 엄마는 어떠한지, 80줄 노부부의 안녕을 여쭈어야 할 딸에게 매번 먼저 전화를 챙기는 친정아버지다.

"어찌하든지 김 서방 건강 잘 챙기고 남편을 하늘처럼 위하고 살면, 그게 행복이다. 이제까지 남편과 아이들 뒷바라지 잘하고, 자기 자리에서 제 몫을 감당하고 있으니 그게 다 네가 수고한 까닭이다…." 예순을 넘긴 시집간 딸자식을, 있는 그대로 인정해 주신다.

친정아버지 전화를 받고 나면 괜스레 눈물이 핑 돌고 목젖이 젖어오는 뜨거움이 있다. 조금이라도 잘한 것이 있으면 반드시 그것보다 더 큰 칭찬을 해주는 나의 아버지다.

아버지의 목소리는 나에게 또 다른 에너지 충전소다. 평생을 바르고 올곧게 성실히 살아오신 아버지의 삶은 내 어릴 적 가정교육의 뿌리였다. 온 가족이 한 상에 둘러앉은 시간이면 쌀 한 톨이 식탁에 오르기까지 농부가 씨 뿌려 땀 흘린 이야기를 들려주신다. 밥알 한 톨도 남기지 않고 감사하게 먹는 식사 예절을 가르치셨다.

"앉을 땐 무릎 꿇고 허리를 쭉 펴서 바르게 앉아라. 상대방의 눈을 마주 보고 상냥하게 인사해라. 신발을 벗으면 돌려서 가지런히 놓도록 해라. 도둑이 들어왔다가도 현관에 놓인 신발을 보고, 이 집은 안 되겠다 하고 다시 나가는 법이다."

잔소리 같던 수많은 가르침이 지금의 나를 있게 한 아버지의 밥상머리 교육이다. 때로 동생과 나의 머리를 감겨 주실 때마다 "이렇게 키워 이것들 어떻게 시집을 보내나. 이다음 결혼해서 남편이 아버지처럼 머리를 감겨 줄까나?"라며 손수 머리를 빗겨주시던 아버지다.

잘못하여 벌로 매를 맞고 훌쩍이는 날이면, 눈물로 얼룩진 얼굴을 씻겨주시고, 자장면 집으로 우리들을 데리고 갔다.

"아빠가 니들이 미워서 때린 것이 아니라, 사랑하기 때문에 때린 거야."라는 말씀에 어린 마음에도 그 사랑의 의미가 무엇인지 느껴져 눈물이 볼을 타고 흘렀다. 눈물 섞어 비벼 먹었던 그 특별한 자장면은 지금까지 애틋한 기억으로 남는다.

늦게까지 공부하다가 책상에 엎드려 깜빡 잠들다 깨어났다. 눈 비비고 정신 차려 보니, 책갈피 속에 꽂혀 있는 아버지의 메모가 보인다. '작고 귀여운 우리 딸. 잠든 모습마저 얼마나 예쁘고 아름다운가!' 나는 사랑 가득한 아버지의 정서 아래, 칭찬받으며 자란 아버지의 첫째 딸이다.

사실 나는 우리 아이들 키울 때, 높은 눈높이의 잣대 때문에, 아이들을 칭찬하며 키우지 못했다. 꾸중하고 상처 주며, 사춘기 아이들과 관계가 소원했던 부족한 엄마다. 친정아버지가 보실 때 딸자식의 모습은 어떠했을까? 꼭 좋기만 한 것도 아니었을 텐데 나와는 다르게, 한결같은 칭찬으로 우리를 키워주셨다. 아버지의 성숙한 인격을 닮으려면 아직도 갈 길이 멀다. 아버지를 생각할수록 저절로 고개 숙어진다.

시집와서 아이들 낳고 사위에 손주까지 본 큰딸임에도, 당신께는 영원한 애물단지다. 구순을 바라보는 아버지와 어머니 두 분 다 치매 초기 진단을 받으셨다. 당신의 핏줄 사 남매, 그의 짝꿍들 넷, 친손 외손 증손자까지 보셨으니, 이제껏 건강하게 참 잘 사셨다. 더이상 기억이 흐려지기 전에, 더 듣지 못하게 될지 모르는 아버지의 목소리가 없어지기 전에, 자주 찾아뵙고 인사드려야 할 것 같다.

전화선 타고 들려오는 아버지의 목소리는 지금도 나를 키우고 가르치는 사랑의 젖줄이다.

태국 한 달 살기

매월 첫째 날이면 어김없이 안부 인사를 보내는 남자가 있다. 다람쥐 쳇바퀴 돌 듯 바쁘게 살아가는 삶 속에 서로의 안녕을 주고받으며 따듯한 마음을 나눈다. 말미에는 "방콕에서, 비엔티엔에서, 핫야이에서 형걸…" 이렇게 마무리된다.

언젠가 그가 있는 곳에 꼭 한번 가보겠다고 약속했다. 차일피일 미루다 지난겨울, 그곳에 가서 동남아 여름을 살아 보기로 했다. 설렘 한가득 안고 태국 한 달 살기 짐을 쌌다. 어쩌면 이 땅에서 우리에게 꼭 필요한 짐은 가방 한 개의 분량만큼 일지도 모른다.

그동안 패키지여행이나 다른 사람의 수고를 통해 편안한 여행을 다녀왔다면 이번엔 달랐다. 비행기표 발권에서부터 방콕에서 다시 국내선 여객기를 갈아타고 그들을 만나기까지 우리 스스로 해결해야 했다. 미지의 세계를 향한 새로운 도전은 모험이다. 인생은 끊임없는 도전과 모험의 연속이 아닌가.

방콕에서 900여 킬로 떨어진 태국 남부 핫야이시 주택에 숙소를 정했다. 두 집이 한 달 생활비를 똑같이 내고 생활하기로 했다.

이국땅에서 현지인처럼 살아 본다는 것은 또 다른 즐거움이다. 오랜만에 만난 친구는 이역만리에서 향수병과 외로움을 시간 가는 줄 모르게 지나온 삶을 풀어낸다, 남편의 기분 좋은 모습을 바라보는 아내 말리의 눈길은 따듯했다. 그녀의 미소는 가을을 닮았다. 긴 속눈썹에 맑고 순한 눈동자를 가진 태국 여인이다. 그녀는 조선시대 여인보다 더 유교적인 올바른 가치관을 가졌다. 짧은 한국어로 대화가 통하는 영문학도로 5개 국어를 사용하는 지혜롭고 순종적인 이국인이다.

그녀와 함께하는 시간은 특별했다. 과일과 생선 고기와 생필품 가격이 워낙 저렴해서 시장 보는 재미가 쏠쏠하다. 1킬로에 1,300원 하는 망고를 원 없이 먹고, 부담 없는 가격으로 타이 전통 마사지를 마음껏 누리는 호사스러움을 즐겼다.

남편은 다른 나라에서 아내가 만들어 주는 음식을 먹으며 엄지를 치켜든다. 친구도 먹고 싶던 청국장과 탕국, 무생채, 겉절이 등 매끼마다 맛있는 한국 음식을 먹을 수 있다며 고마워했다. 누이 좋고 매부 좋은, 꿩 먹고 알 먹는 윈윈하는 살림살이다. 말리에게 한국 음식 만드는 방법도 알려주고 한국어 공부 시간도 가졌다. 우리가 떠난 후에도 오래 두고 드실 수 있게 밑반찬도 여유 있게 만들어 냉장고를 가득 채워주었다.

송콜라 바닷가에 돗자리 깔고 앉아 잔잔한 바람을 맞으며 천천히 느리게 가는 시간을 즐긴다. 차이나타운 쇼핑과 섬 투어, 바다가 보이는 언덕 위 카페에서 브런치도 먹었다. 곳곳의 전통적인 절과 이슬람 사원을 돌아보고 현지 교회에서 드리는 예배 또한 색다른 체험이었다. 가족 나들이와 연인들의 데이트 장소인 유원지에서 시간 나는 대로 현지인들과 운동도 했다.

꽃 공원, 새 공원, 얼음조각 전망대가 있는 나이사원을 갔다. 35미터 금으로 장식한 와불상과 돈나무 부처상이 있는 사원에서 말리가 갑자기 보이지 않는다. 한참 후에 다시 만났는데, 남편의 건강과 하는 일이 잘되고 둘이 행복하게 잘 살게 해달라고 기도하고 왔다는 것이다. 종교는 달라도 세계 모든 여자의 기도에는 비슷한 공통점이 있는 게 확실하다.

지나는 길에 전통 혼례를 치르는 예식에 참여해 신랑과 신부에게 축하 인사를 했다. 한국 사람이라 했더니 '꼬레' 하며 하객들에게 우리를 소개하자 그들은 환영하며 함께 춤을 추었다. 언제 어느 곳에서든 눈인사를 건네면, 우리나라 사람에 대한 호감을 보였고, '나 당신 좋아해.' 하는 눈빛을 느낄 수 있다. 어디에서든 대한민국 민간 외교 사절단의 역할을 톡톡히 감당할 수 있다는 사실에 자부심이 생긴다.

행복은 원하는 모든 것을 가지는 것이 아니라, 작지만 내가 가진 것을 즐기는 것이다. 아침에 잘 잤냐? 인사하고, 저녁엔 굿나잇! 인사로 시작과 끝을 공유하며 말리와 함께 한 달을 가족으로 살았다.

꿈처럼 보낸 태국 한 달 살기, 내가 가진 걸 마음껏 즐길 수 있었던, 짧지 않은 시간이었다. 한 달씩 살아 보기 여행 프로젝트는 또 다른 곳을 향한 새로운 꿈을 꾸게 한다. 앞으로도 쭈욱 진행형이 될 것만 같은 예감이 든다.

버킷리스트로 꿈을 쓰는 시간처럼 달콤하고 행복한 시간은 없다. 사십여 년간 국가를 위해 일하고 퇴직한 남편과 이모작 인생 계획표를 작성한다. 제주 한 달 살기. 다리가 떨리기 전에 할 수 있는 대로 많은 나라 여행하기. 남편은 한술 더 떠, 우리나라 좋은 곳 어디든지 가서 한 달씩 살아 보자 한다. 전국을 일주하며 지역특산품도 사고, 소문 난 맛집도 찾고, 그 지역 그 나라 사람처럼 살아 보기로 했다.

우리는 지금, 그 꿈들을 하나하나씩 해내는 중이다, 그뿐만 아니라 우리 부부에게 허락된 적은 달란트지만 누군가에게 선한 영향력을 끼쳤으면 싶은 바람이 있다. 그 꿈을 이루려는 방편으로 제 3세계에 한국어 가르치는 일을 통해 인생 십일조를 드리는 선교활동도 준비하고 있다.

귀여운 여인 말리와 함께 한 타향살이는 내 인생 캔버스에 또 하나의 그리운 그림으로 남겨졌다.

천천히 느리게 가는 길

화살같이 지나간 시간은 소꿉놀이하던 아이들이 머리가 희끗희끗해진 나이에 다시 만났다. 햇살 가득한 봄날 흩어져 살고 있는 친구들이 연무대 잔디밭에서 가족들과 함께 모였다. 행복한 시간을 가족에게 선물해 주고자, 자신의 달란트를 모아 각자 할 수 있는 최고의 것들을 준비해 오기로 미리 약속했다.

소풍 날 받아 놓은 어린아이처럼 들떠 있는 아내를 위해, 남편은 무엇을 할 수 있을까 잠시 고민했다. 친구들 모임에서 반짝 과학 탐구 시간을 작은 이벤트로 준비해 주겠다고 한다. 자신의 혈액형을 직접 시험해 볼 수 있도록 잔디밭 테이블 위에 슬라이드글라스, 알콜 솜, 바늘, 혈액형 판정 세트를 올려놓았다. 손가락 끝을 바늘로 찔러 직접 혈액형을 확인해 보는 구체적이고 실제적인 체험학습을 통한 흥미로운 시간을 가졌다.

두 번째 과제는 탱탱볼 만들기다. 붕사 용액과 야광 가루 폴리비닐알코올로 갖가지 모양과 색깔로 만든 작은 공이, 잔디밭 위에서 이리저리 통통 튄다. 탱탱볼을 따라 쫓아다니는 아이들 모습에 기쁨이 가득하다. 온종일 가족이 함께하는 축제의 날을 보냈다.

자신이 제일 잘하는 요리 한 가지씩 만들어와 테이블 위에 놓인 자연 속 포틀럭(potluck) 파티는 환상의 어울림이다. 나는 하나만 가지고 갔을 뿐인데, 차려진 밥상은 차고 넘치는 풍성함이 가득하다. 게다가 내게 있는 것으로 다른 사람과 나눌 수 있는 물건을 가져오기도 했다. 기부한 생필품들, 필요한 사람이 가져갈 수 있게 서로서로 주고받는 나눔이 자연스레 이루어졌다. 가지고 간 것보다 더 많이, 한가득 담으며, 나눌수록 더 많이 채워지는 것을 아이들이 배운 좋은 기회였다.

세월의 간격을 뛰어넘은 성숙한 우정의 선물들을 한 보따리 가득 안고 돌아왔다. 가족들과 함께 한 즐거운 만남을 만들어 준 친구들과, 기꺼이 도우미가 되어준 남편, 내겐 너무나 소중한 사람들이다.

옆도 뒤도 돌아보지 못하고 정신없이 바쁜 일상에, 어깨가 무거운 우리의 가장들이다. 때로 삶의 끝이 보이지 않는다고도 말한다. 퇴근 후 2차 3차까지 이어지는 회식과 여흥으로 휘청거리는 무거운 발걸음은, 잠만 자는 하숙집 같은 곳으로 향한다. 행복해지기 위해 일하지만, 정작 무엇을 위해 열심히 살고 있는지 지친 몸으로 돌아온다. 힘겨운 삶의 무게를 벗어 던지고 가족이 모여 즐길 수 있는 따듯한 둥지에서, 함께하는 시간을 누리는 새로운 가족 문화가 필요하다. 오늘 함께 한 친구 가족들이 그렇게 살아가기를 소망한다.

같은 생각을 하는 사람들이 모여 카페나 대화방이 만들어지는 끼리끼리 또래문화가 주를 이룬다. 나와 다른 생각을 하는 사람은 우리 편이 아니라고 그룹에 들어갈 자격조차 없다는 이기적인 문화, 아날로그를 넘어 첨단 디지털 시대를 사는 이들에게 감히 말하고 싶다. 천천히 느리게 단순하게 살면서 순간을 즐기는 그런 여유를 가져보라고.

거리낌 없이 자신을 내보여도 허물이 되지 않는, 언제든 가고 싶고 만나고 싶은 그런 한결같은 쉽게 변하지 않는 뚝배기 같은 만남 말이다.

돌아오는 차 안에서 남편이 말한다.

"당신 친구들 건전하고 참 괜찮아 보여."

어린 시절 추억을 공유한 그들과 더불어 천천히 느리게 행복의 나이를 만들어간다.

어떤 주례

한밤중 경찰서에서 다급한 전화가 왔다. 남의 오토바이를 타고 밤거리를 누비던 학생이 주인의 신고로 지서에 와 있는데, 집에는 연락이 안 되니 담임선생님께서 보호자 자격으로 지금 빨리 나와 달라는 것이다. 고등학교 교사였던 남편은 오토바이 절도사건 해결의 중심에 있었다. 학생의 장래를 위해 부모님을 대신, 자식을 키우는 같은 마음으로 한 번만 용서해 주시면 책임지고 잘 선도하겠다는 각서를 썼다. 주인의 선처로 남편은 자정이 넘은 후에야, 제자를 우리 집으로 데리고 올 수 있었다.

자칫하면 한순간의 실수로 젊은이의 앞날에 오점이 남을 법한 일이 원만하게 잘 해결되었다. 안도의 숨을 쉬는 남편을 보며 다행이다 싶었다. 거실 한 옆에서 고개를 푹 숙인 채 있는 학생은 문제를 일으켜 선생님을 경찰서까지 오게 할 학생으로 보이지 않았다. 함께 잠자리에 든 스승과 제자는, 새벽녘이 다 되어 가는데도 두런두런 이야기 소리가 끊이지 않는다. 다음 날 아침 나는 더운밥을 먹여 그들을 학교에 보냈다.

그 후 그 학생이 별 탈 없이 학업을 마치고 대학에 진학했다는 소식을 들었다. 내 일처럼 너무 기뻐 뜨거운 눈물이 흘렀다. 학생들을 지도하다 보면 생각지 않게 황당한 일을 겪을 때가 종종 있다. 교권이 무너졌다고 개탄하는 소리가 들린다. 진정한 스승도 제자도 없다는 소리를 들을 때면 가슴이 저리고 안타깝다. 그러나 교육 현장에 결코 어두운 면만 있는 것은 아니다. 학생 선도 후 달라진 모습을 보는 것이 바로 교사의 자부심이고 보람이다.

봄 햇살이 뜰 안 가득 내려와 막 돋아난 여린 잎들과 정담을 나누는 오후, 한 젊은이가 찾아왔다. 고운 아가씨와 함께 밝은 얼굴로 찾아온 청년은 바로 그때 그 제자다. 조국과 겨레와 바다를 지키는 해양경찰 제복을 입은 모습이 무척 잘 어울리는 멋진 청년이 되었다.

"사춘기 시절 갑자기 불어닥친 저희 가정의 문제를 견디지 못해 방황하던 때, 선생님의 보살핌이 아니었다면 오늘의 제가 있을 수 없습니다. 선생님이 주시는 축복의 말씀을 마음에 새기고, 새 가정을 이루고 싶어 주례를 부탁드리러 왔습니다." 제자의 말에 남편은 기꺼이 수락했고 정성 가득한 주례사를 준비했다. 그 모습은 마치 힘들게 숙제를 풀어가는 영락없는 학생이었다. 새로운 가정을 이루는 제자를 마음껏 축복해 주고 싶고, 서로 다른 두 사람이 부부가 되어 아름다운 삶을 살아가기 위해 지켜야 할 것들에 대한 인생 선배로서의 덕담을 준비하는 것이리라.

드디어 제자의 결혼식 날, 싱그러운 바람을 맞으며 옛 근무지를 향해 발걸음을 재촉했다. 단위농협 결혼식장은 그야말로 시끄러운 시골 장터 같았다.

"오늘 주인공들을 위해 주례를 해 주실 분은, 신랑 신부에게 각별한 은혜를 베풀어주신 은사님이십니다. 지금도 여전히 일선에서 후학을 양성하고 계시는 우리들 고등학교 시절 담임 선생님이십니다." 라는 사회자의 말에 박수가 터져 나왔다. 늠름하게 걸어가는 신랑의 어깨가 믿음직스러웠고, 세상에서 제일 예쁜 오월의 신부는 너무도 아름다웠다.

하객들과 가족들 앞에서 서로 존경의 예를 갖추는 맞절순서가 되었다.

"신랑은 15도 각도로 인사를 하고, 신부는 45도로 인사해 주시기 바랍니다. 그리고 신랑 신부 맞절! 하면, 신랑과 신부는 잠시 그 모양 그대로 자세를 유지해 주십시오."

맞절이 끝나자 이내 주례사가 이어졌다.

"여러분! 두 사람의 맞절을 통해 만들어진 사람 인(人)자가 보이십니까? 오늘 이 자리를 통해 혼자서는 2% 부족한 두 사람이, 비로소 한 사람이 되었습니다. 서로 기대고, 서로 세워주며 한 몸으로 살아갈 이들의 행복한 결혼을 진심으로 축하합니다. 신랑 신부 이 두 사람의 성스러운 결혼 생활 시작을 축복하고, 축하하는 격려의 박수를 쳐 주시기 바랍니다."

순간 우레와 같은 박수 소리가 식장을 가득 채웠다. 시끌벅적하던 예식장 분위기가, 갑자기 조용해지며 주례사를 경청하는 분위기로 바뀌었다. 신랑 각시 맞절의 의미가, 두 사람이 만나 서로에게 기대며 힘이 되어주는 온전한 사람(人)이 되는 깊은 뜻이 들어있음을 깨닫게 된 순간이다.

"스승으로, 인생 선배로 오늘 하나 되는 이들에게 꼭 해 주고 싶은 말이 있습니다. 물이 갖고 있는 철학에서, 결혼 생활의 지혜를 배우라는 것입니다. 물이 위에서 아래로 흐르듯, 슬기로운 결혼 생활은 순리를 지키며 스스로 낮추는 겸손함입니다. 물은 흘러가다 거친 돌이나 큰 바위를 만나면 정면으로 맞서지 않고, 돌아서 가는 여유와 지혜가 있습니다. 살다 보면 의견이 맞지 않아 서로 부딪히게 되는 일도 있습니다. 그때 맞서 부딪히지 말고 살짝 돌아서 가는 지혜가 서로에게 필요합니다. 그러면 다툼이 사라집니다. 가다가 또 깊은 웅덩이를 만나면 물은 그곳을 다 채운 후 흘러가는 기다림이 있습니다. 급하게 훌쩍 뛰어넘어 가려다 예기치 않은 사고를 당하거나, 어려운 일에 봉착할 수 있기 때문입니다. 천천히 채우며 결국 바다에 이르는 인내를 물에게 배워야 합니다. 살면서 난관을 만나면 순리대로 채워가는 여유와 온전한 사랑으로 살아가는 귀한 가정되기를 진심으로 축원합니다."

그의 스승은 마음을 다해 제자의 앞날을 축복해 주었다.

남편의 주례사는 어떤 미사여구도 동원하지 않았지만 듣는 이의 심금을 울리기에 충분했다. 자칫하면 어두운 그늘로 빠질 뻔했던 제자가 바르게 성장하여 사회의 역군으로 살아가는 것이 한없이 고마웠다. 새 가정을 이루는 건강한 모습이 대견스러워 온 마음을 담아 보내는 축복의 메시지였기에 더욱 그랬다. 둘이 하나 되어 사람(人)이 된, 그들을 축복하며 돌아오는 길 내내 마음이 따듯했다.

그는 지금 물과 함께 살아가는 경찰로 스승과의 약속을 지키려 애쓰며 행복하게 잘 살고 있다.

"선생님 올여름 휴가는 이곳으로 오십시오. 제가 선생님 가족을 안전하게 모시겠습니다."라고 초정을 해도 한 번 가지 못했다.

올해는 그 젊은 부부를 만나러 꼭 시간을 내야겠다. 제자가 지키고 있는 서해바다로.

맏딸 클래스

어린 시절 신문을 읽다가 '처녀 수출'이란 큰 활자가 눈에 들어와 깜짝 놀랐다. '아니 처녀도 수출한단 말인가?' 호기심에 사전을 찾아보니, 익히 알고 있던 결혼하지 않은 성년 여자 말고, 또 다른 뜻이 있었다. 일이나 행동을 처음으로, 최초로 한다는 뜻이다. 어떤 분야의 처음 수출을 가리키는 감격스러운 말이었다.

누구에게나 처음이 있다. 첫아기, 첫 입학, 첫사랑, 첫 열매. 처음 난 곡식 열매를 가리켜 맏물이라 좋다고 한다. 첫아들 장자를 귀하게 여기는 까닭도 그렇다. 첫 번째가 주는 기쁨은 특별할뿐더러 장남, 장녀, 맏이로 불리는 또 다른 의미를 준다. 우리 집 첫째 계보 역시 엄마인 나부터, 큰딸, 손녀딸 혜원, 이솔, 지안까지 다섯 명의 맏딸 클래스가 있다. 맏딸 다섯이 똘똘 뭉쳐 의기투합하면 못할 게 없는 강력한 우먼파워다.

첫째는 동생이 태어나면서부터 자신도 모르는 사이에 빨리 어른이 된다. 뭐든 처음이라 서툴다. 잘 알지 못해 시행착오가 있고, 본 게 없으니 약지 못하고 순진하다. 자신도 모르는 사이 큰아이 취급받다 보니 어른 의식과 모범생 기질이 다분하다. 마땅히 그래야 한다고 여기기에 웬만해서는 칭찬받기 어렵다. 한 걸음 뒤로 물러서 눈감아 주다 보면 어른스럽다는 말로 포장된 성장 배경이 만들어진다.

나 역시 맏딸은 살림 밑천이란 소릴 들으며 자랐다. 지금도 친정엄마를 가까이 모시며 살림을 돕는 엄마 부양자로 살고있다. 입버릇처럼 되뇌는 엄마의 말처럼, 큰딸이니까…. 맏딸에게 씌워진 프레임은 그럴듯하지만, 따지고 보면 은근히 보이지 않는 짐을 지운다. 그래서 첫째들의 어깨는 무겁다. 어깨 위에 무엇을 올려놓아서가 아니라 스스로 짊어지고 간다.

맏딸은 동생이 잘못을 저질러도 언니니까, 누나니까 동생이 아직 어리니까 양보해야 하는 줄 안다. 억울한 마음을 꾹꾹 누르며, 조금 참고 이해하면 된다 생각하지만, 마지막 책임은 항상 맏이에게 돌아온다. 겉으로는 무엇이든 척척 해낼 것같이 강해 보여도, 내면은 의외로 연약한 감성적 기질이 많다. 잘해야 된다는 책임감이 강해 늘 고분고분하고 어른들 말을 잘 들으며, 크게 엇나가지 않는다. 대가족으로 살던 시절에는 훨씬 더 희생적으로 살았을 것이 불 보듯 뻔하다. 당연하다 여기며 숙명으로 받아들이는 맏이 자리다.

꼭 그런 것만은 아니지만 가정 안의 서열과 분위기 속에서 만들어진 성품이, 진로 결정에도 영향을 미치는지도 모른다. 나 역시 여러 아이를 키운 부모 입장에서 보면, 역시 첫째가 기준이다. 둘째를 키울 때는 경험치가 있어 그리 깐깐하게 하지 않아도, 잘할 것이라는 걸 안다. 첫째는 첫째라 기준이 되고, 막내는 막내라 용납받으며 자란다. 중간에 낀 아이들은 크게 제 목소리를 내야 자기를 봐주니, 당연히 똑 부러지고 개성이 강할 수밖에 없다. 첫째들은 잘해야 한다는 강박관념 같은 것이 있어, 공무원, 교사 등 바른생활 쪽으로 대부분 진로를 찾아간다. 자기표현에 당당하고 자기 목소리를 내는데 그리 어렵잖게 자란, 둘째 이후는 문화예술, 예체능 등 다양한 직업을 갖는다. 개성 강한 그 기질대로 마음껏 선택하고, 활발히 일하는 것을 볼 수 있다.

연년생 딸 둘을 키울 때다. 큰아이가 안아 달라고 보채면, 혹여 아기에게 넘어질까 봐 큰애를 한 손으로 밀어냈다. 친정엄마는 "걔도 애긴데, 너무 큰애 취급하지 말아라. 엄마한테 사랑받고 싶어서 그런다."라고 하셨다. 품에 안긴 신생아에게 젖을 물리고, 기저귀를 갈아주는 것을 우선해야 하니, 큰딸을 큰아이처럼 여겼다. 딸이 손녀를 키우는 모습을 보면, 꼭 나 젊을 때와 똑같다. 맏이인 손녀딸이 그렇게 안쓰럽고 애틋해, 큰손녀를 꼭 안아주며 더 많이 사랑해 주려 마음을 쓴다.

남자 형제들 혹은 동생들을 위해 장녀가 희생하던 때가 있었다. 아이로니컬하게도, 지금 이 세대에 딸의 경제적 효과에 관해 쓴 재미난 논문을 읽은 기억이 있다.

"딸은 키울 때 재미있고, 결혼시킬 때 집을 사줘야 하는 경제적 부담에서 벗어나 돈도 덜 든다. 여자대학교가 있어, 아들보다 평균적으로 사대문 안에 있는 대학에 보낼 기회도 훨씬 높다. 게다가 약물이나 게임중독, 범죄율도 낮고, 직장 잡을 기회도 많다. 결혼하면 사위도 데려와 함께 부모를 봉양하고 돌볼 확률이 매우 높다."

딸의 비용 대비 효용가치가 아들보다 훨씬 높다고 쓴 웃픈 이야기다.

세상이 참 많이 변했다. 딸 부잣집 엄마는 아들보다 딸이 훨씬 더 좋다는 이야기를 많이 듣는다. 설렘이 있던 특별한 그 처음 사람, 조금은 고지식한 맏딸이 나는 좋다. 느린 듯 서툴러도 순박하고 진실한 그들 맏딸 클래스에 내 마음이 머문다.

멋진 그녀

그녀는 '바람 부리' 마을에서 자랐다. 삼년산성 아래 보청천이 흐르는 산모퉁이에서 바람이 세게 분다고 하여 '풍취리'라 이름 붙여진 곳이다. 밝고 명랑한 그녀는 고등학교 3학년 졸업도 하기 전, 공무원 시험에 합격했다. 집안에서는 경사 났다고 어서 빨리 취업전선에 나가라 재촉하였지만 대학을 가고 싶은 두 마음 사이에서 괴로워했다.

그때 담임선생님께서 "네 성적이면 4년 동안 등록금 전액 면제와, 매달 용돈까지 해결할 수 있는 딱 맞는 대학이 있다."며 맞춤형 입시 지도를 해 주셨다. 그렇게 해서 서울로 대학에 갈 수 있었고 마음껏 공부할 수 있게 되었다. 집에서는 합격한 공무원을 마다하고 대학엘 간다고 반대가 심했지만 고향을 떠나 마음껏 공부할 수 있게 된 기회를 잡기로 했다. 여학교 시절 책을 읽으며 미래를 꿈꾸었고 마음 속에 품은 작은 씨앗이 그녀의 인생에서 꽃으로 피었다.

날마다 다른 빛으로 물드는 사계절이 주는 풍요로움을 보며 대추가 붉게 익어가는 보은(報恩)으로 출퇴근하던 때다. 씨앗을 심으면 싹이 나고 바람과 비와 햇빛을 통해 열매 맺으며 수확의 기쁨을 누리는, 생명이 넘실대는 농촌 마을이다. 장학 업무를 맡았던 나는 그곳에서 아주 특별한 인연으로 그녀를 만났다.

그녀는 까마득한 모교 후배들에게 매년 매 학기마다 학생들에게 장학금을 전달하며 직접 그들을 격려한다. 키다리 아저씨의 후원 가운데 성장해 가던 소설 속 주인공 쥬디가 생각났다. 장학금을 받은 학생들에게, '종은 울릴 때까지 종이 아니고, 사랑은 상대가 느낄 때까지 사랑이 아니다.' 감사의 마음을 표현해야 진정한 감사가 되는 것이라며 선배님께 편지를 쓰게 했다. 그녀는 일일이 답장해 주었고 답장을 받은 학생들은 좋아서 어쩔 줄 모른다. 장학금으로 이어진 선후배의 만남이 학생들에게 더 큰 꿈과 관계를 선물하게 되었다. 시절 인연으로 만나 벗이 된, 그녀의 살아온 이야기를 들을 수 있었다.

꿈은 어떤 이의 인생 항로를 향해 좌로나 우로 치우치지 않고 앞만 보고 뚜벅뚜벅 걸어갈 수 있게 하는 나침반이다. 결국 그녀는 법무자치연수원 교수를 거쳐 지역의 자랑스러운 여성 지도자가 된다. 그녀는 자신의 자리를 돌아보며 옛 스승님께 감사 인사를 드리러 찾아뵈었다,

"네가 받은 대로 너도 그렇게 살아라."는 스승의 가르침이 그녀의 이름으로 후배들에게 장학금을 주게 된 계기가 되었다는 것이다. 20년 넘게 모교에 장학금으로 내놓은 금액은 값으로 셀 수 없다. 수혜를 입은 후배들만도 삼백 명이 넘는다 하니 그것이야말로 삶을 통해 가르치는 진정한 교육이며 사랑의 실천이라 아니 할 수 없다. 그녀는 자신의 성공뿐 아니라 배워서 남 주는 삶을 실천했다.

반포보은(反哺報恩)은 '까마귀 새끼가 자라서 늙어 자신을 먹여주던 어미에게 먹이를 물어다 주며 보답한다'라는 말이다. 자식이 자라 어버이 은혜에 효(孝)를 다하는 것을 이르는 이 말은 뜻도 좋고, 이름도 예쁘다. 그녀는

"결코 좋은 환경에서만 성공하는 것은 아니다. 비젼(VISION)을 갖

는 사람이 되는 것. 꿈을 꾸고 그 꿈을 위한 최선의 노력을 다 하는 것이 중요하다."고 말한다. 일선에서 지역사회와 함께 국민 눈높이에 맞는 행정, 원칙에 입각한 엄정한 법 집행과 수용자 인권 보호의 책임을 다하고 있다. 살며 사랑하고, 존경하며 세상사를 벗하는 신실한 동역자로 사명을 가지고 일하는 진정한 리더다. 인품이 올곧고 됨됨이가 갖추어진 '된 사람', 그야말로 몸과 마음이 건강한 멋진 그녀다. 퇴직 후 다시 만난 그녀와 나는 인생 친구로 서로를 격려하고, 서로에게 힘이 되는 에너지로 같은 목적지를 향해 함께 길을 걷는다.

제자 선생님

연둣빛 생명의 물오름에 푸르고 푸른 아카시아 향기 가득한 오월이다. 코로나19로 인해 도무지 정신을 차릴 수 없을 정도로 전국이 온통 난리법석이다. 평범한 일상이 얼마나 소중한 순간들이었는지 새삼 느끼는 요즘이다. 전화벨 발신자 이름을 보는 순간, '아 오늘이 스승의 날이구나.' 이맘때가 되면 어김없이 곳곳에서 제자들이 안부 인사를 챙긴다.

우리는 누군가의 제자이면서 동시에 누군가의 스승이 되기도 한다. 배우고 가르치는 과정을 통해 자기(自己)를 찾고 발견하는 스승과 제자 사이 사제지간(師弟之間) 만남이 있다.

어디로 튈지 모르는 중학교 3학년 사춘기 소년들을 가르칠 때였다. 그때 만난 녀석은 인정받고 싶은 욕구가 강한 초롱초롱한 눈망울을 가진 사랑스러운 학생이었다. 환경미화 심사 준비로 학생들과 함께 교실 뒤 학습란을 꾸밀 때다. 열심히 돕고 심부름을 잘하는 학생들에게 칭찬했다.

"참 잘했어. 너희들 덕분에 무사히 잘 마칠 수 있었어."

수업 시간 역시 적극적인 자세로 집중해서 듣고 대답을 잘하는 학생들에게 엄지척해 준다. 칭찬은 고래도 춤추게 한다고 학생들은 점점 자신감 있는 모습으로 성장해 가고 있었다. 자신들의 고민까지 종알종알 서슴없이 이야기했다. 배우고 익히며 자신을 돌아보는 깨달음이, 꿈을 꾸게 했고, 한 발 더 앞으로 나아가는 계기가 되었을 것이다.

졸업을 앞두고 그들과 약속(約束)했다. 앞으로 세 번은, 꼭 선생님께 연락하라고 했다.

"고등학생이 되어 더 열심히 공부하고 너희들의 구체적인 꿈이 시작되는 대학합격의 기쁜 소식을 반드시 전할 것, 나라를 지키는 국방의 의무를 감당하러 군대 갈 때 선생님께 전화하기, 그리고 결혼할 때 청첩장 가지고 인사하러 올 것"을 당부했다.

녀석은 이미 두 번의 약속을 지켰다.

"선생님 저 교육대학교 합격했습니다."

"그래 잘했다."

"선생님 저 초임 교사 발령받고 군대 갑니다. 다녀와서 인사드리겠습니다."

"잘 갔다 와라. 휴가 나오면 선생님이 밥 사줄게."

며칠 전 그의 전화를 받았는데 "선생님? 저 제대 후 괴산에서 벌써 교사 3년 차입니다. 요즘 코로나 등교정지 때문에, 컴퓨터 화상수업 하느라 바쁘게 지내고 있습니다." 밝은 목소리의 총각 선생님 전화를 받고 나면 기분이 좋아진다. 쪽에서 뽑아낸 푸른 물감이 쪽보다 훨씬 더 푸르다는, 제자가 스승보다 나은 청출어람(靑出於藍)이다. 사람을 키우고 살린다는 자부심으로 살아온 세월은 저만치 가고, 이제는 또 다른 제자를 키우는 제자 선생님. 젊은 청춘의 찬란한 미래를 위하여 박수를 보낸다.

한 사람의 스승은 누군가의 가슴에 큰 뜻을 품게 하는 작은 등불

이요, 인생에 멘토가 되기도 한다. 스승과의 인격적인 만남이 새로운 가능성의 문을 열어 주고, 미래를 나아갈 수 있는 힘과 용기를 준다. 누구든 성장하면서 만나게 되는 많은 선생님, 그의 인생에 꿈을 심어주고, 삶의 현장에서 또 다른 넓은 길로 향하는 계기를 만들어 주었다. 오늘 내가 있기까지는 분명 "잘 되거라. 바르거라." 가르쳐주신 선생님이 있었다.

세월의 강물 따라 학생들을 더 높은 단계의 선생님들께, 잘 인도해 주는 작은 사명을 감당하는 것이 교사의 역할이다. 그들이 무사히 목적지를 향해 갈 수 있도록 묵묵히 도와주는 일을 하다 보면, 누군가 그곳에서 손 흔들며 기쁨으로 화답할 것이다. 다연. 희조. 영훈. 이슬. 오석. 지훈. 동현…. 한결같이 선생님과의 약속(約束)을 지키는 그들이 보고 싶어지는 오월이다. 이미 교수님이 된 제자가 있는가 하면, 청첩장을 들고 찾아올 제자 선생님의 세 번째 전화가 기다려진다.

가을

秋

호수 위 물살을 가르는 우아한 백조의 몸짓 속에 보이지 않는
발짓은 더 분주하고 힘겹다. 행복해 보이는 다정한 연인들의 모습
뒤에 감추어진 수없는 발놀림 그것은 오리 배를 타 본 사람만 안다.
둘이 함께 배를 타는 것은 결혼을 향한 항해와도 같다.
목적지가 같아야 하고 그 방향을 향해 나아가는 두 사람의 발짓과
호흡이 잘 맞아야 한다.

사위추천서

물살을 가르는 우아한 백조의 몸짓 속에 보이지 않는 발짓은 더 분주하고 힘겹다. 호수가 보이는 그곳에서 누군가를 기다리며, 오리 배를 타고 있는 커플들을 바라본다. 행복해 보이는 다정한 연인들의 모습 뒤에 감추어진 수많은 발놀림, 그것은 오리 배를 타 본 사람만 안다. 둘이 함께 오리 배를 타는 것은 결혼을 향한 항해와도 같다. 목적지가 같아야 하고 그 방향을 향해 나아가는 두 사람의 발짓과 호흡이 잘 맞아야 한다. 창밖을 바라보며 이런저런 생각을 하고 있을 때다.

마릴린먼로 이미지의 하얀색 플레어 원피스를 입은 딸과 초록 셔츠를 입은 청년이 웃으며 걸어 온다. 흰색과 초록의 싱그러운 어울림이 산뜻해 보인다. 저들은 우리 큰딸과 그의 연인이다.

우리 집 큰딸은 아나운서가 되고자 야무진 꿈을 꾸고 신문방송학을 전공했다. 목표를 향한 첫 번째 프로젝트로 학교 방송국에 들어가 학과 수업 이외는 온종일 방송국에 살다시피 했다. 아침 방송을 한다며 일찍 학교에 갔고, 방송제를 준비한다고 밤늦게까지 학교에 있었다. 고3 수험생보다 더 바쁜 시간을 보냈다. 방학 중에는 방송사 연수프로그램에 참여하며, 청춘을 온통 방송에 미쳐 살았다 해도 과언이 아니다. 방송제 준비로 밤늦은 귀가에 남편은 걱정하며,

딸내미를 태우러 학교 방송국을 찾아갔다. 미리 준비하고 일찍 끝내야지, 이 시간까지 뭐 하는 거냐며 방송부 학생들에게 일장 훈시를 하기도 했다. 꼰대 아버지 때문에 딸은 마음고생이 많았다.

언제부터인가 딸아이 방에서 소곤소곤 전화하는 작은 목소리가 들렸다. 누구냐? 조심스레 물었더니 방송국 선배라는 것이다. 나는 좀 더 있다 직장 잡은 후 남자를 만나는 것이 좋겠다 싶어 우선 반대부터 했다. 세상의 잣대와 눈높이로, 그들의 관계를 모르쇠로 일관했다.

졸업 후 그 친구가 언어연수를 떠났다는 말을 들었다. 안 보면 멀어지고, 관계가 소원해질 것이라 믿었다. 그러던 어느날 딸아이 방 수납장 깊은 곳에 있는 조그만 상자를 발견했다. 꼭꼭 숨겨온 사랑의 밀어들이 담긴 한 뭉치의 국제우편물과 인형, 열쇠고리, 지갑, 사랑의 징표인 커플링까지 들어있었다.

부모라는 이유로 예스와 노우를 결정한다는 것이 얼마나 잔인한 횡포인가. 일단 한번 만나 보자 했다. 겸손하고 정중한 태도로 인사를 하고 자리에 앉아 간단한 자기소개를 한 그는 우리 부부 앞에 두툼한 파일 한 권을 내놓는다.

"한 번의 만남으로 저를 다 보여 드릴 수 없습니다. 그래서 준비했습니다. 이 안에는 오랫동안 저를 지켜보며 저와 함께한 분들의 추천서가 들어있습니다. 천천히 읽어 보시고 제가 어떤 사람인지 잘 살펴봐 주십시오."

그 속에는 자신의 성장 과정, 가족 소개, 딸과의 만남, 심지어 그의 성적표와 상장, 이력서와 앞으로의 비젼, 그동안 딸애와 사랑을 키워온 이야기가 있었다. 30년지기 친구를 비롯하여 그가 만난 다양한 계층의 사람들이 '이 사람을 귀댁의 사위로 추천합니다.'라는 열세 장의 '사위 추천서'도 들어있었다.

그 글들을 읽으며 그가 읽혀졌고 그의 진심이 내게 다가왔다. 또 딸을 자신에게 허락해 달라는 간절한 기도문과 미래의 장인 장모님께 드리는 편지글이 마음을 흔들었다. 그 안에 들어있는 진실한 마음을 마주 보게 된 순간이다. 사람들은 보이는 것만 본다. 사랑의 대상이 아이들인데 부모가 상대를 평가하고 점수를 매긴다. 겉으로 포장된 보이는 것만 보는 나의 그릇된 잣대가 허물어졌다.

다정하고 예의 바른 그 청년은 사위 추천서와 함께 우리 집 첫 번째 백년손님이 되었다.

사랑이 열매를 맺어 가정을 이루고 부부로 살아간다는 것은 어떤 것일까? 서로 다른 삶을 살아온 두 사람이 사랑 안에서 새로운 삶의 바다를 항해하기 위해서는 끝없는 헌신과 수고의 땀방울이 필요하다. 부모 품을 떠나 일가를 이루고 제 몫을 감당하려 애쓰며 살아가는 자식을 바라볼 수 있다는 것은 큰 축복이다. 때로는 힘들고 어려운 일도 있겠지만 자기를 부인하고 상대방을 받아들이려 노력한다면, 어떠한 고난도 넉넉히 감내하며 살아갈 수 있을 것이다.

딸아이 생일날 한 통의 문자가 배달되었다.

"장모님, 예쁜 딸 낳아주시고 아내로 함께 할 수 있게 해 주셔서 감사합니다. 더욱 아끼고 사랑하며 잘 살겠습니다."

반갑고 고마운 마음에 눈시울이 젖는다. 하나님 주시는 축복이 젊은 그들의 삶에 충만하기를…. 두 사람이 함께 가는 길에 매일매일 기쁘고 행복한 일만 가득하기를 날마다 기도한다.

(문학미디어 신인문학상 2015. 7.)

충전을 위한 쉼

빼곡하게 자라는 콩나물시루 같은 교실에서 공부하던 60년대 아이들이 예순 고개를 넘었다. 해마다 12월의 첫 번째 토요일 저녁은 어린 시절 그 교실로 돌아가 친구들을 만나는 날로 못을 박았다.

바쁘게 살아온 세월 속에서도 잊혀지고 싶지 않은 너와 나의 이름 앞에 붙은 완장 같은 명찰을 떼고, 순수함 그대로 만날 수 있는 초등학교 친구들이 있어 참 좋다. 사십여 년 전 어린아이로 돌아가 허물없이 만나는 그날 그 시간은 분명 충전을 위한 휴식 시간이다.

"내려올 때 보았네. 올라갈 때 못 본 그 꽃–" 시인은 〈그 꽃〉에서, 목표를 향해 앞만 보고 열심히 달려온 우리에게 말한다. 한숨 돌리고 쉬엄쉬엄 산과 들을, 꽃과 나무를 보고, 하늘과 구름도 보라고, 함께 가는 사람도 돌아보는 여유로운 마음과 눈을 갖고 살아가라고 말이다. 분주한 일상에서 쉼 없이 옆도 뒤도 볼 겨를 없이 일 중심적인 삶을 살아온 그들에게 진정 필요한 것이 무엇일까? 따스한 태양을 온몸으로 느끼고 싱그러운 바람의 속삭임을 들으며 꽃향기 풀냄새를 음미할 줄 아는 여유와 쉼이 아쉬운 것이다.

원숙한 리더 십을 발휘하여 1930년대 대불황을 극복했던 프랭클린 루즈벨트 대통령의 휴식은 일과 후 백악관 2층 서재에서 여는 칵테일파티였다고 한다. 대부분 가까운 친지 친구들이 초대되는 이 파티에는 정치나 전쟁, 경제 위기 등 심각한 주제는 금기사항이었다고 한다. 대신 영화나 스포츠 또는 회고담 같은 가볍고 재미있는 화제만을 주고받으며 웃음이 시종 그치지 않는 철저한 휴식 시간으로 보냈다. 대공황과 제2차 세계 대전이라는 극한 상황 속에서도 성공한 대통령이 될 수 있었던 비결은 쉴 줄 아는 여유, 걱정을 떨쳐 버릴 수 있는 능력, 바쁜 일과 속에도 친구들과 함께 즐길 수 있는 휴식을 취했다는 것이다.

삶의 진리는 가장 단순한 데 있다. 그는 그러한 여유로움으로 활력을 재충전하여 다음 날 힘차게 기분 좋은 하루를 시작한 지혜로운 지도자였던 것이다.

지금까지 걸어 온 인생길이 급하게 빨리빨리 달려왔다면, 걸어갈 인생길은 천천히 조금 느긋하게 만만디로 가 보자. 분주한 삶 속에서도 잠시 조용한 휴식을 가질 줄 아는 여유. 그 속에서 평안을 찾는 그것은 바로 사막 가운데 샘이 솟고 풀과 나무가 자라 목마름을 해갈하는 오아시스처럼 덤으로 따라오는 기쁨이 될 것이다.

조금 늦게 간다 할지라도 너와 나 우리 모두 같은 결승점에서 만난다. 현재의 삶을 윤택하게 살아가는 달콤한 특권을 누리기 위해서는 충전을 위한 휴식과 여유가 절대 필요하다. 올라갈 때도 내려올 때도 그 꽃을 볼 수 있는 여유로운 마음으로 지금을 사는 것이 지혜로운 삶이다. 멋진 황혼을 준비하는 진정한 쉼이야말로 평안한 휴식을 누릴 수 있기 때문이다.

꽃이기보다는 열매이고, 요정이기보다는 여신인 살집 잡히고 넉넉한 아줌마에게서 안정감을 찾듯 화려하진 않지만 넉넉하고 푸근한 나머지 인생을 행복하고 즐겁게 살아가야겠다.

느낌표

햇빛과 바람과 비에 제 몸 낡아 삐걱거릴지라도, 숙명 같은 책임감으로 노를 저어야만 하는 사공이 있다. 깊으나 넓으나 흐르는 강물 거슬러 올라, 건너편 목적지까지 데려다줘야 하는 고단한 노동자다. 목적지에 이르면 뒤도 돌아보지 않고 제 길로 향하는 누군가의 뒷모습을 보며, 마땅히 자신이 해야 할 소임을 다했다고 여기는 나룻배다. 때로 흙발로 짓밟히고 침 뱉음을 당할지라도, 묵묵히 제 자리를 지키는 거룩한 사명을 감내한다. 그곳 그 자리에 꼭 있어야 하는 수많은 날을 보내며, 계절이 바뀌고 가고 오는 시간을 맞이한다.

스승과 제자로 서로가 서로에게 잊지 못할 따스한 기억이 있다. 스무 살 때부터, 주경야독하는 야간 자활학교 학생들 검정고시 준비를 도왔다. 대학생 선생님으로 학생들이 또래 이거나 인생 선배이기도 했다. 교회에서도 고등학생들을 가르쳤다. 교사 역할을 감당하며 나 역시 나룻배 같은 삶을 살았다. 사실 대학생과 고등학생은 한두 살 나이 차 밖에 나지 않는다. 그때의 제자들을 만나면 누나. 언니로 부를 정도로 가까운 사이가 되어 옛이야기를 나눈다. 지금까지 많은 선생님들의 가르침을 받았고, 나 역시 수많은 학생을 가르쳤다. 어느 곳에서든 내가 만난 학생들을, 한 계단 더 높은 곳으로 보내 주는 역할을 해 왔다는 사실만으로도 보람이 있다.

내게도 잊혀지지 않는 정말 고마운 선생님이 있다. 딸아이를 처음 초등학교에 입학시킨 초보 학부모 때의 일이다. 1학년 아이들에게 제일 시급하고 당면한 어려운 일은 받아쓰기다. 소리글과 쓰기가 일치하지 않는 우리글 익히기가 그리 쉽지 않은 탓이다. 보통은 열 칸 받아쓰기 노트에 동그라미 열 개 100점을 맞으면 "참 잘했어요" 도장을 찍어준다. 그리고 틀린 글씨는 또다시 열 번 써오기 숙제로 내주며, 일 학년 내내 한글 익히는 과정이 계속된다 해도 과언이 아니다.

교사는 저마다의 방식과 사랑으로 학생들을 가르친다. 그때 독특하고 창의적인 수업을 하는 담임선생님을 만났다. 선생님은, 아침 자습 시간에 동시 한 편을 칠판에 써 주시고, 학생들에게 다섯 번씩 쓰게 했다. 2학기부터는 동시를 다 쓴 다음, 제목은 빈칸으로 두고 그 시의 제목을 알아맞히게 했다. 처음엔 한두 명 아이들만 맞추더니, 나중에는 시를 읽고, 쓰고, 거기에 알맞은 제목을 학생들 전체가 맞출 정도로 실력이 늘었다. 교실 눈높이 책장에는 처음 한글을 배우고 익히는 아이들이, 즐겨 읽을 수 있도록 다양한 동시집을 준비해 두었다. 커다란 글씨체와 파스텔풍 삽화가 그려진, 예쁘고 고운 책을 가까이 두고 읽기 지도를 해 주셨다. 그 속에는 꿈, 사랑, 하늘, 구름, 아가 순우리말이 가득 들어있었다. 선생님의 한글 익히기 지도 방법은 아이들의 마음 밭을 곱고 예쁘게 가꾸는 느낌표를 단 글 동산을 만들어 주었다.

학년에 맞는 짧은 시를 읽고 쓰면서, 그 시를 느끼고, 다시 또 제목을 생각하는 독창적인 수업은 아이들의 내면을 성장시켰다. 선생님의 큰 그림은 받아쓰기 단계를 뛰어넘는 높은 수준의 수업이었다. 아이들 마음에 시심(詩心)을 불어 넣어, 정서적인 심성까지 만지고 다듬어 주었다. 모두가 다 받아쓰기 공부를 할 때 그 이상을 가르쳐 준 역발상적인 수업을 하는 선생님이었다.

누가 자라나는 우리 아이들에게 때 묻지 않은 동심과 시심을 선물해 줄 수 있을까? 마음속에 그림이 그려지는 수업을 한 것이다. 1학년 아침 자습 시간은 딸아이의 인생 여정에 귀한 길잡이가 되어 준, 값으로 살 수 없는 큰 선물이다. 딸아이는 예쁘고 아름다운 문장 표현으로 어른들을 깜짝 놀라게 한, 꼬마 시인으로 시집을 냈다. 기꺼이 나룻배의 사명을 감당한 진정한 스승으로, 어린 제자와 그 엄마의 마음속에 남아있는 느낌표 선생님이다.

타임머신

타임머신을 타고 20여 년 전 홍안의 미소년을 만났다. 열네 살 소년을 서른 넘어 다시 만난 것이다. 반듯하고 건실한 외모에 어릴 적 앳된 모습이 그대로 남아있다. 아주 특별한 인연의 끈이 나와 그를 다시 만날 수 있게 연결해 주었다.

영재들의 배움터인 과학고등학교 문학 시간이었다. 출석을 점검하며 학생들 이름을 부르던 중에, 오래전에 가르쳤던 학생과 동명이인(同名異人) 이름이 있었다. 옛 제자 중 너랑 같은 이름을 가진 학생이, 지금은 초등교사가 되어 어디선가 또 다른 학생들을 가르치고 있다고 말했다. 그런데 이야기를 듣고 있던 학생이 하는 말이, 그분이 초등학교 때 자기 담임선생님 같다는 것이다. 스승과 제자가 이름이 똑같아 재미있는 에피소드가 많았다며, 지금도 선생님과 연락하고 지낸다고 한다.

"그래? 만일 네 추측이 맞는다면, 그 선생님께 나의 안부를 전해주렴. 그리고 내 연락처도 알려주고 선생님의 선생님께 연락하라고 전해라." 세상에 똑같은 이름이 얼마나 많은데, 싶으면서도 반가운 마음을 전했다.

그동안 참으로 많은 학생들과 만나고 헤어졌다. 교실 문을 열면 훅 들어오는 땀 냄새 가득한 네모난 공간은 언제나 뜨거운 열기로 가득하다. 에너지 넘치는 사춘기 소년들에게 한 칸 교실은 너무나 좁은 공간이다. 유리창이 깨지고, 교실 문짝에 구멍이 나고, 입술이 찢어지는 등 다양한 욕구 분출은 엉뚱한 곳에서 터지는 건 예삿일이다. 그럼에도 가끔은 시끌시끌한 교실에서 조용히 책 읽기에 푹 빠져있거나, 따듯한 감성의 글을 쓰는 소년들도 보인다. 매시간 칠판을 닦고 분필을 포장해 가지런히 놓아두고 심부름을 도맡아 하는 학생도 있다. 선생님께 인정받고 귀염받고 싶어 무엇이든 열심히 앞장서는 아이들도 제법 있었다. 지금쯤 모두 아기 아빠들이 되었을 소년들 얼굴이 영화 필름처럼 스쳐 지나간다. 인격적인 만남을 통해 사람 되라 가르치며 열정을 다하던, 눈부시게 푸른 내 젊은 날들이 모두 그들 속에 들어있다.

지금도 잊혀지지 않는 학생이 있다. 교실 오른쪽 창가에 햇빛이 가득 들어오는 오후 시간이었다. 뒤에서 두 번째 자리에 호기심 가득한 소년이 앉아 있다. 진한 눈썹의 선한 눈빛을 반짝이며 무엇인가 꼭 이루어야겠다는 다부진 모습이 보인다. 나비처럼 다가와 벌처럼 쏘는 학습에 대한 열정과 깊은 질문을 많이 했다. 속마음을 표현할 줄 아는, 착하고 성실한 그 모범생을 어찌 사랑하지 않을 수 있을까. 그래서 더욱 예뻐하던 소년이다.

지금 나에게 배우는 학생이, 과거의 선생님께 연락하여, 나의 이십년 전 제자와 연결이 되었다.

"선생님 안녕하세요! 오래된 제자 인사드립니다. 최근에 저와 이름이 같은 제자를 통해 선생님 소식을 들었습니다. 선생님의 현재 제자가, 과거의 제자이자 그 학생의 담임교사였던 저를 다시 이어주었습니다. 눈 깜박할 사이에 이렇게 시간이 흘렀네요. 중학교 때 선생님을 만나 좋은 추억만 가득하게 행복한 1년을 보냈습니다. 진로교육원이 된 옛 교사(校舍)를 지나칠 때면, 소년 시절 풋풋한 추억을 떠올리곤 합니다. 저는 작은 시골 학교에서 다음 세대를 책임질 어린 제자들을 키우고 있습니다. 가능하면 빠른 시간에 선생님 얼굴 뵙고 인사드리고 싶습니다."

그가 내게로 왔다. 사제지간(師弟之間) 만남은 끝없이 수다가 이어지는 참새방앗간이다. 켜켜이 쌓여 있던 20년 세월을 풀어 놓으며 설레고 흥분된 마음을 감출 수 없었다. 그와 내가 함께 한 귀한 시간이다. 무엇보다 반갑고 기뻤던 것은 제자 선생님의 고백이다.

"국어 시간에 박하사탕을 나눠주시던 달콤한 추억과 100점 맞은 학생들에게 밥을 사주셨던 따듯한 기억은 지금도 잊을 수가 없어요. 그때 선생님의 릴레이 읽기 수업 방식을 제가 지금 따라 하고 있답니다."

배움과 가르침의 선한 영향력은 그렇게 천천히 조금씩 흘러가고 있었다. 우리 인생길에 서로를 기억하며 사랑하고 감사하는 마음으로 산다는 것은 진정 행복한 일이다. 타임머신은 젊은 시절의 나와 10대 소년이 다시 만나 애틋한 정(情)을 나눌 수 있게 해 준, 잠시 멈춘 시계였다.

두고 온 마음

여행은 두근거림부터 시작된다. 닫혔던 하늘길이 3년 만에 열렸다. 여행을 떠나기 전 계획하고 준비하며 가방을 싸는 동안 이미 절반의 기쁨은 채워진다. 꼭 필요한 최소의 것으로 짐을 챙겨 가볍게 떠나는 것이 나의 여행 철학이다. 길 위에서 만난 사람들과의 정겨운 눈빛과 열린 마음을 나누는 시간이 하루가 되고, 한 달이 되고, 일 년이 되어 살아온 길을 만든다.

카스피해와 흑해 사이의 코카서스산맥 아래 조지아, 아르메니아, 아제르바이잔 3개의 나라를 찾았다. 따듯한 남쪽 땅을 차지하려는 러시아의 남하정책으로 수많은 전쟁을 치른, 피 흘린 약소국들이다. 유럽 여행은 시간을 거슬러 오르는 느낌 있는 성지순례 길이다. 산 꼭대기에 성당이 있는가 하면, 가는 곳마다, 작품마다 신화가 있는 성지다. 코카서스 3국 중 고난의 아픈 상처가 애잔함을 더하는 아르메니아가 특히 마음에 남는다.

하나님이 하늘에서 내려온 곳이라는 뜻의 에치미아진으로 갔다. 코드비랍 수도원 저 멀리 아라랏산이 보인다. 40일 밤낮으로 비가 온 후 노아의 방주가 머물렀던 해발 5,137미터 산이다. 노아의 후손이라는 자부심이 강한 아르메니아는 로마보다 먼저, 세계 최초 기독교를 국교로 선포한 나라다. 눈 쌓인 아라랏산을 마주하며 우뚝 서

있는 사도교회는 성 그레고리가 13년 동안 갇혀 있던 감옥이다. 바티칸 교황과 프란치스코 교황이 방문하여 기도하고 갔다는 특별한 곳이다.

남편은 깊은 우물이란 뜻을 가진 코드비랍 지하 감옥에, 사다리를 타고 내려갔다. 이렇게 깊은 감옥에서 기도하고 믿음을 지켰다니…. 일제시대 고문당하던 우리 독립투사의 모습이 투영되어 동병상련의 아픔을 느낀다. 오랜 역사의 옷을 입고 묵묵히 제 자리를 지키며 수많은 이야기를 품고 있는 카타콤이었다. 그 안에서 드리는 간절한 기도 소리가 지금도 귀에 들려오는 것 같다.

현재 아르메니아 전체 인구가 300만인데, 세계로 흩어진 디아스포라 800만이 단일민족의 순수성을 유지하고 있다고 한다. 하나의 나라 하나의 민족으로 디아스포라의 삶을 숙명처럼 받아들인다. 조국이 위태로울 땐 언제 어디서든 달려가, 싸울 준비가 되어 있다는 젊은이의 고백이 감동이었다. 이 또한 일제강점기 조국 독립을 위해 만주, 중국 등 흩어져 독립운동했던 우리 민족의 현실과 오버 랩 되어 짠한 마음이 든다.

터키와 아르메니아 사이에 걸쳐진 아라랏산은 원래 아르메니아 영토였으나 지금은 터키 땅이 되었다. 전쟁으로 150만 명이 학살되고, 80만 명이 추방되어 아르메니아 국경이 막혀 버렸다. 원한과 애통의 땅 아라랏산과 노아의 방주에 대한 아르메니아인들의 각별한 애정은 못 말릴 정도다. 빨강, 파랑, 노란색의 국장, 1,000드람 화폐, 은행, 호텔, 레스토랑, 술 이름 어디에서든 아라랏산을 볼 수 있다. 터키에서는 너희 땅도 아닌데 왜 아라랏산을 너희 나라 국장에 그려 넣느냐 항의했단다. 아르메니아인들은 터키 국기에 초승달과 별이 너희 것이 아니듯, 너희가 빼면 우리도 빼겠다고 답변했다. 침략자 일본이 독도를 자기네 땅이라 우기는 것과 같은 격이어서, 분한 마음까지 일맥상통했다. 여행은 새로운 풍경을 보는 것뿐 아니라, 새로운 시각으로 세상을 보게 된다.

그곳에서 한국어를 유창하게 잘하는 도나라를 만났다. 한국어를 가르치는 교수로, 엄마로, 아내로, 며느리의 역할까지 일인 다역을 소화해 내는 강철 같은 여인이다. 학교 허락을 받아서 공식 가이드로 한국어를 배우는 학생을 데리고 다니며 일을 한다. 그곳에서 김치를 만들어 식당과 슈퍼마켓에 납품까지 하는 김치공장 사장이기도 하다. 자기가 만든 김치를 맛보여 주겠다고 식당으로 안내했다. 제법 그럴싸한 맛을 냈을뿐더러, 인기가 좋아 비싸게 팔린다고 한다. 김치의 세계화가 코앞에 있음을 실감한다. 게다가 한국가요 '우린 늙어가는 것이 아니라 조금씩 익어가는 것이다.'라는 깊은 뜻이 담겨있는 노래를 좋아한단다. 이동하는 차 안에서 계속 우리나라 노래를 들려주는, 우리와 비슷한 정서를 가진 아르메니아 여인과 교감이 되었다.

추억이 그리운 건 그곳 어딘가에 남겨두고 온 마음이 있어서다. 한국어를 열심히 공부하는 그곳 젊은이들과 아르메니아에 밝고 희망찬 미래가 있기를 기도한다.

동유럽과 서남아시아 사이 코카서스산맥에 위치한 조그만 나라. 바람을 타고 전해오는 기혼강과 유프라테스강이 흐르던 문명의 요람 같은 그곳에 애잔한 마음을 남겨두고 왔다.

버킷리스트

내 인생 버킷리스트(Bucket list) 중 하나는 밤하늘에 피어나는 오로라의 환상적인 물결을 보는 것이었다. 시시각각 변하며 탄성을 자아내게 하는 '여신의 드레스'란 별칭을 가진 춤추는 오로라를 생애 꼭 한 번 보고자 했다. 어둠을 몰아내고 새벽을 가져온다는 여명의 신 아우로라(Aurora)다.

캐나다 북서부에 있는 옐로나이프는 나사가 선정한 세계 최대의 오로라 관측지다. 육십이 되는 해, 나를 위한 선물로 가슴 떨리는 빛의 마법을 찾으러 오로라 여행을 떠났다.

구리가 많이 나온다는 오로라 빌리지의 체감온도는 영하 50도를 오르내리는 상상을 초월하는 날씨였다. 캐나다구스 두꺼운 방한복을 대여해 머리부터 발끝까지 꽁꽁 싸맨 둔탁한 몸으로 우주인처럼 걸어다녀야 했다. 얼어붙은 그레이트슬레이브호수 위를 자동차로 달려도 끄떡없다. 차창 밖으로 보이는 풍경은 온통 은빛으로 햇빛에 반짝이는 크리스털 눈 이불을 덮고 있는 한 컷의 아름다운 그림이었다.

열두 마리의 시베리안 허스키가 눈 쌓인 숲속과 호수 위를 달리는 개 썰매를 탔다. 온몸으로 한겨울에 푹 들어갔다 나왔다. 모자 밖으로 삐져나온 머리카락은 들쭉날쭉 제멋대로 쩍쩍 붙는다. 하얗게 얼어붙은 머리카락이 은빛으로 빛나고 우주복을 입고 걸어가는 모습에 서로를 보며 깔깔 웃는다.

원주민들이 살던 인디언 텐트 티피에서 따듯한 차를 마시고, 컵라면을 먹으며 하늘이 준 신의 선물을 만날 채비를 한다. 캄캄한 밤하늘에 잡힐 듯 나타났다 사라지는 신기루를 보기 위해 숨죽이며 기다린다. 오로라는 맑고 구름 없는 날 더 잘 보인다. 설원에 울려 퍼지는 감격스러운 함성이 곳곳에서 울려 퍼졌다. 별빛 속에 쏟아지는 빛줄기는 시스루 자락이 흔들리듯 너울너울 연신 새로운 모양을 만들고 순식간에 흩어진다. 폭신한 눈 위에 큰대자로 누워, 춤추듯 날개 짓하는 천연색 오로라를 두 눈과 마음속에 가득 담는다. 그 빛은 내 마음속에 사랑, 행복 가득한 희열과 감동을 안겨 주었다. 요동치며 펼쳐지는 신의 숨결은 오감을 만족시키기에 충분했다.

죽기 전에 꼭 봐야 한다는 그것은 꿈길을 걷는 듯 영혼마저 일렁이는 우주의 신비였다. 빛으로 밤하늘을 수놓은 자연의 웅장함에 신의 경이로운 솜씨를 찬양하며 머리를 조아린다. 빛과 빛 사이 어둠 속에서 아리랑 가락을 부르고 싶어 했던 남편은 미처 하모니카를 준비하지 못한 것을 아쉬워했다. 언젠가는'아리랑의 선율로 세계인의 마음을 하나로 모으는 연주를 하리라'는 마음으로 다시 또 낯선 곳으로의 여행을 꿈꾼다.

북극지방의 펜션에 숙소를 정하고 마트에서 함께 간 멤버 각자 먹고 싶은 것들로 장을 봐 한 가지씩 솜씨 자랑을 했다. 오븐에 구운 아스파라거스 베이컨말이, 누룽지 죽, 오징어를 넣은 김치전도 부쳤다. 한겨울 조용한 시골 마을에서 '이멤버 리멤버 포에버' 건배사를 외치며 먹던 김치부침개를, 생각만 해도 입안에 침이 고인다. 얼큰하고 구수한 맛과 엔돌핀을 주는 추억이 여행의 묘미다.

광대한 우주 속에 짧은 찰나의 순간을 살다가는 작은 점 같은 인생을 돌아보는 시간이었다. 가슴 벅찬 오로라 여행을 할 수 있었던 건 꿈을 꾸었기 때문이다. 그 꿈을 이루기 위해 준비하는 동안 행복한 시간이었다. 먼 나라 이웃 나라를 걷고 돌아보는, 불확실성에 대한 기대감이 더 큰 환희로 다가왔다.

여행은 오늘을 젊게 살 수 있는 충만한 에너지를 준다. 내일은 내일의 태양이 떠오를 것이기에, 나는 오늘 또다시 내 인생의 버킷리스트를 채운다.

인생 2모작

그 바다가 그립다. 중국 속의 유럽풍 건물이 주는 분위기와 잘 어울리는 곳이다. 중국 옌타이대학 외빈 숙소에 여정을 풀었다. 한·중 합작 한국어 공동교육 과정에 한국어 교수로 중국에 머물게 되었다. 한국어와 한국문화를 가르치며, 대한민국 문화사절단으로 행복한 시간을 보내게 된 그해 가을이다. 진시황이 명마를 키우던 양마도(養馬島)의 힘찬 기상과 고즈넉한 풍경을 마음에 담는다.

창밖엔 키가 큰 은사시나무들이 은화가 매달린 듯 햇빛에 반짝거린다. 바람결에 나뭇잎은 스륵 스르륵 문을 열고 들어올 것 같은 소리를 내며 하늘을 향해 춤춘다. 미역 냄새 바람 냄새가 코끝에 묻어나는 소나무 숲 사잇길을 얼마쯤 걸었을까? 눈앞에 보이는 파란 하늘과 잔잔한 파도가 밀려오는 탁 트인 바다가 나를 맞이해 준다. 교문 앞 횡단보도만 건너면, 언제든지 멀리서 찾아온 이국 손님을 반갑게 환영해 주는, 바다가 보이는 학교다. 우리보다 시차가 1시간 늦은 중국 땅 낯선 도시에서 25시를 사는 사람들 속에 내가 있다.

오래전 국어 시간에 〈바다가 보이는 교실〉이란 시를 가르친 적이 있다. 매일 유리창을 깨끗이 닦는 착하고 순박한 열이라는 학생이 있다. 열이를 통해 유리창 밖으로 펼쳐지는 바다가 그림이 되고, 한 편의 시가 되는 그런 교실이다. 말끔히 유리창을 닦는 소년과 그 학생을 바라보는 선생님의 시선이, 시의 배경임을 설명해 주었다.

창밖으로 바다가 그림같이 보이는 그런 교실에서 선생님도 꼭 한 번, 수업을 해 보고 싶다. 먼 훗날 너희들 중 누구라도 바다가 보이는 교실에서 수업하는 교사가 된다면, 선생님을 일일교사로 꼭 초대해 달라고 학생들과 약속하며 손가락을 걸었다.

"너희들의 선생님이, 학생 때 한 약속을 지켜주어 오늘 내가 이 자리에 있게 되었다."라는 옛날이야기를 들려주는 수업을 하겠다고 말했다. 언제가 될지 몰라도 머리가 하얀 할머니 선생님이, 또 다른 어린 제자들을 만나는 날을 기다릴 것이라 했다. 내륙지방에서 살고 있는 답답함을 풀고 싶었던 마음에 꿈을 실었다. '생각은 말을 낳고, 말은 행동과 습관을 낳고, 습관은 좋은 성품과 인격을 만든다.'라는 말 그대로 이루어졌다. 생각하고 품었던 말의 씨가, 현실이 되었고 내 인생의 한 페이지가 되었다.

세계 곳곳에 K-POP과 한류드라마의 열풍으로 국내 · 외 대학에 한국어과가 생겼다. 거기에 한국어를 배우고자 하는 학생들과 세계인들이 점점 많아지고 있다. 그때에 외국어로서 한국어 교육을 공부한 나에게 중국에서 학생들을 가르쳐 보라는 제안이 들어왔다. 마음은 원이로되 가족을 두고 홀로 떠난다는건 쉽지 않은 일이었다. 그러나 지금 하지 않으면 언제 할 것인가? 내가 하지 않으면 누가 할 것인가? 더는 미루고 싶지 않았다. 인생의 십일조를 드리고 싶었던 나는 물음표를 던지며 고민했다.

내 작은 바람은 바라는 것의 실상이 되어 바다가 보이는 학교에서 한국어를 가르치는 선생님으로 가게 된 것이다.

자녀들의 전적인 지지와 격려, 남편의 외조 덕에 타국에서 체험 삶의 현장 속에 살아 볼 수 있었다. 늦었다고 생각할 그때가 가장 빠르다는, 긍정적인 가치관이 나의 발걸음을 움직였다. 언젠가 내 작은 헌신이 동토의 땅 어느 곳에선가 열매로 결실할 것을 믿는다.

이 나이에 무슨? 하는 사고방식은 소망 없는 삶과 같다. 말하는 대로 생각한 대로, 꿈은 반드시 이루어진다. 인생 2모작은 새로운 삶의 시작이요 다시 쓰는 나의 일기장이다. 2모작 인생 농사는 앞으로도 쭈욱 계속될 것이다. 삶의 순간마다 나이와 환경을 초월해 자신을 지켜 낼 꿈꾸는 자가 될 일이다.

대(代)물림

사랑하는 사람들의 뒷모습은 아름답다. 우리의 앞모습은 끊임없이 겉을 꾸미고 치장하며 타인을 의식하며 살아간다. 그러나 뒷모습에서는 가식 없는 정직함을 볼 수 있다. 서로에게 지팡이가 되어 두 손 꼭 잡고 느리게 걸어가는 흰머리 연인의 모습을 보는 것만으로도 뭉클한 감동이 밀려온다. 검은 머리 파뿌리 되도록 평생을 함께해 온 그들 인생의 뒷모습이 한 폭의 그림처럼 아름답다.

친정아버지의 자상함과 부지런함은 그 시대 보통 남자들이 따라잡기 쉽지 않을 정도다. 연탄불 갈기, 대청마루 쓸고 닦기, 이른 아침 쓰레기차가 오면 대문 밖에서 기다리다 미화원 아저씨께 쓰레기 보따리를 넘겨주시곤 했다. 하나에서 열까지 엄마를, 아주 많이 도와주시던 아버지를 보면서 자랐다.

우리 형제들을 씻기고 나면 긴 수건을 돌돌 말아 머리카락을 탁탁 털며 말려주시고, 동동구르무도 발라 주셨다. "이것들 아까워 어떻게 시집을 보낼꺄나."라는 말을 입버릇처럼 달았다.

어쩌다 출가한 딸네 집에 오셔서도 새로운 청소도구가 눈에 띄면 바로 사용해 보시면서 관심을 보였다. 그리고 친정집에 영락없이 그것을 들여놓고 청소하는 아버지였다.

남편도 그 또래 남자 중 비교적 자상한 편이다. 아내에게 잘하는 것은 물론, 일편단심 한결같은 사랑으로 처음 마음 그대로 변함이 없다. 아이들에게도 존경받는 모범적인 아빠임이 분명하다. 그럼에도 웬만해서 성이 차지 않는 이유가, 친정아버지의 영향 때문인 게다. 부모 자식 역할만으로도 고달플 텐데, 아무리 노력해도 남편으로 백 점 맞기가 좀처럼 쉽지 않은 것을 어찌하랴.

지난해 아버지가 돌아가신 후 엄마를 모시게 되었다. 졸지에 나는 엄마의 매니저가 되어야 했다. 엄마는 자신의 문제를 스스로 해결하지 못할뿐더러 부딪히려 하지도 않는다. 아버지의 지나친 보살핌이 어쩌면 엄마를 자기 주도적이지 못한 여자로 만든 게 아닌가 싶다. 하나에서 열까지 다 해결해 주느라 아버지는 얼마나 고단하셨을지 새삼 깨닫는다. 아내 사랑이 지극했던 아버지, 그래서 효자보다 악처가 낫다고 했나 보다. 자식보다는 곁에 있는 남편이나 아내가 더욱 귀하다는 말일 것이다.

집안 내력일까, 가계에 흐르는 유전자일까. 사위들의 아내 사랑은 친정아버지나 남편의 그것과는 또 다른 모양의 사랑이다. 핸드폰 첫 화면에 들어오는 숫자가 아내를 처음 만난 날부터 오늘이 며칠째인 것은 물론, 기념일마다 그에 맞는 이벤트로 한아름 감동을 준다. 그들은 말하길, "돈은 천천히 벌어도 되지만 '지금' 이 시간은 다시 돌아오지 않기에 '현재'에 투자한다. 아이들이 조금 천천히 자랐으면 좋겠다."고 한다. 아내의 날을 만들어 아내를 기쁘게 해 주는 것은 물론, 시간을 쪼개고 밤을 새워 그들의 추억을 엮어 생일선물을 만들어 준다. 온통 아내와 가족 사랑의 스케줄이 우선이다. 일보다는 가정 제일주의로 서로 경쟁하듯 사랑하는 젊은 그들이 미덥고 예쁘다.

하루가 다르게 변화하는 세상 속에서, 가부장적으로 살기엔 남자들의 입지가 매우 좁아졌다. '살림'이란 한집안을 이루어 살아가는 것이다. 살리는 일을 하는 것이 아내라면, 그 살리는 일에 함께 동역하는 것이 남편이다. 아내가 기쁘면 남편이나 아이들에게 저절로 잘하게 된다. 사랑하는 엄마 아빠를 보고 자란 아이들은 행복하다. 이것이 바로 돌고 도는 선순환의 법칙이다.

봄날 하늘 끝에서 노래하는 종달새 소리를 들은 듯한데, 어느새 저만치 여름이 오고 있다. 3대(三代)가 손잡고 함께 걸어가는 뒷모습은 행복 가득한 아름다움이다.

사랑은 대(代)물림된다.

부침개 사랑

제것 다 내어주고도 끊임없이 퍼주는 것이 아버지의 사랑이다. 겉으로 드러나 보이는 것보다 속으로 더 뭉근한, 모닥불 같은 사랑이 부성애다. 알의 부화를 위해 죽을 힘을 다해 지느러미로 부채질하고 끝내 제 살을 새끼들이 뜯어먹게 하는 가시고기 같은 사랑이다. 한 생명을 세상에 태어나게 한 씨가 아버지로부터라면, 길러서 오늘 이 자리에 있게 한 분은 어머니다. '아버님 날 낳으시고 어머님 날 기르시니 두 분 곧 아니시면 이 몸이 어찌 살까.' 곱씹을수록 맞는 말이다.

언제든 열려있는 우리 집 아빠 찬스는 무한하다. 시집간 딸내미가 친정에 오겠다는 전화를 받으면, 남편은 그때부터 분주해진다. 아빠가 만든 요리를 맛있게 먹을 여식들을 생각하며, 싸서 보낼 것까지 풍성하게 장을 본다. 맛을 내기 위한 온갖 재료들을 다 모으는 장보기에서 완성까지 하루 반나절 이상을 보낸다.

달뜬 마음은 "만약 네가 오후 4시에 온다면 나는 3시부터 행복해지기 시작할 거야." 어린 왕자의 고백, 그 이상이다. 묵은지, 오징어, 부추, 애호박, 양파, 옥수수 알갱이를 준비한다. 부침가루와 밀가루, 달걀을 푼 반죽에 온갖 재료들을 듬뿍 넣어 김치부침개를 부치기 시작한다. 달궈진 프라이팬에 얇게 바삭하게 잘도 부친다, 처음 만든 것을 맛보기로 시작해, 수북이 둥근 성을 쌓을 정도니 잔칫집이 따로 없다.

엄마가 만들어 주는 게 세상에서 제일 맛있다는 아이들에게, 나는 건강한 간식과 밥상을 챙기는 엄마였다. 손목이 아프도록 계란 흰자 위 거품을 내어 카스테라를 만들었다. 애들 생일엔 친구들을 초대해 맛보인 김치 피자는 인기 최고였다. 송송 썬 김치와 다진 소고기, 버섯, 양파, 피망을 볶아, 우유에 갠 도우 위에 올리고 피자치즈를 얹는다. 약한 불에 은근하게 데우면 쫀득하고 맛깔 나는 퓨전 코리아 피자가 된다. 느끼하지 않은 맛 때문에 아이들이 김치를 많이 먹게 되니 일석이조 요리다. 또 식빵 위에 채소와 피자치즈를 올려 토스트를 만들면서, 쭉쭉 늘어나는 행복을 만끽할 수 있었다.

언제부터인지 아이들은 배달요리를 즐겨 먹기 시작했다. 전화 한 통이면 금방 초인종이 울린다. 빨리빨리 문화가 인스턴트 먹거리로 우리의 안방까지 노크한다. 바쁘다는 핑계로 나도 아이들도, 집에서 만드는 것보다 어느새 일회용 즉석요리와 친숙해졌다. 퇴직 후 남편이 요리에 관심갖기 시작하면서 아이들에게 아빠표 요리를 맛보게 하는 기쁨을 주게 되었다. 주방 일이란 표시 나지 않게 하는 것들이 은근히 많아 힘들다는 것을 알고 나서부터, 남편은 있는 힘껏 나를 돕는다. 아는 만큼 보인다고 아무래도 주방 권세를 넘겨줘야 할까 보다.

묵묵한 희생과 사랑으로 자식을 키우며 가정의 버팀목인 남편은 바깥사람이었다. 밖에서 일하던 그가 주방 안으로 들어오게 된 것은, 아빠가 만들어 주는 부침개를 좋아하는 아이들 때문이다.

사랑은 사람을 변화시킨다. 아버지의 변화는 참으로 놀랍다. 그래서 사랑의 힘은 위대하다. 아이들을 위해서라면 내가 못 할 게 없다는 아버지 그는 이미 안사람이 되었다. 오늘도 딸들을 기다리며 김치전을 부치는 아버지다. 아빠표 부침개는 연중행사로 이어진다. 두 번의 명절과 우리 부부의 생일에는 아이들이 모두 모인다. 아빠의 일거리가 시작된다. 먹으면서 정이 난다고 맛과 정이 넘치는 우리 집이다.

내 품에 있던 자식들이 어느새 고만고만한 아이들을 키우는 엄마가 되었다. 이제는 제 어미나 아빠보다 자기 자식들을 더 잘해 먹인다. 딸내미들이 만드는 엄마표 밥상 또한 미덥기 그지없다. 시아버님 좋아하시는 녹두전을 부치던 며느리, 딸들을 위해 김치전을 부치는 남편, 제 자식들 먹이려 끓이는 된장찌개…. 만들면서 행복하고, 먹으면서 기분 좋고, 나누면서 흐뭇해지는 것이 사랑이다. 사랑은 가장 가까운 사람을 먹이는 것에서부터 시작한다.

향기로운 만남

푸름 가득한 오월이다. 허물없이 서로의 이름을 부르며 속내를 나눌 수 있는 어릴 적 친구들이 만났다. 향수의 고장에 세컨하우스 꿈을 이룬, 친구 별장에 초대받았다. 엄마 손 잡고 외갓집에 다니던 어린 시절 따듯한 기억이 그곳에 발길을 머물게 했단다.

보고 싶고 생각나는 사람이 있다는 것은 얼마나 행복한 일인가. 멀어져가는 인생길에 추억을 나눌 수 있는 친구가 있다는 건 참으로 다행스러운 일이다. 넉넉한 마음으로 모자란 부분을 채우고 나누며, 그네들과 함께 소풍 길을 걷는다.

커다란 통창 밖, 먼 산 위로 쑥쑥 올라오는 붉은 해를 마주할 수 있는 곳이다. 뒤이어 펼쳐지는 운무가 한 폭의 동양화로 장관을 이룬다. 매일 아침 동녘의 기운을 받으며 하루를 시작할 수 있는, 해 뜨는 집이다. 침대 위에서 아침 해를 맞이할 수 있는 특별한 장소에서 하룻밤을 묵게 된 기분 좋은 날이다.

집 뒤에 동서삼층석탑 보물이 있는 신라 시대 천년고찰 용암사가 있다. 이른 아침 운무대 앞에서 바라보는 운해와 장엄한 일출은 감동 그 자체다. 산봉우리 위로 펼쳐지는 구름에 휩싸인 운무는 무엇과도 비교할 수 없는 황홀한 풍경이다. 낮게 깔린 구름은 춤을 추듯 일렁이고, 운해를 뚫고 나오는 일출은 수묵화 같은 산봉우리마저 붉게 물들인다. 미국 CNN이 선정한 한국에서 꼭 가볼 아름다운 50선 중 한 곳이라 한다. 친구네 집 바로 곁에, 이렇게 멋진 풍광을 자랑 하는 곳이 있는 줄 예전에 미처 몰랐다. 이렇게 온몸으로 떠오르는 해를 맞이할 수 있는 것이 얼마 만인가.

그곳 옥천에 가면, 내 인생의 젊은 날을 만날 수 있어 더욱 정겹다. 첫째와 둘째가 태어난 아이들의 고향이기도 하다. 언제든 두 팔 벌려 반겨주는 오랜 벗이 여전히 그곳을 지키고 있는 그리움 가득한 곳이다. 우리의 빛나는 청춘이 머물러 있는 그 자리에, 울긋불긋 꽃 대궐을 짓고 싶은 꿈을 꾸기도 했다. 우연인 듯 인연인 듯 남겨두고 온 빛바랜 사진이 있는 그곳에, 친구의 별장이 있다는 건 또 하나의 행운이다. 바쁘게 살아온 일상에서, 우선 멈춤의 쉼을 얻은 보너스를 탄 것 같아 너무 좋았다.

그날 만난 친구들은 육십 명이 넘는 콩나물시루 같은 교실에서, 오전 오후반으로 나뉘어 수업하던 때를 살았다. 잘 사는 나라를 만들어보자고, 경제개발 5개년 계획이 시행되던 시기다. 힘들고 어려운 게 뭔지 모르던 철없는 동심은 그저 학교생활이 즐겁기만 했다. 동시대 같은 학교에서 어깨동무하며 지내던 그 꼬마 친구들이 밤새는 줄 모르고 그간 살아온 이야기를 나눈다. 지난겨울 춥지는 않았는지? 커피 한 잔을 나누는 여유와 그 따스함의 온기가 온몸을 감싸는 시간이었다.

삶의 길목에서 '누구야' 부르면 언제든 어떤 일에든 무조건 달려올 수 있는 친구가 있다는 건 커다란 재산이다. 서로의 안부를 챙기며 과거와 현재와 미래를 나누는 '찐친' 찐한 친구들이다. 남자와 여자의 경계가 없는 친구들 남자 사람 친구라 말하는 '남사친'과 여자 사람 친구 '여사친'만 있을 뿐이다. 살아온 그리고 살아갈 이야기를 너와 내가 허물없이 나눌 수 있는 향기로운 만남이다.

봄이 가고 또 여름이 오고 인생의 계절이 지나가고 있다. 봄, 여름, 가을, 겨울이 흘러가는 동안 우리의 우정도 인격도 함께 익어간다. 아무리 아름다운 꽃도 계절이 지나면 시든다. 하지만 인연의 향기, 사람의 향기는 잊히지 않는다. 순수한 동심의 그리움이 만남의 향기, 삶의 향기를 더하는 오늘이다. 순간이 모아져 인생이 된다. 지금이 행복하면 모든 날이 다 행복으로 물든다.

노년은 청춘에 못지않은 아름다움이 있다. 늙어가는 것이 아니라, 조금씩 익어가는 것이라 하지 않은가. 추억을 공유할 수 있는 나의 어린 시절과의 만남은 언제나 현재 진행형이다. 진정 추억이 많은 행복한 부자가 될 일이다. 그리운 벗들과 물빛, 달빛, 햇빛, 꿈길을 공유하며 노을빛 인생길을 더욱 풍성하게 채워간다.

함(函)진아비

사람이 내게 오는 건 우주가 오는 것이다. 그의 인격과 더불어 그의 삶 전체가 오는 것이기 때문이다. 소소한 일상이 감사로 넘쳐나는 햇볕 따스한 날 우리 집에 함(函)이 들어왔다.

함진아비는 결혼해서 아들 낳고 행복한 가정생활을 이룬 친구를 앞장세운다. 재앙과 액운을 태운다는 마른오징어 가면을 쓰고 신랑 집에서 준비한 함을 메고 오는 것이다. "함 사세요.~" 온 동네가 떠들썩하고 요란스럽게 소리치는 신랑 친구들에게, 신부 친구들은 애교작전을 펼친다. 함진아비가 발을 떼어 놓을 때마다 바닥에 노잣돈을 놓으라 한다. 모아진 노잣돈으로 신랑 신부 친구들이 따로 모여, 뒤풀이하며 즐거워한다. 밀고 당기는 실랑이를 훔쳐보는 재미가 쏠쏠한 날이다. 시끌시끌 청사초롱 밝히던 이웃집에 함 들어오는 풍속을 요즘에는 여간해서 보기 힘들다.

딸과 사위는 대학 새내기 때 만나 4년 동안 C.C.C 사역을 함께 하던 동기동창이다. 친구는 친구일 뿐 덤덤하게 지내다 졸업 후, 한 사람은 취업전선으로, 한 사람은 입대했다. 몇 년 후 결혼식 하객으로 갔던, 동기들 뒤풀이에서 다시 만났다. 뒤늦게 가까이 있던 보석을 서로 알아본 것이다. 그리고 일곱 해의 끝자락에, 친구에서 연인이 되기로 했다. 일정한 거리를 두었던 평행선이 하나의 끈으로 엮여 갈은 곳을 바라보며 함께 가는 서툰 걸음을 내디뎠다. 보고 있어도 보고 싶어 잠시도 손을 뗄 수 없는 강력한 자석 같은 청춘이다. 매일매일 톡톡 튀는 사랑을 만들어가는 젊은 그들의 사랑은 깨가 쏟아진다. 충청도에 사는 경주김씨와 경상도에 사는 청주 한씨가 만난 인연의 끈이란 참으로 신묘막측(神妙莫測)하다.

예비 신랑과 딸이 거실 테이블 위에 함을 올려놓았다.

"지금까지 키워주셔서 감사합니다. 서로 아끼고 사랑하며 잘 살겠습니다."

정성스레 준비한 함 속에는 안사돈의 깊은 안목과 사랑이 가득 들어 있었다. 부귀영화를 상징하는 나비와 목단꽃이 새겨진 나전칠기 자개함을 열었다. 기러기 한 쌍, 금 거북이, 청실홍실, 다섯 가지 곡식(五穀)이 들어있는 오방주머니. 함께 사는 동안 사랑의 약속을 잘 지키고 최고의 명예와 신분, 장수를 누리길 바라는 애틋한 부모 마음까지….

우리나라 전통 오방색은 청(靑), 적(赤), 황(黃), 백(白), 흑(黑)이다. 오방주머니에 곡식을 넣으며 새 가정이 잘 살기를 바라는 마음을 같이 담는다. 파란색 주머니에 담긴 찹쌀은 찰떡같이 끈끈한 인내심을 갖고 백년해로 부부애를 기원한다. 나쁜 기운을 면하고 부정을 막는다는 빨강 주머니에는 붉은 팥이 들어 있다. 마치 문설주 인방에 피를 발라 죽음의 사자를 비껴간 유월절(踰越節) 의미와도 상통한다. 알고 보면 세계의 풍습이 약속이나 한 것처럼 같은 것에 적잖이 놀라는데 그 안에 담겨있는 기도(祈禱)는 다른듯하지만 같기 때문이다. 노란 주머니 속 콩은, 황금색 재물과 귀한 신분을 뜻하는 며느리의 고운 심성을 바란다. 흰색 주머니 목화씨는 가문과 자손 번성의 풍성함을 소망하는 마음이 들어 있다. 검정 주머니에는 절개와 순결을 상징하는 향나무 조각을 넣어, 장래가 잘되기를 기원한다. 청·홍색 비단 겹보에는 금은보화로도 바꿀 수 없는 혼서지가 들어 있었다.

무엇보다 시아버님 되실 사돈어른께서 청·홍 명주실을 이용해 엮은 납폐(納幣)의 예를 손수 붓글씨로 쓰셨다. 한 자 한 자 정성스럽게 써 내려간 혼서지에 가문의 소개와 며느리를 자식으로 맞이하게 됨을 감사로 표현하시니 감동이었다.

전화기 너머로 "며늘아 사랑한다." 뚝뚝한 경상도 시아버님의 어려운 사랑 고백은 인간미 넘치는 사랑 그 자체다. 함 들어오는 풍속이 사라져가는 것이 아쉬운 반면, 신랑이 직접 함을 지고 오는 간소함이 부담을 덜어주기도 했다. 이것 또한 지극히 양면성을 띤 내 이기적인 생각의 발로다. 본인이 함(函)진아비로 우리 집에 온 막내 사위는 우리에게 또 다른 우주를 선물했다. 두 사람이 만드는 가정이 매 순간 사랑으로 가득하기를 축복하고 또 축복한다.

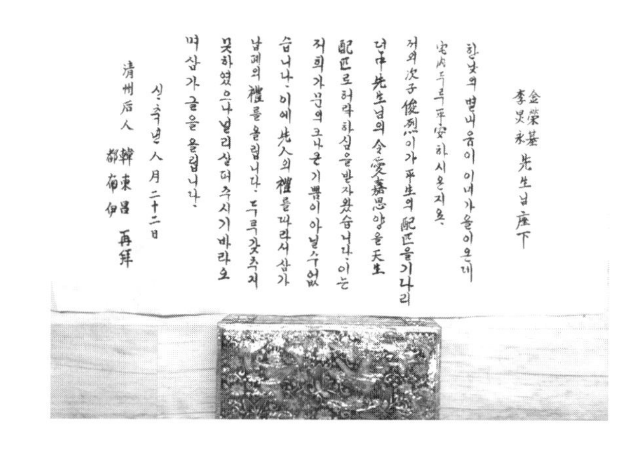

金榮基
李炅永 先生님座下

한낮의 볕내음이 이내가을이온데
宅内두루平安하시온지요.
저의次子 俊烈이가 平生의 配匹을기다리
던中 先生님의 令愛 嘉恩양을 天生
配匹로허락하심을받자왔습니다. 이는
저희가문의 크나큰기쁨이 아닐수없
습니다. 이에 先人의 禮를 따라서 삼가
납폐의 禮를 올립니다. 두루 갖추지
못하였으나 널리살펴주시기바라오
며 삼가 글을 올립니다.

신축년 八月 二十二日

清州后人 韓東昌
都甫伊 再拜

평범한 일상이

역사에 기록될 코로나바이러스로 인해 힘들었던 묵은해를 보내고 새해를 맞이한다. 전 세계를 뒤흔든 우한 폐렴균으로 인해 암울하고 긴장된 일 년을 보냈다. 게다가 돌연변이로 치명적인 파괴력을 일으키는 변종 바이러스는 호시탐탐 또 다른 숙주를 노리고 있다. 마음껏 누릴 수 없는 답답한 감옥 같은 현실은, 더불어 살아가는 우리의 평범한 일상을 순식간에 무너뜨렸다.

중국에서 구걸하며 거지 생활하던 꽃제비 형제들을 먹여주고 보호해 주던 선교사님 가족과 시간을 함께했던 기억이 있다. 갈 곳 없는 그들을 집에 데려와 성경을 읽힌다. 읽다 보면 알게 되고, 깨닫게 되고, 말씀이 그들을 가르치는 단계까지 이른다는 것이다.

치치하얼까지 다녀오는 여정 중 사람들이 물밀듯 오가는 중국 전통시장 근처에서 탈북 소년들을 만났다. 부모님은 돌아가시고 외할머니와 살던 형제 둘은 배가 고파 목숨 걸고 압록강을 건넜다고 한다. 16살 14살 소년은 초등학생으로 보일 정도로 체구가 너무 작고 빈약했다. 배불리 먹을 수 있도록 맛있는 음식을 사주며, 그들의 일상을 들을 수 있었다. 산속 토굴에서 지내며 끼니를 굶다 원인 모를 열병으로 죽어간 친구들이 한둘이 아니라고 한다. 인간의 가장 기본 욕구인 먹을 것이 없다는 슬픈 현실과 안타까운 상황에 마음이 아팠다. 최소한의 경비만 남긴 채, 가지고 있던 지갑을 탈탈 털어 그들에게 모두 다 주었다. 비상약품, 밑반찬, 옷가지, 통조림, 심지어 개인 소지품까지 아낌없이 주면서도 행복했다. 누군가에게 절실한 필요를 나눌 수 있다는 기쁨이 배로 되어 돌아오는 순간이다.

탈북 형제들과 헤어진 후 접이식 이층 침대가 있는 기차를 타고 흑룡강성 하얼빈으로 향했다. 만주 벌판의 옥수수밭은 가도 가도 끝이 보이지 않는다. 야트막한 2층 건물 731부대 역사 전시관에서 세균전의 끔찍한 만행을 목도했다. 중국까지 영토를 넓히려는 야망에 사로잡힌 일본 제국주의는 은밀히 세균전을 준비했다. 살아 있는 사람에게 세균을 주사하거나 강제로 먹이고, 피부 아래 넣고 꿰매는 방법까지 시험을 했다. 남녀노소를 불문하고 심지어 임산부까지 동원했다니 이 얼마나 끔찍한 일인가. 마취 없이 산 채로 생체 실험을 하고, 해부하는 장면이 밀랍으로 생생하게 만들어져 있다. 패망한 일본군들이 퇴각하면서 벌인 잔인함에 토악질이 날 정도다. 바이러스를 이용해 많은 사람의 목숨을 앗아가는 야비한 방법이다. 페스트균을 배양해 음식물에 섞어 고의적으로 집 앞에 갖다 놓고, 강물과 우물에 콜레라균을 살포했다. 그 물을 마신 사람들은 이유도 모른 채 죽어가야만 했던 만행의 현장을 보며 개탄을 금치 못했다.

인간의 탐욕이 만든 이 현실을 어찌하랴. 역사는 과거를 통해 오늘을 돌아보는 지혜를 가르쳐준다. 작금의 상황은 세균을 무기로 삼아 야욕을 불태우던 인간의 잔인함이, 거꾸로 바이러스에게 당하는 무기력한 인간으로 전락하고 있는 셈이 아닌가.

감옥 같은 답답한 일상에 손주들은 아우성이다.

"할머니 매일매일 학교에 가고 싶어요. 밖에 나가 마음껏 뛰어놀고 싶어요." 꼬맹이들의 볼멘소리가 귀에 쟁쟁하다. 지구촌을 공포로 몰아넣고 있는 이때, 평범한 일상이 평범한 하루가 이렇게 소중한 것이라는 걸 다시 또 깨닫는다. 어제 같은 오늘을 보낼 수 있다는 평범한 일상이야말로 감사의 충분조건이 되고도 남는다.

꽃을 주는 남자

호박이 넝쿨째 우리 집에 굴러들어 왔다. 나를 포함해 여자들이 넷이나 되는 우리 집은 요즘 보기 드문 여인천하(女人天下)다. 짝이 되는 남자 중 누가 자기 아내에게 제일 잘하는지, 키 재기라도 하듯 서로 등수를 매기며 경쟁하는 것 같다.

수박 한 통을 먹기 좋게 한입 크기로 잘라, 과일 통에 가지런히 담아 냉장고에 넣어 주고 가는 남자가 있다. 전기면 전기 기계면 기계 웬만한 건 너튜브로 독학해, 뚝딱 해결해 주는 맥가이버 손을 가졌다. 무엇보다 가정을 우선순위에 두는 자상한 아빠 따듯한 남편이다. 그 중 특히 더 잘하는 것이 있다. 때마다 일마다 예쁜 꽃을 선물하는 다정한 로맨티스트인 것을 말해 무엇 하랴.

705호실 바다가 보이는 호텔을 예약해 놨으니, 무조건 속초로 오라는 전화를 받았다. 늦은 밤 검푸른 동해 바다의 찰싹거리는 소리와 설악이 만나는 그곳으로 향했다. 카드키를 꽂고 딸깍 문을 여니, 침대 하얀 시트 위에 핑크빛 카네이션 꽃다발이 우리보다 먼저 와서 기다리고 있다. 누가 갖다 놓은 건지 단박에 알 수 있다.

"장인 장모님의 기도와 보살핌에 감사드리며 사랑과 존경을 담아 드립니다."

떠오르는 아침 해를 침대 위에서 맞이할 수 있는 멋진 곳으로 우리 부부를 초대한 것이다. 어버이날 깜짝 이벤트를 마련한 그의 세심함이 돋보인다.

그는 꽃다발이나 꽃바구니를 한 번에 자그마치 네 개씩 준비한다. 그 안에 담긴 마음의 표현은 구구절절 사랑스럽고 귀한 언어로 감동이 가득하다.

– 우리 예쁜 솔이. 열 살 생일을 맞이해, 아빠의 기쁨이 되어 주어 고마워. 사랑해.
– 우리 공주 솔이가 건강하게 열 살 생일을 맞이하게 된 것은, 장모님의 따듯한 보살핌 덕분(德分)입니다. 사랑과 존경을 담은 폼폼 국화를 장모님께 드립니다.
– 오늘 솔이가 있기까지는 처제 덕분입니다. 이모의 헌신과 사랑 늘 고맙고 감사합니다.
– 아내의 희생이 없었다면 우리 솔이가 이렇게 예쁘게 잘 자랄 수 있었을까? 여보! 사랑하고 고마워.

딸내미 생일에 아내와 딸 그리고 처제와 장모님까지 해마다 네 개의 꽃다발에, 진심이 가득 담긴 마음까지 따로 준비한다. 받는 사람 기분 좋게 하는 센스와 자상함이 돋보이는 꽃을 주는 멋진 남자가 우리 집 둘째 사위다.

연애 시절에도 때마다 일마다 사랑하는 연인에게 특별한 꽃을 선물하던 청년이다. 몇 해 동안 전문의 과정을 공부하기 위해 서울로 올라간 적이 있다. 그동안 다니던 꽃집, 미용실, 서점 등을 찾아가 당분간 뵙지 못할 것이라는 인사를 일일이 하고 떠났다는 말을 듣고 적잖이 놀랐다. 그의 됨됨이를 보는 것 같아 자못 미더웠다. 이렇듯 예의 바르고 마음 따듯한 바른생활 사나이가 가까이에 있었구나. 어느 구석에 숨겨져 있던, 빛나는 보석을 찾은 듯 마음이 훈훈했다.

그는 동양의 나폴리, 통영의 작은 섬 목회자의 아들로 자랐다. 중·고등학교가 없는 섬 소년은 일찍부터 부모를 떠나, 자기 일을 스스로 해결해야만 하는 외로운 사춘기 시절을 보냈다. 힘들고 어려웠을 때가 얼마나 많았을까. 객지에 있는 자녀를 향한 부모님의 눈물 어린 기도와 가르침이 든든한 버팀목이 되었을 것이다. 지치고 낙망할 때마다 '이 또한 지나가리라.' 참고 견디며 인내로 극복했다. 목표를 이루기 위한 인내는 연단을 낳았고, 연단은 소망을 이루었다. 담금질을 통해 쇠가 더 단단해지듯, 지난한 시간이 그를 더 성장시켰고 그의 성품이 만들어졌다. 부드럽고 따듯한 심성이 묻어나는 남자로 다듬어진 것이다.

그는 여전히 꽃을 주는 남자다. "꽃처럼 고왔던 장모님, 따스한 마음과 사랑으로 당신의 딸을 길러주신 덕분에 우리 가족 행복하게 잘 살고 있습니다. 아버님 어머님 사랑합니다." 꽃 선물을 받으며 인생 후반전을 사는 여인은 설렘과 기대로 가득하다. 푸른 물결 넘실대며 달려오는 파도를 타는 것처럼, 짜릿한 마음은 여전히 청춘이다.

농촌별곡(農村別曲)

봄, 여름, 가을, 겨울 자연이 선물하는 매일을 맞이한다. 너무 비싸 도저히 살 수 없는 것은 오히려 값이 없으니, 그것이 은혜다. 싱그러운 공기, 해와 달 그리고 별, 보이지 않는 사랑, 하늘과 바다…. 우리에게 꼭 필요하고 없어서는 안 될 너무나 귀하고 소중한 것들은 값을 매길 수가 없다. 어쩌면 우리는 값없이 받은 귀한 것들을 고마운 줄 모르고 당연하게 누리며 살고있다.

시골에는 젊은 사람들이 별로 없다. 행여 밖에서 아이들 소리가 들리기라도 하면 '뉘 집 손주들이 왔나?' 어른들은 일부러 지팡이 짚고 나와 굳이 확인하실 정도다. 지금 이 마을에 살고 있는 어른들이 돌아가시면 이곳에 터를 잡고 대를 이어 농사지으며 살 젊은이들이 없다. 마을회관에 할머니가 여덟 분이면 할아버지는 한두 분이다. 유모차를 밀고 다니는 할머니는 있어도, 할아버지는 보기 어렵다는 것은 할아버지가 상대적으로 적다는 말이다. 주민 평균연령이 70세 이상이니 농촌 고령화의 심각한 현실이 아닐 수 없다.

어머님은 막내아들 품에서 돌아가셨다. 허리 한 번 펴지 못하고 고단한 인생길 살다 가신 시어머님이다. 장례 후, "올케. 우리 어머니 잘 모셔줘 고마워. 엄마 마지막 가는 길 꽃같이 보내줘서 정말 고마워." 마땅히 해야 할 일을 했음에도 시누님의 진심 어린 인사와 치사를 받았다. 질부가 고생 많았다며 경주김씨 어르신들 칭찬까지 받았으니 인생을 제법 잘 살았다 자부심을 가져도 될 듯싶다.

마치 어머님이 주고 가신 선물처럼 내 몫의 땅이 주어졌다. 구름과 달이 흘러가는 낙가산(洛迦山)자락, 생태하천 월운천(月雲川)을 앞에 둔 엄마 자궁 같은 안락한 곳에 터를 잡았다. 초록의 숲과 맑은 물, 자연과 사람이 함께 어울리는 농가주택을 짓고 묵은 땅을 기경했다. 처음 이곳에 들어와 힘들었던 것은 대대로 살아온 주민들이 받아 온 혜택을 이방인에게는 절대 허락(許諾)하지 않는다는 불합리한 동네 법이다. 전입신고 하면 그 마을 사람으로 인정하는 나라 법보다, 마을 사람들이 정해놓은 규약이 우선 된다. 차라리 눈 감고 살 수밖에 없다. 언제쯤이나 원주민과 주민과 이방인의 경계 없는 소통이 이루어질 수 있을지 요원하다.

농업기술센터 귀농 귀촌 교육을 시작으로 하나둘 농사일을 배워갔다. 집 뒤에 꿀통 하나만 두어도 벌들이 물어다 주는 토종꿀을 온 가족이 먹을 수 있을 것이란 야무진 꿈을 꾸었다. 벌에 쏘이기도 하고 이웃에 피해를 준다고 양봉을 반대해, 이론과 실제가 다른 농사가 쉽지 않음을 체득하였다. 아기 엉덩이만 한 고구마가 한줄기에 하나씩만 달렸던 해가 있었다. 객토 작업을 제대로 하지 않아 온전한 것보다 벌레 먹은 것들만 수확하며 애가 닳던 여전히 어설픈 초보 농사꾼이다. '농업인 실용 교육' 그것은 목마름을 해갈해 주는 사막의 오아시스였다. 관심 작물에 대한 이론과 실제 강의를 전문가에게 들을 수 있기 때문이다. 농촌 생활 문화의 수준이 점점 높아지고 있어 이만하면 농촌살이도 괜찮다.

젊은 날 오지마을 농촌봉사활동을 갔던 뜨겁고 강렬했던 추억이 어쩌면 나를 이곳 농촌에 머물게 했는지도 모른다.

오늘도 요란한 음악 소리와 함께 마을 방송이 들린다.

"아 ~아~ 알려드리것습니다. 아랫동네 살던 뚱순이네가 윗마을로 이사와 마을회관에 떡을 냈습니다. 어서들 오셔서 뚱순이 떡을 드시기 바랍니다." 노인 회장님의 꾸밈없는 생방송쯤은 언제든지 다시 듣기가 가능하다. 집집마다 마을 방송을 들을 수 있는 시계 달린 스피커에 녹음이 되어있기 때문이다.

결실을 향한 찬란한 순간을 위해 농촌에 살으리랏다. 오늘도 농촌 별곡을 쓴다.

내 몸 사용 프로젝트

보드랍고 통통한 갓난아기의 손과 발, 별빛이 반짝이는 눈동자는 그저 예쁘다. 새순이 올라오는 나뭇가지, 흙을 뚫고 삐죽 올라오는 여린 새싹, 어린 것들은 보는 이의 눈길뿐 아니라 마음까지 사로잡는다.

수정같이 맑은 갓난아기의 눈과 흐릿하고 희끄무레한 노인의 눈빛을 비교할 수 있을까? 주름진 얼굴과 거칠어진 손, 빛 잃은 눈동자, 바짝 말라 퇴색된 두껍고 질긴 피부는 종착지를 향해 걸어간다. 그럼에도 건들면 툭 부러지고 벗겨지는 고목 껍데기 속에서 또다시 새순이 올라오는 자연의 순리는 계속 이어진다. 생명의 이어짐과 순환이다. 요람에서 무덤까지 그렇게 살다 다음 생명을 남기고 가는 것이 인간의 숙명이다.

집이든 사람이든 오래 쓰다 보면 망가지고 부서지고 닳아 없어진다. 오래된 아파트나 낡고 불편한 주택의 골조는 그대로 두고, 새롭게 편리하게 고쳐서 디자인을 꾸미는 리모델링이 유행이다. 아늑하고 편안한 실내 분위기는 기분 전환을 시키고, 주거 공간의 수명을 연장하는 효과가 있음이 분명하다. 새 아파트에 입주해 십여 년이 지나면 여기저기 고쳐야 할 곳이 하나둘 돈 달라 손을 내민다. 깜빡거리는 형광등은 물론 빛바랜 벽지, 변기의 물 내림 장치를 갈아줘야 하는 등 구석구석 손 볼 곳이 많다.

최근 우리 집도 형광등을 LED 등으로 교체하고 나니 훨씬 더 밝아져, 새집 같은 느낌이 든다. 새것의 유혹과 매력은 인간의 마음을 조종하고 빠져들게 한다. 비단 집뿐 아니라 자동차, 가전 가구, 생필품 등 우리 몸도 마음도 그렇다.

어릴 땐 시력이 너무 좋아 먼 곳이나 가까운 것 모두, 뚜렷이 잘 보였다. 안경 쓴 친구들이 지적으로 보이고 왠지 분위기 있어 보여 부럽기까지 했다. 출산 후 몸조리할 때 엎드려 책을 읽고 있으면 친정엄마는, 눈 나빠지면 늙어서 힘들다며 책을 뺏기도 했다. 그러나 이제 돋보기를 쓰지 않으면, 작은 글씨가 보이지 않으니 여간 불편한 게 아니다.

얼마 전 초점이 흐리고 희뿌연 한 것이 눈앞에 어른거려 안과를 찾았다. 생애 처음 첨단 의료 장비의 도움을 받아 20여 가지 대대적인 검사를 했다. 육안으로 보이지 않는 속까지 확인 후 이상이 있음을 알려주었다. 단순 백내장인 줄 알았는데 망막에 문제가 있어 노안 수술을 했다. 어느새 고쳐 쓰지 않으면 사용할 수 없는 자리에 내가 서 있다. 가는 세월 잡을 수 없고, 오는 세월 그 무엇으로도 막을 수 없는 것이 진리다.

존재 이유만으로도 사랑받으며 자라는 어린 아기가, 희망 안에서 무럭무럭 성장한다. 온통 핑크빛으로 가득 찬 청춘은, 세상에서 사랑할 사람이라곤 단 한 사람밖에 없는 것처럼 뜨거운 연애에 흠뻑 빠진다. 그리고 사랑의 결실로 면허증 없는 초보 부모가 된다. 자식 뒷바라지하는 동안 시나브로 늙고 병들어 제 몸 다 상할지라도, 위로부터 받은 사랑 기꺼이 내어준다. 눈물과 한숨으로 지나온 시간은 어느새 머리 위에 흰 서리가 내린다. 자식을 위해 희생하는 것이 당연한 부모의 몫 인양, 텅 빈 하늘만 남는다. 마음 한구석 허전함에도 다 주고도, 또 주고 싶은 것이 부모 마음인 것을 어찌하랴. 물이 위에서 아래로 흐르듯 아낌없이 주는 사랑인 것을.

꽃처럼 고왔던 젊음에 어느덧 인생의 가을비가 내린다. 오래도 썼다. 그리고 오래되었다. 집만 인테리어만 리모델링 할 것이 아니다. 이제 내 몸 사용 프로젝트를 시작해야 할 것 같다. 낡고 오래된 것들은 고치고 다듬으면서, 때 빼고 광내며 건강하게 살 일이다. 고생 많았다 다독여주며, 몸과 마음이 병들지 않고 막힘없이 오늘을 살아가야겠다.

나이는 숫자에 불과할 뿐, 젊은 청춘으로 오늘을 건강하게 살아야 한다. 나를 사랑하는 것이 내 몸 사용 프로젝트의 제 일 순위다. 우리는 그저 살다 가는 것이 아니라, 사랑하는 사람들 속에 언제까지나 살며 있는 것이기에.

다시 또 꿈을 꾸다

프리지아 꽃향기가 아침을 깨운다. 살아있어 볼 수 있고 향기를 맡을 수 있음에 이 순간이 감사다. 손목 골절 수술 후 일거수일투족 남편의 도움을 받아야만 하는 어른 아이가 되었다. 천천히 조심조심 손목을 움직여야 하는 약간의 긴장감과 느슨함이 다시 맞은, 나의 새로운 날을 응원한다.

그날의 사고는 내게 잠시 쉬었다 가라는 쉼표를 찍었다. 의사의 첫 번째 지시는 운전 금지령이다. 무리하게 손을 쓰는 일은 절대 안 되고, 꾸준히 재활치료에 힘써야 한단다. 그런 연유로, 운전기사에 밥하기와 청소, 설거지 등 집안 살림은 모두 남편 몫이 되었다. 사실 주부가 하는 일이란 별로 표가 나지 않는 어려운 일들이 많다. 남편은 아내가 해 왔던 일상을 체험하는, 삶의 현장 속으로 들어왔다.

"밥 먹은 그릇을 개수대에 놓을 땐 꼭 물을 부어 불려놓아라. 기름기 묻은 그릇은 포개놓지 말아라. 그래야 설거지하기가 쉽다. 식당에서 왜 그릇 포개놓는 걸 싫어하는지 이제야 알겠다."라는 등 청소기를 돌리고, 바닥을 닦으며 하나둘 잔소리가 늘어난다. 주부 습진이 생겼다고 핸드크림을 발라달라며 애교 섞인 투정도 부린다. 사십 년 주부 경력 고수 앞에서 잽도 안 되는 불평 아닌, 불평을 늘어놓는다.

가끔은 하얀 종이를 바닥에 깔고 돋보기를 쓰고 아기를 대하듯 조심스러운 손길로 성스러운 의식을 치른다. 그것은 나의 손톱 발톱을 깎아 주는 일이다. 손톱이 자란다는 것은 살아 있다는 것의 증거니 이 또한 감사의 충분조건이다. 확실히 그는 남의 편이 아닌 내 편이 맞다. 아내를 위해 내어주는 그의 손길이 봄날 햇살처럼 따스하고 고맙다.

하늘이 뻥 뚫린 듯 비가 억수로 퍼붓는다. 곳곳에 물난리 소식이 들린다. 없어서는 안 되는 꼭 필요한 고마운 물이지만 가끔 화가 나 심술을 부리면 사람을 꼼짝달싹 못 하게 하는 강력한 힘이 있다. 그러다 언제 그랬냐는 듯 쨍하고 햇살이 내리쬔다. 우리 나라 여름도 점점 동남아 아열대 날씨를 닮아가나 보다. 그리 달갑지 않은 손님으로, 슬그머니 들어오는 스콜이다. 모든 일이 생각한 대로 이루어지기란 결코 쉽지 않다. 사람의 마음도 흐렸다가 맑았다 하는 변덕스러운 날씨 같지 않은가. 비 갠 뒤 맑은 하늘이 상큼한 것처럼 밝고 긍정적인 매일을 채우는 삶을 오늘 그와 함께 그리고 있는 중이다.

퇴직 후 놀이터를 만들겠다는 야무진 꿈을 꾸고 천여 평의 땅에 나무를 심었다. 햇빛, 바람, 물, 자연이 공짜로 주는 하늘의 선물 외에는 따로 한 것이 없다. 그런데도 나무는 묵묵히 제 자리를 지키며 잘도 자란다. 자기를 좀 더 사랑해 달라고 하늘 높은 줄 모르게 양손과 팔로 기지개를 켜며 손짓한다.

몇 번의 봄, 여름, 가을, 겨울을 지냈을까? 시간의 나이테를 켜켜이 쌓아간다. 생긴 그대로, 자연 그대로, 언제나 변함없는 온새미로다. 나무들과 좀 더 가까이 지내려면 물리적 거리를 좁혀야만 했다. 놀이터의 주인 노릇을 할 때가 온 것 같아 고심 끝에 나무농원 옆에 집짓기 프로젝트를 진행했다.

집을 짓는다는 것은 사람의 인격이 만들어지는 과정과 같다. 2층 목조 주택, 상상했던 집을 땅 위에 내려놓기까지 수많은 공정이 필요하다. 터 닦기부터 시작해, 집의 뼈대를 세우는 골조 공사와 지붕을 하고 나면 어느 정도 집 모양이 나타난다. 샷시와 문을 달고 단열공사와 내 외벽 작업을 하고 나면 다시 내장공사를 한다. 전기, 설비, 배관, 내벽, 베란다와 욕실, 주방 타일 작업에 들어간다. 그리고 실내 인테리어 조경까지 수많은 사람이 협력하여 집 한 채가 우뚝 섰다.

사람이 어떤 옷을 입느냐에 따라 이미지가 달라지듯 마지막 내 외장 공사로 집이 옷을 입는다. 한 사람의 성숙한 인격이 만들어지기까지 수많은 담금질이 필요하다. 수많은 공정을 거쳐 살기 편리한 숲속 오즈의 집을 닮은 다락 뜰 농장의 안주인이 되었다.

명랑한 새소리, 바람이 지나가는 길, 피톤치드 향기와 그늘, 숲속이 생겼다. 이제 또다시 말만 하면 만들어 주는 자상한 목수 할아버지 손길이 머무는 뚝딱뚝딱 못질한 나무 의자에 기대어 쉴 수 있는 농장을 만들고 싶다. 오랜 시간을 견디어낸 소나무 옆에 숲속 도서관도 짓고 싶다. 지나가는 나그네가 잠시 쉬어 갈 수 있는 작은 카페도 있으면 좋겠다.

간절히 원하면 이루어진다. 밤새 창문을 두드리는 세찬 비가 내리더니, 아침 햇살이 방긋 얼굴을 내민다. 시간의 바퀴는 뒤를 돌아보지 않는다. 우리네 시계도 그렇게 흘러간다. 인생 시계가 멈출 때까지 다시 또 꿈을 꾸며 그렇게 살고 싶다.

한국어 수업 고군분투기

교사들은 자기만의 독특한 수업 노하우가 있다. 읽기 자료 분량이 많은 국어책 읽기를 어떻게 하면 정독시킬 수 있을까 고민하고 또 연구 했다. 우선 읽어야만 내용을 파악할 수 있고, 진도가 나갈 수 있으니 읽기 싫어하는 남학생들을 유혹하기 위한 특단의 조치가 필요했다. 그것은 학생들을 집중시키기 위한 미끼 투척이다. 조그만 손가방에 박하사탕을 넣고 다니며 알싸하고 달콤한 향기를 무기로 사용하기 시작했다.

교과서를 소리 내어 읽되, 맞춤법에 맞는 띄어읽기와 연음법칙에 맞춰 정확하게 한 페이지를 다 읽은 학생에게 주는 부상이 박하사탕이다. 학생들은 별것도 아닌 사탕 한 알에 놀라울 정도로 긴장하며, 도전의 결과에 따른 희열을 느낀다. 수업 시간에 당당하게 부스럭 소리를 내며 사탕을 입안에 넣을 수 있는 특권이 주어지기 때문이다. 읽다가 틀리면 다음 학생으로 바통이 넘어가기 때문에 틀리지 않으려 집중한다. 다른 친구가 틀려야 자신에게 순서가 오기에, 학생들 전체가 적극적인 읽기 수업에 참여한다. 그래서 수업에 들어갈 때는 늘 넉넉하게 준비된 사탕 가방을 들고 다닌다. 그때부터 나는 '박하사탕 선생님'이란 별칭을 갖게 되었다.

"얼마 전 달달한 것을 먹다가 문득 선생님과 함께했던 국어 시간

박하사탕이 생각났습니다. 덕분에 사춘기 소년 시절 책 읽기에 집중할 수 있었습니다. 오랫동안 선생님을 기억할 수 있게 되었지요. 그렇게 계속 후배들을 가르쳐 주시면 정말 좋은 수업이 될 것 같습니다."라는 졸업생들의 안부 인사를 가끔 받는다.

다양한 지식을 갖고 있는 교사가 되는 것보다 더 중요한 것이 있다. 간결하고 명료하게 학습자가 잘 알아듣기 쉽게 전달하여, 공부하는 재미를 주는 것이 더 우선되어야 한다.

한국어를 제2외국어 과목으로 채택하는 나라가 해마다 늘어나고 있다. 한 해 30만 명 이상이 한국어능력시험에 응시하고 있다 하니 매우 고무적인 일이다. 한국으로 유학 오기 위해 토픽 시험을 준비하는 중국 학생들을 가르치기 위해 연태대학교를 가게 되었다. 중국어를 못하는 원어민 교사를 더 우대한다고 하여 담대하게 떠날 수 있었다. 20대 학생들이지만 초등학생들을 가르치듯 수업해야 했다. 가장 쉽고 재미있게 한국어를 가르칠 수 있는 방법을 생각하고 또 생각했다.

처음 한국어 접근 방법으로 노래로 한글을 가르쳤다.

> 오나라 오나라 아주 오나/ 가나라 가나라 아주 가나/ 나나니 다려도 못 노나니/ 아니리 아니리 아니 노네.

대장금 가사를 칠판에 적어 놓고 대장금 음악을 들려주었다. 한류 문화 전파에 큰 역할을 한 노래를 함께 부르며 자음과 모음을 쉽게 익힐 수 있었다. 한 글자 한 글자 짚어가며 노래를 부르고, 괄호 넣기도 하고, 받아쓰기도 하다 보니 쉽게 한글에 다가오는 것을 볼 수 있었다.

수업 시작 전에는 집중을 위한 박수 치기로 대한민국! 짝짝짝~짝짝! 그들도 박수로 호흡을 맞추었다. 그들이 다니는 연태대학! 하고 선창을 하면 짝짝짝 짝짝! 박수치며 흥겨워했다. 색종이로 바지, 저고리를 접고, 한복 패션쇼 영상을 보여주며 우리 나라 곡선의 아름다움에 대해서도 알려주었다. 도, 개, 걸, 윷, 모 윷놀이를 통해 자연스레 한국의 전통문화 속으로 들어갔다. 조별로 김밥 만들기 대회도 열어, 창의적인 맛과 멋을 뽐내는 시간을 가지기도 했다.

중국 산동성(山东省) 옌타이에서 한국어와 한국문화를 가르치는 문화사절단 역할을 톡톡히 해냈다. 언어가 통한다는 것은 소통이 가능하다는 것이고, 내게 있는 걸 나눌 수 있다는 게 얼마나 보람된 일인가. 외국어로서 한국어를 가지고, 우리 문화의 우수성을 알릴 수 있는 자부심으로 어깨가 으쓱해진다.

학교 앞에는 푸른 바다가 보이고, 앵두가 자두만 하게 열리고, 구불구불 소나무 숲길이 피톤치드 향기를 무한으로 제공해 주는 캠퍼스다. 스승과 제자의 자리가 분명한 교실 수업이 나를 기다리고 있다. 유교적 가치관을 가진 예의 바른 학생들이 성실하게 열심히 공부하는 모습들이 보이는 곳이다. 비록 유창한 읽기로 박하사탕 수업은 불가능하지만, 그곳이 나를 부르면 두고 온 마음을 향해 기꺼이 달려가리라. 중국학생과 한국 선생님이 함께하는 한국어 수업 고군분투기는 계속될 것이다.

스마트한 고놈

눈을 뜨면서부터 잠자리에 들 때까지 줄곧 주변에서 맴도는 것이 있다. 언제부터인지 내 손안에 쓰윽 들어온 그것과 이제는 떼려야 뗄 수 없는 관계가 되었다. 메모하기는 물론 카메라, 녹음, 스케줄 관리까지 개인비서 역할을 톡톡히 해내는 스마트한 그다. 계속해서 새로운 기능을 추가해 업그레이드된 인공지능으로 한 사람 이상의 몫을 충분히 감당하며 소통하고 있는 물건이다. 소셜 미디어(Social Media) 매체를 떠나서 살아가기 힘든 시대가 되었다. 싫든 좋든 그와 더불어 살아가야 한다.

너도나도 그 속에 폭 빠졌다. 전철이나 버스 안, 어느 곳에서든 십여 명이 앉아 있으면 그중 예닐곱 명은 핸드폰에서 눈을 떼지 못한다. 핸드폰 삼매경이다. 다른 생각은 하지 않고 오직 책 읽는 재미에 빠진 독서 삼매경이 무색하다. 필요한 것이지만 지나치면 모자람만 못하다. 나 역시 핸드폰을 미처 챙기지 못하고 외출하게 되면, 뭔가 잃어버린 듯 허전하고 불안해지니 고놈을 어찌해야 할까? 돌도 되지 않은 손주가 검지손가락으로 엄마의 핸드폰을, 쓰윽 미는 시늉을 한다. 뭔지는 모르지만, 그 안에서 움직이고, 소리가 나는 그 물건을 향한 끝없는 호기심이다. 핸드폰 없이 살던 세대와 태어날 때부터 핸드폰 속에서 살고 있는 세대가 확연히 구분된다.

오랜만에 친구들끼리 만나면 반갑게 이야기 나누며 수다의 장이 펼쳐진다. 누군가 잠깐 핸드폰 속에 들어 가면 너도나도 손전화기를 꺼내 든다. 잠시 대화가 사라지는 침묵 속에, 각자 짬을 보내고 있어도 전혀 어색하지 않은 시간을 보낸다. 그리고 또다시 이야기가 이어지면 새로운 화제의 물꼬가 터지는 모습이 요즘 신종 풍속도다. 핸드폰은 단순히 전화를 걸고 받기 위한 수단을 넘어, 없어서는 안 될 필수 불가결한 위풍당당한 존재가 된 작금의 현실이다.

우리 집만 해도 그렇다. 한번은 딸아이가 아무리 불러도 대답이 없어 방에 들어가 보니 핸드폰 속에 푹 빠져 엄마가 들어 왔는지조차 모르고 있다. 그 모습에 화가 나 도대체 이게 뭐라고 정신이 팔려있느냐며 휙 뺏어 들었다. 내동댕이치려는 제스처를 취하는 순간 아이는 두 손으로 얼굴을 감싸며 아악! 소리를 질렀다.

"그건 내 몸의 일부인 나의 분신이에요. 그게 없으면 나는 살 수 없어요." 절규하는 몸짓이었다. 평소 그 아이 기질과는 전혀 다른 모습이었기에 적잖이 놀라고 당황했던 기억이 있다.

명을 다한 기계를 몇 년 만에 새것으로 바꿔오면, 아들은 사용 설명서를 읽지 않아도, 하나에서 열까지 사용법을 자세히 알려준다. 한두 번 만져 보면 그 속을 훤히 뚫고 있는 젊은 아이들 기기 사용 능력을 도저히 따라갈 수 없다. 한동안 쓰고 익혀야만 겨우 그 물건과 친해지는 엄마와는 확실한 세대차이다. 그 속에 들어있는 기능을 익히지 않으면 제대로 활용조차 어렵다. 아는 만큼 보이고, 보이는 만큼 이해하고, 행동하게 되는 것이 여기에도 적용된다. 같이 가지 않으면 소통이 불가능해지니, 거북이처럼 늦게 가더라도 같이 가야만 한다.

스마트한 그는 손바닥 안에 들고 다니는 컴퓨터가 된 지 오래다.

톡이나 메신저, 메시지 앱은 화상회의나 온라인 강의 등 편리함과 자기 계발에 도움을 준다. 그야말로 고놈이 스마트한 물건인 것은 분명하다. 손가락 터치만으로 웬만한 것들은 곧바로 해결되는 손 폰의 기능은 지금도 계속 진보하고 있다. 언제 어디서든 인터넷, 계좌 이체, 쇼핑 등 생활에 필요한 일들을 간편하게 처리할 수 있다. 그 작은 기계 속에서 필요한 만큼 무궁무진한 앱을 사용할 수 있다. 방대한 정보와 재밋거리까지 들어있으니, 결국 사람들 마음까지 조종하고 있다. 어린아이들이 가장 갖고 싶어 하는 선물 1순위라니 어찌할 것인가.

예전엔 우리 집 전화번호를 비롯 친구네 집, 적어도 다섯 개 이상의 번호는 기본으로 외웠다. 이제는 단축번호 1번을 꾹 누르면 바로 남편이 즉시 "알았다 오바!" 응답 한다. 그러다 보니 기억의 기능이 상실될 뿐만 아니라 어떨 땐, 내 번호조차 깜박 잊을 때도 있다. 과거에서 현재까지 사진을 정리해 주고, 몇 년 전 오늘, 잃어버린 나의 일상을 보여주는 완벽한 비서 역할까지 충분히 수행한다. 쇼핑, 관광, 통번역, 네비게이션까지 스마트폰의 역할은 무궁무진하다.

그럼에도 하늘이 그림책이 되고, 자연이 놀이터가 되었던 그때가 정말 그립다. 땅따먹기, 공기놀이, 비석치기. 돌과 흙과 나뭇잎이 친구가 되고, 모래 밥과 꽃 반찬으로 소꿉놀이하며 친구들과 다방구와 고무줄놀이를 하던 그때로 돌아가고 싶다. 그때는 맞고 지금은 틀리다고 말할 수 없다. 하지만 스마트한 고놈은, 잘 사용하면 좋은 것, 잘 못 사용하면 탈이 나는 필요악이라는 것을 실감하는 오늘이다.

『한국문인』 신작수필 2024. 2.

어느 날 갑자기

행복과 불행은 어느 순간 갑작스레 다가온다. 일제의 그늘에서 애타게 기대하며 바라던 그날을 맞이했다. 간절히 바라고 그토록 목마르게 기다리던 자유를 찾았다. 그러나 아버지는 해방의 기쁨을 마음껏 누리지 못했다.

교사였던 큰누이가 모스크바대학으로 공부하러 간다며 홀연히 사라진 것이다. 자본주의와 사회주의 이데올로기 사이에서 고뇌하던 누이는 편지 한 장 달랑 남긴 채 사라졌다. 어수선한 사회 분위기 속에서 또 다른 세상을 향한 유토피아를 꿈꾸던 결정이었단다. 그 당시 공부 좀 했다고 하는 지식인들 선택의 결과는 참혹했다. 아무것도 알지 못하고 있던 남은 가족들에게, 졸지에 빨갱이라는 주홍글씨가 새겨졌다. 한밤중 집을 향해 쏘아대는 총소리에 놀라, 바닥에 바짝 엎드려 간신히 밖으로 나올 수 있었다.

큰누이로 인해 온갖 고초를 겪으신 아버지는, 할머니와 동생들을 데리고 고향을 떠나 야반도주할 수밖에 없었다. 약관의 나이에 세상의 온갖 날아오는 화살을 맨몸으로 감당하기가 힘들고 버거웠다. 졸지에 가장이 되어, 서울 변두리 피난민들이 많이 모여 사는 곳에서 신분 노출이 되지 않는 장사꾼으로 살아야 했다. 가족의 생계를 도맡아야 했고, 할머니와 삼촌 둘은 평생 어깨를 짓누르는 무거운 짐이었다. 장남이라는 책임을 당연하다 여기며 성실하고 부지런함으로 버텨 온 아버지의 삶이다.

가끔 어린 우리를 앉혀놓고

"어느 날 전쟁으로 인해 갑자기 이산가족이 되어 뿔뿔이 헤어지게 된다면? 당황하지 말고 어디서든 살아있기만 하면 된다. 전쟁 끝나고 사회가 안정되면 중앙 일간지에 너희들 찾는 광고를 낼 것이다. 반드시 주의 깊게 신문을 읽도록 해라. 그러면 우리 가족은 다시 만날 수 있다."라고 말씀하셨다. 만약을 위한 당부를 챙기셨다. 굴곡진 삶을 사신 어른으로서 충분히 생각하실 수 있는 대비책이었다. 돋보기를 쓰지 않고도 아침 신문을 꼼꼼히 읽으시는 아버지의 모습이 햇살에 일렁인다.

1970년대 우리나라 건설 붐이 한참일 때, 아버지는 해외 파견 리비아 근무를 지원하셨다. 까다로운 안기부 신원조회 실사를 마치고, 긴 숨을 내쉬었다. 여권이 있다는 것은 이 사람의 가계(家系)와 사상(思想), 신분을 나라가 보증한다는 의미가 되던 때다. 우여곡절 끝에 아버지는 여권을 손에 쥘 수 있었다.

그날 밤 우리들에게 여권을 보여주시며

"이제 다 됐다. 너희들의 미래는 앞으로 걱정하지 않아도 된다. 무엇이든 너희들이 하고 싶은 대로 할 수 있다. 얼마든지 해외 나가서도 공부하며 너희의 꿈을 펼칠 수 있다."라며 호탕하게 웃으셨다. 그러고는 서랍 속에 작은 수첩을 보물 다루듯 넣는 모습을 보았다. 힘든 세월을 견디고 이겨내신 아버지의 승전보다. 그날은 아버지 생애에 최고의 날이었다. 마음속 불안과 염려를 내려놓고 희망의 끈을 잡게 된 기쁜 날이다.

큰 가방을 들고 이국땅 리비아 건설 현장으로 떠난 아버지와 긴 이별을 했다. 그동안 편지로 자녀 교육을 대신 하실 정도로, 자상한 아버지다. 사춘기 시절 아버지와 주고받은 편지가 나를 성장시켰고, 내 인생의 중요한 가치관을 심어주었다. 나의 영원한 멘토로, 교사로, 원격 길잡이 역할을 해 주신 것이다.

평생 큰 병 한 번 걸리지 않고 건강하던 아버지는 어느 날 갑자기 해가 있던 자리를 조용히 내어주셨다. 당신이 그토록 사랑하는 엄마를 내게 맡기고, 삶과 죽음의 경계를 넘어 달이 되어 나를 지켜보고 계신다. "천국에서 만나자." 말씀하시던 아버지는 그곳에서 우리 가족을 기다리고 있을 것이다. 아버지가 계신 일상의 자리가 너무나 큰 울타리였다는 것을 그땐 알지 못했다.

어제 보이지 않던 것들이 오늘에야 보이는 뒤늦은 깨달음이다. 아버지의 부재는 배고픔 그 이상이다. 지나간 것들은 마음속에 차곡차곡 쌓여 있다. 그립고 사무치게 아버지가 보고 싶은 오늘이다.

겨울 冬

우주는 커다란 집이다. 집은 곧 작은 우주다.

그 속에 살고있는 우리는 작은 우주이지만 세상을 품는 더 큰 우주이기도 하다. 자연을 통해 겸허함을 배우고 욕심을 비우며, 사람을 수용하는 삶의 공간이 바로 집이다.

쉼표

세월을 거슬러 돌아보는 시간여행은 아름다운 기억으로 가득하다. 다락방에 아지트를 두고, 친구랑 깔깔거리며 시간을 보내던 사춘기 소녀들이 지금까지 아줌마 우정으로 이어간다.

어린 시절 동네 친구들과 고무줄놀이와 공기놀이를 하던 막다른 골목 우리 집은 다가구 주택으로 바뀌었다. 나는 누구인가? 부모님의 딸로, 친구로, 사랑하는 연인으로, 엄마로, 아내로 살아온 지난 세월을 돌아보며 잠시 쉬어 가는 쉼표를 찍고 싶었다. 우리는 추억여행을 약속하며 기다림 설레임 기대감으로 잠을 이루지 못했다.

그때 우리는 안 보면 보고 싶고, 만나면 행복했다. 사진관에서 카메라를 빌려 고등학생들과 미호천 강가로 소풍을 갔다. 그곳에서 카메라를 잃어버렸다. 서로들 알아서 챙긴 줄 믿고, 그 자리를 떠났는데 아차! 발 동동 구르며 찾았으나 헛수고였다. 값을 물어주기 위해 우리는 각자 아르바이트를 해 돈을 모았다. 한마음으로 문제를 해결했던 의리 그 이상으로 하나가 되었던 젊은 우리들이다.

무엇이든 하고자 하는 일은 똘똘 뭉쳐 이루어냈다. 할 수 있거든이 무슨 말이냐, 우리가 해내지 못할 게 없었던 젊은 우리였다. 소외된 농촌 학생들을 가르치고, 심지어 시간을 쪼개 야간자활학교 학생들을 돌보는 일당백의 일을 해낸 겁 없는 청년들이었다.

격랑의 시절을 함께 보냈던 80년대 청춘들이 60줄에 다시 모였다. 강산이 네 번이나 변했다. 같은 교회에서 신앙생활을 하던 믿음의 동지들이다. 어제의 용사들이 다시 뭉친 날이다. 지난 세월이 무색할 정도로 긴 시간의 간격이 전혀 느껴지지 않을 만큼 편한 만남이다. 각자의 자리에서 성실하게 잘 살아온, 빛나는 얼굴들이다. 그들의 모습 속에서 멋지고 품위 있게 익어가는 삶이 보였다. 한두 사람이 이야기를 꺼내면, 맞아! 그때 그랬지. 맞장구치며 시간 가는 줄 모른다. 그 시절 옛이야기에 푹 빠진 우리다. 전환의 여울목에 선 우리는 너나 할 것 없이 40여 년 전 바로 그 자리의 주인공들이다.

고작 하루 반나절이면 이렇게 만날 수 있음에도 수많은 시간을 돌고 돌아 이제야 만난 것이다. 그들 모두 너무 열심히 바쁘게 앞만 보고 살았나 보다. 올라갈 때 보지 못한 꽃이 내려올 때야 보이는 것은 분명 나이를 먹었다는 표식(表飾)일 게다. 건너편에 산이 보이고 나무가 보이고, 자연의 소리와 색깔이 느껴지고, 계절이 가는 것이 보인다. 그동안 참 무심히 살았다. 이제라도 옆도 보고 뒤도 돌아보며 쉬어 가는 쉼표의 여유를 가져야겠다.

갑작스러운 엄마의 부재로, 사춘기 시절 상처를 가진 후배가 있다. 부모를 떠나 자취하며 제때 먹지 못했던 배고픔과 친척 집에서 더부살이로 채워지지 않는 부족한 사랑을 갈구했다. 친구로부터 받은 폭력, 이 모든 어려움을 감내하며 성숙해졌다. 그럼에도 구김살 없이 밝게 긍정적으로 살아온 그녀에게 박수를 보낸다.

청년 시절 만나 목사와 사모가 되어 전원 목회를 하는 부부도 있다. 도서관을 개방하고 방과 후 아이들이, 마음껏 뛰어놀 수 있는 놀이공간, 문화공간을 만들어 지역아동센터를 운영한다. 분위기 있는 쉼터 무인카페까지 있는 그곳에서 우리 7080이 만났다. 하고 싶은 말이 너무 많아 밤을 새워도 시간이 모자랄 정도다. 내가 너에게 네가 나에게 서로가 힘이 되고, 힘을 주던 그들이다.

그 세월 여기까지 반듯하게 잘 살아왔다. 그리고 잘 살고 있다. 앞으로도 더욱더 잘 살 것이다. 젊은 날 시간을 계수하며 되새겨 보니 내 삶의 틈새마다 사랑으로 채워졌고, 함께했던 그들이 내 인생의 보석이었다.

우리 집 장식대 위 빛바랜 사진 한 장/ 사알짝 들춰보면 엄마 어릴 적 모습/ 사진 한 장 가득 옛 추억 향수로 가득 채워져 있다/ 모래밥 꽃 반찬 소꿉놀이하던 시절도/ 고장 난 시계처럼 그대로 멈춰 버렸지.

딸아이가 쓴 '사진 한 장'이란 시 속에 들어있는 고장 난 시계처럼 우리의 추억여행은 잠시 멈춘 행복한 시간이었다.

추억이 영원하다는 것은 순간이 이어져 영원이 되기 때문이다. 이런 순간순간을 통해 인생이 살이 찌고 더 풍성해진다. 잠깐 멈추었던 시계가 가끔은 아주 가끔은 잠시 멈춤의 쉼표를 찍고 가도 괜찮을 것 같다. 오늘의 쉼표는 나에게 최고의 쉼을 선물해 주었다.

우산

파란 하늘과 하얀 뭉게구름의 조화는 한 폭의 그림이다. 오랜만에 만나는 맑은 날이지만 변화무쌍한 날씨는 조금씩 아열대로 옮겨가고 있음을 체감한다.

밴쿠버 공항에 도착했을 때 비가 추적추적 내렸다. 우리 일행은 급한 대로 면세점에서 우산을 사, 목적지를 향해 일사불란하게 움직였다. 동그란 무늬의 알록달록한 우산이 졸지에 단체를 상징하는 유니폼이 되었다. 첫날부터 낯선 땅에서 비 오는 거리를 걷고 또 걸었다. 새옹지마(塞翁之馬)라고 화려한 색상의 우산이 사진에 예쁘게 나와 촉촉한 분위기의 멋을 더했다. 예상치 못한 비에 당황했지만, 이 또한 비 오는 날의 풍경 한 컷이다.

우산 자체는 힘이 없다. 점점 작아지고 가벼워져 핸드백에 들어가는 액세서리 기능까지 더한다. 그러나 가느다란 이슬비라도 온몸으로 만나야만 할 때, 우산은 나를 안전하게 지켜주는 강력한 힘이 된다. 햇빛 쨍쨍한 맑은 날에는 알 수 없다. 비가 올 때 비로소 날개가 되어 나를 보호해 주는 우산의 가치를 말이다. 어려움이 닥쳤을 때 물불 가리지 않고 나를 지켜주는 부모님 사랑을 당연하다 여기던 철없음을 알게 되는 것과 같다. 어떠한 상황에서도 자식을 지켜주는 강력한 무기가 되는 엄청난 위력의 그 힘을 평상시엔 느끼지 못하고 일상의 삶을 살고 있는 것처럼….

학교가 파한 후 갑자기 내린 비로 어찌할 바 몰라 발을 동동 구르고 있었다. 바닥은 질척거렸고 서로를 찾아 헤매는 사람들이 뒤엉켜 소란스러웠다. 그때 어디선가 슈퍼맨처럼 나타난 엄마와 함께 우산을 쓰고 집으로 가던 따스한 기억은 잊을 수가 없다. 거센 빗줄기를 피해 내 몸을 감싸는 엄마 품속은 어떤 상황 속에서도 안전한 날개 그늘이다. 우산 속에서 빗방울이 만드는 노랫소리를 듣던 평안의 우산은 지금도 내 안에 머물러 있다.

누구나 안으로 삭이고 있는 아픈 기억 하나쯤은 가지고 있다. 삼십 년도 지난 묵은 찌꺼기가 내 마음 한구석 어딘가에 숨어있다. 어느 순간 그곳을 톡 건드리기만 해도 봇물처럼 툭 터져버리는 아픈 상처다. 열 달을 태중에 품고 내게로 온 나의 분신이 제대로 젖 한 번 물지 못하고 하늘나라로 갔다. 견딜 수 없는 참담한 슬픔 속에서 허우적거렸다. 도대체 왜? 나에게 이런 일이? 원망과 불평의 소리를 쏟아내며 이해할 수 없는 괴로운 밤을 지새웠다. 어떤 말과 위로도 들리지 않았고 누구와의 만남도 거부 한 채 몸과 마음은 날로 연약해졌다.

30년 지기 지인이 찾아왔다. 아기가 자라는 동안 엄마와 아기가 서로 아프고 힘든 시간을 보내야 한다. 아기는 아파서 고통스럽고, 엄마는 그 아픔을 보는 것 이상 더 힘든 시간을 보내야 한다. 감당할 수 있을 만큼의 아픔을 주신 것이니, 어서 빨리 슬픔의 그늘을 걷어내고, 지나간 것은 다 잊고 오히려 감사하라는 말을 건넨다. 묵상 중에 '내가 너와 함께 있는 데 도대체 무엇이 문제냐?' 그것은 폭풍우가 휩쓸고 간 자리에 비바람을 막아주는 지붕처럼 차갑고 메마른 내 마음을 덮어주고 나를 안아주는 우산이었다. 지치고 외로운 나에게 위로가 된 그것은 넓고 큰 권위의 우산이다. 그 우산으로 인해 힘겨운 인생 고비를 눈물 삼키며 넘어갈 수 있었다.

여행을 통해 일상의 쉼표를 찍고 돌아오는 날이다. 수화물을 접수하는 데 처음 공항에 내릴 때 샀던 한 묶음 장우산의 부피와 무게가 큰 짐이 된다. 그냥 버리고 가자는 쪽과 이것도 기념인데 힘들어도 가지고 가자는 두 의견으로 나뉘었다. 필요할 땐 요긴하게 쓰고, 필요치 않으면 가차 없이 버려지는 토사구팽이다. 장시간 비행 후 늦은 밤 도착해, 우여곡절 끝에 가지고 온 우산을 가정별로 나누었다. 하마터면 우산과 함께했던 소중한 추억을 버리고 올 뻔했다. 비가 오는 날이면, 많은 것 중 제일 먼저 손이 가는 추억이 들어있는 나의 우산이다.

살면서 많은 우산을 만났다. 힘이 되고, 울타리가 되고, 평안과 위로, 권위가 된 우산들이다. 그들이 나에게 말하는 소리를 듣게 된 모든 순간마다 내 안에서 또 다른 나를 만났다. 인생은 결코 호락호락하지 않다. 벼락과 천둥을 동반한 폭풍우가 치는 날도 있고, 눈이 내려 옴짝달싹할 수 없는 날도 있었다. 그때마다 내게 우산이 되어 준 날들이 고맙기만 하다. 맑은 날은 맑아서 좋고 비 오는 날은 비가 와서 좋다. 그렇게 날마다 좋은 날로 채우는 하루를 살다 보면, 인생 전체가 풍성한 삶으로 가득 채워질 것이다.

만남의 복(福)

실업계 고등학교에 근무했을 때의 일이다. 정규과목 외 특별활동 시간에 실생활과 연관된 다양한 학습으로 학생들과 체험할 수 있는 기회가 많았다. 배움에 적극적인 나는 시간 나는 대로 이것저것 관심 분야의 강의를 골고루 들을 수 있었다.

실습실에서 케이크 만들기를 배우는 시간이었다. 학생들을 격려하기 위해, 할 수만 있다면 선생님들도 학생들과 같이, 자격증에 도전해 보라고 말씀하셨다. 그 선생님도 학생들을 가르치며 공부하다 보니 어느새 스무 개가 넘는 자격증을 가지고 있단다. 제과제빵사, 바리스타. 플로리스트, 한식 · 양식 조리기능사, 칠보공예 등…. 자격증을 취득하고자 한 단계 도약하는 일이 주는 성취하는 기쁨을 강조했다. '세 사람이 같이 길을 가면 그 중 반드시 스승이 있다(三人行必有我師).'라는 말이 꼭 맞다. 나 역시 자기 계발을 위해 그녀를 따라 긍정의 샘물에 발을 담가 보기로 했다.

사위는 가정의학 전공의로 로컬 의원을 하고 있다. 혹여라도 급한 일이 있을 때, 도움이 될 수 있지 않을까 싶어 간호조무사 자격증에 도전했다. 정부 지원 배움 카드로 교육비는 물론 식비와 교통비까지 주는 혜택까지 십분 활용했다. 이론 740시간, 실습 780시간, 간호대학 4년 과정 1,520시간 수업을 단기간에 마쳐야 했다. 늦깎이 학생은 하루 8시간씩 강의를 들으며 공부했다. 기왕 도전하는 김에 요양보호사, 병원코디네이터까지 한꺼번에 세 가지 자격증에 도전했다.

요양병원에서 실습은 매일 아침 환자들의 혈압과 당뇨를 체크하고 살피며 기록하는 일이 우선이다. 할아버지, 할머니 환자들을 대부분 조선족 아주머니 아저씨들이 간병한다. 인자한 얼굴의 멋진 노신사분은 눈을 마주치는 것 외에는 미동조차 없다. 가녀린 할머니 엉덩이는 욕창으로 뼈가 보이고 소독할 때마다 아픔을 표현하는 움찔움찔 떨림만 있을 뿐이다. 본인 퇴직 후 두 달 만에 아내가 쓰러져 6년째 간호한다는 남편의 순애보 또한 감동이다. 유일한 외출은 한 달에 한 번 친구들을 만나 잠깐 점심을 먹고 온단다. 그동안 제가 책임지고 봐 드릴 테니 편안히 다녀오시라 했다. 너무나 고마워하는 아저씨의 인격에 고개가 숙여진다. 건장했던 군인 아저씨가 어느 순간 무너져 큰 덩치를 힘겹게 간병하는 가녀린 아내의 모습이 가슴 찡한 울림으로 다가온다.

구구절절 기막힌 삶의 이야기는 저마다의 사연들로 가득하다. 그들의 슬픈 뒷모습을 보며 마음을 쓸어내려야만 했다. 누구든 건강하고 행복한 황혼을 꿈꾸지 않는 사람이 있을까?

그러다 예기치 않은 사고로 인해 나는 스스로 손가락 하나 까딱하지 못하는 환자가 되었다. 24시간 동고동락(同苦同樂)하는 간병인과 병원 생활을 해야 했다. 일거수일투족 환자와 함께 있어야 하는 간병인의 하루일과가 중노동이라는 것을 그때 알았다. 언제나 환자가 우선하다 보니, 제때 밥을 먹거나 편하게 잠을 자기도 어렵다. 바른 생각을 하는 성실하고 따듯한 그녀와의 만남 또한 내게 복이었다. 젊은 시절 보건소 간호조무사 경력이 있는 유능한 간병인 언니는, 시간을 쪼개어 새벽 운동으로 하루를 시작한다. 매일 항생제 주사를 맞다 보니 변이 딱딱하게 굳어 밖으로 나오지 않아 괴로웠다. 그녀는 능숙한 솜씨로 시원하게 배변을 해결해 준다. 일회용 장갑을 낀 손에 바셀린을 바르고, 방울방울 나오는 염소똥 같은 알갱이를 하나씩 꺼내주는 착한 손을 가졌다. 그녀로 인해 날마다 조금씩 회복의 기적을 만들 수 있었다.

좋은 만남은 나침반이다. 인생이라는 넓은 정원에 예쁜 꽃이 필 수 있도록 서로를 세워주고 또 하나의 길을 만들어 주기 때문이다. 내 주변엔 좋은 사람들이 많다. 참으로 감사해야 할 이유다. 진심을 다하는 최고의 간병인과의 만남도 내게 큰 위로가 되었다. 좋은 사람들이 전해 주는 에너지를 마음껏 쓸 수 있다는 것이야말로 얼마나 큰 복인가. 이렇게 정다운 너와 내가 어디서 다시 만날 수 있을지 알 수 없다. 만남이 주는 긍정의 아이콘으로 인해 더 나은 삶이 펼쳐질 수 있다면 그것 또한 덤으로 오는 축복이다.

오늘도 나는 두 손을 모은다. 지나감과 머무름이 자연의 섭리대로 만남의 복이 되어, 대대손손 이어지기를. 나와 더불어 그들 삶에 시온의 대로가 활짝 열리기를….

자야 언니

깊게 패인 주름은 구불구불 산길을 닮았다. 살아온 세월 자국이다. 어느 자리 어느 모임에서든, 나도 모르는 사이에 언니 대열에 합류했다. 노년은 청춘에 못지않은 기회라고 하지만 어른 노릇한다는 것이 쉽지 않다. 맏딸로 자란 터라 평소 인간관계에서 나보다 위 언니들에게 친근감이 가고 안정감이 있어, 내가 동생 되는 게 더 좋았다. 이해받고 사랑받고 싶은 마음에서였나 보다. 시간을 달리는 경주마의 고삐를 풀고, 조금 천천히 가라고 워어이 워이~ 호흡을 가다듬는다.

살아온 날 동안 수많은 만남이 있다. 어릴 적 우리 집에는 엄마를 도와 일하는 언니들이 많이 있었다. 한 언니가 가고 나면, 또 다른 언니가 왔다. 그 시절 그저 입에 풀칠이라도 해, 밥 한 끼라도 줄이기 위한 호구지책(糊口之策)이었다. 전쟁 후 먹고 살기 힘들던 베이비붐 세대(baby boom generation)의 현실이다. 고향을 떠나 멀리 일하러 온 언니들의 정거장 같은 곳이 우리 집이다. 잠시 머물다 가기도 하고, 오래 있다 혼수를 마련하여 시집간 언니들도 있다.

부모님이 서울에서 일찍 터를 잡은 터라 친인척들이 많이 찾아왔다. 서울에 오면 으레 한 끼 식사와 잠 자리가 해결되는 참새 방앗간이 따로 없다. 집에 꿀을 발라 놨는지, 어린 눈에 비친 우리 집은 서울 인심을 나누는, 종갓집 엄마 손이 있어 사람들이 늘 북적였다. 곳간에서 인심 난다고 엄마는 하룻밤 또는 며칠씩 묵으며 신세 지는 그들에게 잠자리와 식사를 내어주는 복된 삶을 살았다.

가끔 귀동냥으로 엄마에게 언니들 소식을 전해 듣곤 한다.

"너 자야 언니 생각나지? 갸가 얼마나 시집을 잘 갔는지 억만장자가 되었단다. 걸어서는 다 돌아보기 힘들 정도 만석꾼 농사를 짓는다. 이른 아침에는 부부가 오토바이를 타고 한 바퀴 둘러보고, 해거름에는 자동차로 다니며 농사일을 돌볼 정도다. 나쁜 끝은 없어도, 착한 끝은 반드시 있다고, 그렇게 복 받고 잘 산다니 너무 좋다." 친정엄마로부터 듣는 예쁘고 정이 많던 자야 언니의 칭찬은 어린 시절 기억을 소환했다.

만석꾼이 되어 잘살고 있다는 언니를 보러 엄마를 모시고 짧은 여행길에 나섰다. 그 옛날 한솥밥 먹으며 같이 살던 언니와, 50여 년 세월의 강을 건너 얼굴과 얼굴을 마주했다. 앞마당에 연못이 있는 예쁜 집 안주인은, 집보다 몇 배나 더 큰 창고를 가지고 있었다. 창고 안에는 온갖 농기계와 농산물이 가득 쌓여 있다. 농사지은 양파와 과일즙을 내는 기계에 커다란 냉동고와 저온저장고까지 있었다. 이 끝에서 저 끝이 보이지 않는 넓은 땅을 바라보면 잠이 오지 않을 정도로 가슴 벅차다는 언니와 형부다. 잘살고 있는 언니네 부부를 보는 것만으로도 좋았다.

형부는 처제가 공짜로 생겼다며 연신 벙실벙실 입꼬리가 올라간다. 넘실대는 새만금 물결 방조제를 지나 변산반도를 한 바퀴 돌았다. 바지락 죽을 먹고 초록 물결이 춤추는 만경평야를 보며 장어구이까지 대접받고 언니와 함께 긴 밤을 밝힌다. 마냥 어리기만 했던 소녀들이 인생 가을 길에 다시 만나, 끊이지 않는 수다가 이어진다. 그땐 그랬지. 함께 이야기를 나눌 수 있다는 것이 얼마나 좋은 순간이었는지. 각자의 자리에서 그동안 살아온 세월을 풀어내느라 시간의 벽이 한순간에 사라졌다.

오랜 시간이 지난 후, 다음 세대 인연이 또 이어졌다. 언니 아들이 내가 살고 있는 충청도 지역에 취업하게 되었다. 녀석은 나에게 "이모 이모!" 하면서 예쁜 짓을 하며 친근하게 다가온다. 친정엄마가 자야 언니의 이모가 되고, 난 또 그 아들의 이모가 되고…. 그렇게 또 하나의 끈이 이어졌다. 우리는 서로에게 퍼주고 퍼주어도 더 주고 싶어 한다. 그래서 힘이 되고 위로가 되는 멘토로 서로가 잘 살아야 하는 이유다. 김장 김치에 농사지은 쌀보리까지 딸보다 더 이모를 챙기는 자야 언니다. 자동차 트렁크가 차고 넘치게 바리바리 싸주는 큰 손 언니를 도저히 말릴 수 없다. 그 후로도 지금까지 철마다 농산물 택배를 보내주는 언니의 곳간 인심에 입이 다물어지지 않는다.

어우렁 더우렁 서로에게 그늘이 되고, 바람막이가 되는 그런 후덕하고 너그러운 자야 언니다. 그 옛날 부모님의 나눔과 베풂, 그 넉넉한 인심 덕분(德分)에 누군가는 은혜를 입었다. 엄마는 그냥 베푼 것이었지만 그것이 또다시 복이 되어 나는 늘 인덕(人德)을 누리며 살고 있다. 나누면 나눌수록 더 풍성해지는 진리를 삶으로 배웠다. 엄마와 자야언니 그리고 나, 어느 사이에 우리는 황혼의 계절 앞에 서 있다. 그래서 더욱 서로의 안부를 챙기며 서로를 애틋하게 여기며 살고있다. 여름 바람에 초록색 벼들이 하늘거리며 살랑살랑 춤춘다. 올 가을엔 엄마를 모시고 넓은 황금 들판을 가득 채우는 만석꾼 집에 가 봐야겠다. 어쩌면 자야 언니 얼굴을 보고 만나는 엄마의 마지막 여행이 될지도 모르니까….

『한국문인』 아카데미우수작 2024. 8.)

두 집 살림

두 집 살림한다는 건 어떤 이유로든 여간 갑갑한 일이 아닐 수 없다. 남편의 바람기에 의연하게 대처하는 선배를 보며 가슴이 먹먹해졌다. 같은 여자로서 두 집 살림하는 뻔뻔한 남자의 이중생활이 꽤 충격적이다. 그것은 분명 세차게 불어오는 회오리바람이었다.

"바람은 그저 지나가는 바람일 뿐. 바람이 내게 불어올 땐 느낄 수 있지만, 지나고 나면 흔적 없이 사라지는 게 바람이야. 똥이 무서워서 피하냐? 더러워서 피하지. 난 끝까지 내 자리 지킬 거다. 그것이 사랑이라 믿었던 사람에게 발등 찍히고 나면, 어이쿠! 하고 정신 차리게 되어있어. 제자리 찾아오면, 그땐 꼼짝 못 하게 혼쭐 내 줄 거야." 한다. 일상을 통째로 잃어버린 것 같을 텐데, 의연하게 잘도 버틴다. 그 사이 선배 아이들은 시집 장가를 갔고, 늘그막에 자연스레 서로 기대어 살아가고 있다. 그때 불었던 바람은 정말 스치고 지나가는 바람이었을까? 하지만 몰래 한 사랑을 즐기던 그 끝에는 피눈물 나는 인과응보가 있다. 두 집 살림으로 허투루 소비한 에너지로 인해 그 남자는 건강을 잃게 된 벌을 받았다. 인생은 참 공평하다.

또 다른 유(類)로 두 집 살림하는 언니가 있다. 일주일 중 닷새는 도시에서, 이틀은 농촌에서 산다. 꽃도 가꾸고 농사도 하는 '5도 2농(五都二農)' 자연인의 삶을 살고 있다. 열한 가구 중 아홉 가구가 자연부락을 이루어, 주말이면 고단한 도시 생활의 피로를 내려놓고 전원으로 달려간다. 그들의 라이프 스타일은 작은 농촌 마을을 디자인하며, 몸과 마음이 건강한 하루를 보내고 있다. 어린 시절 마음껏 뛰놀던 고향을 그리워하다 새로 시작한 농부의 삶이다. 두 집 살림이 주는 긍정적 에너지로 만족함을 가득 채우며 살고 있는 그들이다.

119가 다녀간 거실바닥엔 점점이 핏방울이 튄 자국이 바짝 말라 있었다. 응급한 상황을 이야기하듯 아버지의 마지막 시간이 그대로 멈춰 있다. 전화를 받고 응급실로 갔다가 경황 중에 장례까지 치르고 난 후, 뒤늦은 친정집 방문이다. 그토록 애착하던 아버지의 소중한 짐들을 모두 정리하고, 홀로 되신 엄마를 모셔 왔다. 가까이 엄마가 계실 거처를 마련해, 졸지에 두 집 살림을 하게 되었다. 하나에서 열까지 엄마의 필요를 채워드려야 할 소소한 일거리로 여간 바쁜 게 아니다.

엄마의 문갑 위에는 흑백과 총천연색 사진이 어울리지 않는 조합으로 무질서하게 줄지어 있다. 돌아가신 아버지와 찍은 약혼 사진부터 손주들까지, 순간순간 그들을 만나며 시간여행을 하신다. 할 수만 있다면 그때 그 시간으로 돌아가고 싶은 엄마의 마음이 그 속에 들어있는 게다. 팔십 평생 세월이 고스란히 들어있는 처절한 그리움을 달래는 사진 보기다. 언뜻언뜻 보이는 젊은 날 어여쁜 모습을 보며, 촉박한 시간의 마지막을 매 순간 정리하시는 것 같기도 하다.

주간 보호센터에서 아침 죽부터 점심 저녁까지 다 드시고 오기 때문에 엄마의 식사를 고민하지 않아도 된다. 하루 쉬는 날은 평소 드시고 싶었던 것으로 모시고 나가서 외식을 한다. 엄마 집 냉장고에 필요한 것들을 채우고 청소와 분리수거, 음식물 쓰레기를 버리고 나면 오후 시간이 다 간다. 외국에 살고 있는 막내아들의 전화를 필두로, 둘째 딸과 며느리의 안부 전화를 받으며 오늘 살아있음에 감사하는 고백을 하는 엄마다. 가까이서 엄마를 살피며 두 집 살림하는 것도 쉽지 않다.

늘 함께하는 딸인데도 엄마와 통화를 하고 나면, 전화 끝에는 언제나

"사랑한다." 말씀하신다.

"네" 하고 단답으로 일관하는 난 무척 뚝뚝한 딸이다.

너무 늦지 않게 후회하지 않게, 쑥스럽지만 진심을 담은 사랑의 화답을 해야겠다. 수고하고 무거운 짐을 내려 놓을 그 날이 도적같이 올 수도 있기 때문이다. 어떠한 이유로든 두 집 살림하는 책임의 무게는 결코 가볍지 않다.

숙제(宿題)

우리 집에 작은 도서관 하나가 없어졌다. 팔십 평생 삶으로 터득한 지혜의 창고가 사라진 것이다. 고단한 삶을 사셨던 아버지는 편안하고 인자한 얼굴로 주무시듯 우리 곁을 떠나셨다. 내 삶의 뿌리가 흔들리고 하늘이 무너지는 큰 슬픔이었다. 5분 후에 어떤 일이 일어날지 알 수 없는 것이 우리의 인생이다. 갑자기 황망한 일을 당하고 보니 미처 준비하지 못하고 가신, 그 자리가 너무나 컸다. 남은 가족들이 발 동동 구르며 해야 할 일들이, 한두 가지가 아니었다. 미리 유언장을 써 두었더라면, 아니 그것은 반드시 해야 할 숙제임이 분명하다.

아직도 귓가에 쟁쟁한 아버지의 가르침은 나의 울타리였고 영원한 큰 산이었다. 아버지와 함께한 소소하고 행복한 추억들이 시나브로 떠오른다.

"밝은 얼굴로 인사를 잘하는 것이 가정교육의 기본이다. 때와 장소에 따라 격식에 맞는 옷을 입어라. 현관을 보면 그 안주인의 살림살이를 볼 수 있으니 사람이 들어오는 입구를 깨끗이 해라." 평소 당신이 했던 말들이, 그의 행동들이 새록새록 기억의 둥지를 튼다.

곳곳에 남겨진 아버지의 흔적이 바로 아버지의 유언이고 유산이다. 바람 불면 바람으로, 눈이 오면 눈이 되어 공기처럼 그렇게 내 곁에 머무른다. 시간이 흐를수록 온몸으로 삶을 살아내신 아버지의 숨결이 가슴에 숭숭 구멍 뚫려 비가 내리고, 꽃으로 향기로 더 가까이 다가온다.

오랜 세월 한자리를 지킨 굽은 소나무가 병풍처럼 둘러 서있고 탁 트인 하늘이 펼쳐진 그곳에 아버지의 집을 마련했다. 먼 훗날 엄마와 함께 나란히 누워 계실 자리에 따듯하고 폭삭한 흙 이불을 덮어드렸다. 아버지를 모셔두고 돌아오는 길에 바라본 하늘은 눈이 부시도록 푸르렀다.

'고맙다. 사랑한다. 잘 살다가 다시 만나자.'는 아버지의 목소리가 들리는 듯하다. 그렇게 왔던 곳으로 다시 돌아가는 귀천(歸天)이다.

'나 하늘로 돌아가리라/ 아름다운 이 세상 소풍 끝내는 날/ 가서 아름다웠다고 말하리라.'라고 고백했던 시인(詩人)의 말이 생생하게 다가온다.

언젠가는 너도나도 본향을 향해 가는 길이기에 그리 슬퍼할 일은 아니다. 그때가 언제일지 알 수 없지만 나도 내 아버지를 따라 그렇게 가게 될 일이다. 다만 사랑하는 사람들과 갑작스러운 이별이 아쉬울 뿐이지, 언제든지 떠날 준비를 해야겠다. 하고 싶은 말, 꼭 해야 할 말들을 미리 유언장(遺言狀)으로 남기는 숙제.

"결혼 생활 40년 동안 뭐든 알아서 미리 다해 주다 보니, 혼자서는 어설프고 서투른 당신이 애들보다 더 걱정이에요. 혹시라도 내가 먼저 가거들랑 너무 슬퍼하지 말고 부디 몸 잘 챙기고 건강하게 살다 천국에서 다시 만나요. 지난번 알려주었던 것처럼, 명장들이 만든 밑반찬도 주문하면 되고, 즉석 반찬은 반찬가게에서 해결할 수 있으니 먹는 건 크게 염려되지 않네요.

각자의 자리에서 열심히 성실하게 살고 있는 내 동생들. 반듯하고 멋진 모범생 똑똑하고 은혜가 넘치는 조카들 유학 생활 뒷바라지하느라 고생한 착한 동생. 아들딸 좋은 배필 만나는 형통의 복이 넘쳐나길 기도할게. 호주 시민인 막내는 좋은 아내 만났으니 건강하게 행복한 노년을 보내면 참 좋겠다.

아버지 먼저 보내고 힘들어하시는 친정엄마. 마음 단단히 먹고 홀로서기에 성공하셔서 무엇이든 스스로 해결할 수 있는 당당한 노후를 보내시기 바래요.

함께했던 소중한 사람들, 마음을 나눈 친구들, 교우들 모두 사랑하고 축복합니다. 외할머니, 친정엄마, 그리고 나의 분신 4남매, 손주들, 그러니까 외조모부터 우리 손주들까지 오대째 이어 온 믿음의 가문임을 명심해 신앙생활 잘하길 기도할게. 하늘나라에서도 엄마가 이제까지 그래왔던 것처럼 너희들을 지켜보고 기도하며 기다리고 있을게. 어떤 어려운 일이 있어도 신앙 잃지 않고 대대손손 축복받는 기독 명문 가문을 이어가기 바란다. 고맙고 감사해 그리고 사랑해."

휴우! 이제야 숙제 한 꼭지를 간신히 끝냈다. 올해가 다 가기 전, 한 번쯤 나 자신을 정리하는 유언장을 써 볼 일이다.

사돈 사이

'주먹을 쥐고 있으면 악수를 할 수 없다.' 격식과 권위를 버리면 마음을 열게 되고 삶을 나눌 수 있게 된다. 혼인한 두 집안의 부모들 사이에 상대방을 이르는 '사돈'은 참으로 가깝고도 먼 사이다. '사돈집과 뒷간은 멀수록 좋다.'라는 말이 있다. 너무 가깝게 지내는 것보다는 적당한 거리를 두고 지내라는 뜻일 게다. 셋째 사돈을 처음으로 만나 인사를 나눌 때 했던 말이 생각난다.

"우리 가정은 해마다 사돈을 만난답니다. 그것이 어렵지 않은 까닭은, 사위 생일날 사돈댁을 초대해 양가 부모님이 함께 생일을 축하해 주고 식사를 나누는 시간을 갖기 때문입니다. 딸과 사위가 한 해 동안 살아온 소소한 이야기를 들으며, 그들의 삶을 나눕니다. 젊은 부부들이 건강하게 행복한 시간을 보내기를 바라고, 다음 해 다시 만날 것을 기약하는 기분 좋은 만남이랍니다."

'우리가 꿈꾸었던 사돈의 모습이 바로 이런 것이었다.'라며 사돈은 매우 흡족해하셨다. 두 번의 명절에는 서로 안부를 나누고, 한 번 이상은 얼굴을 보고 만나니 점점 친밀감이 두터워질 수밖에 없었다. 그러다 보니 휴가도 같이 가게 되고, 좋은 곳에서 함께 보내는 시간이 더해졌다.

우연한 기회에 딸아이가 결혼하기 전, 사돈댁에 보내는 예단 속에 넣어 보냈던 '사돈전(查頓前)'을 발견했다. 평소 말로 표현하지 못했던 고맙고 감사한 마음을 그 속에 담았던 내용이다.

막내딸이 쓰던 일부 짐을 신혼집에 갖다주고, 휑하게 빈방을 보며 '정말로 우리 아이가 시집을 가는구나.' 하는 현실감이 느껴집니다.

경주김씨 김 진사 집 셋째 딸을 청주한씨 가문의 며느리로 기쁘게 맞아주셔서 감사합니다. 그 댁 둘째 며느리가 될 우리 딸은 몸과 마음이 건강하고 지혜로운 여식으로 사랑 많이 받고 자랐습니다. 결혼해서도 시부모님과 남편에게 역시 더 큰 사랑 받으며 알콩달콩 잘 살 것이라 확신합니다. 성실하고 순수한 믿음을 가진 속 깊은 아드님을 훌륭하게 키워주셔서, 우리 집 셋째 사위로 맞이하게 됨 또한 감사드립니다. 창세 전에 예비 된 두 사람의 만남을 축복하며, 이들 부부 앞날에 시온의 대로가 활짝 열리길 기도합니다.

우리 부부는 사위를 큰아들처럼 생각하고, 아들에게 믿음직한 형이 생긴 것이 얼마나 든든한지 모릅니다. 오래오래 건강하시고 인생 후반기를 더 멋지게 채우시기를 기원합니다. 약소하지만 예단 속에 부모 된 마음을 함께 넣었습니다.

2021년 5월 8일 새 가정을 축복하는 예비 사돈 드림

동갑내기 사돈 부부의 환갑여행에 우리도 같이 동행 하면 어떻겠냐는 사돈의 제안을 흔쾌히 수락했다. 할 수만 있으면 딸과 사위, 손녀도 같이 가고 싶었다. 하지만 둘째를 가진 임산부에게 안정이 필요하니 아쉬운 마음을 접을 수밖에 없었다. 후쿠오카를 중심으로 자유여행을 할 수 있었던 건 순전히 사돈 덕분이다. 일본에서 공부

하며 직장생활을 한 바깥사돈의 꼼꼼한 계획에 따라 한마음으로 움직였다. 오래전 아내와 떨어져 그곳에서 일하며 공부했던 사돈의 추억여행에 동참하는 기쁨도 함께 누릴 수 있었다. 그곳에서 인사를 나눌 때마다 우리의 관계를 소개하는데, 일본에는 사돈이라는 낱말이 없고, 그냥 친척이라고 부른단다. '사돈'과 '친척' 어떤 말이 더 가까운 사이일까?

시간은 화살처럼 지나갔다. 딸과 사위가 새 가정을 이루고 이듬해 예쁜 손녀가 태어났다. 육아휴직하고 아이를 키우는 아내를 어찌 그리 애틋하게 사랑하며 살고 있는지 바라보는 친정엄마의 마음은 흐뭇하기만 하다. 둘째 아이가 태어나면 홀로 감당해야 할 육아 스트레스가 장난이 아닐 것이라며, 사위는 아내에게 1박 2일 만삭 여행을 선물했다. 게다가 안사돈께서는 며느리 여행 잘 다녀오라며 용돈까지 보냈단다. 경직된 사고를 가진 나만 해도 '만삭 여행이라니 이건 또 뭔 뚱딴지같은 소리인지?' 도무지 이해되지 않았다.

딸은 친구들과 여행을 떠났고, 사돈 어르신들은 며느리가 없는 동안 손주를 돌봐 주러 오셨다. 사위는 꽃다발을 준비해 기차역에서 아내를 마중했다. 딸의 만삭 여행은 결국 사돈 가족 전체가 여행을 다녀온 셈이다. 사돈 사이는 처음 만남 그때부터 변함없이 그보다 더 깊은 사랑으로 만들어져가는 가족관계다. 자녀들로 인해 소중한 인연이 되었으니, 같이 가는 인생길에 진정한 친척으로 살아가는 관계가 진짜 '사돈 사이'다.

달력 한 장

찬바람이 옷깃을 스친다. '요람에서 무덤까지' 사람들은 부유하고 풍족하게 오래 사는 것을 소망한다. 거기에서 일생 몸과 마음이 건강한 삶을 살고자 하는 욕망을 더 한다. 이웃에게 베풀고 선으로 악을 이기며, 보람 있는 삶을 살고자 한다. 또한 고통 없이 편안한 죽음을 맞이하는 고종명(考終命)을 바란다. 건강하고, 넉넉하게, 덕을 쌓으며, 행복하게, 오래 살다 세상을 떠나는 것을 가장 큰 복이라 여긴다. 바로 부(富)와 수(壽), 강녕(康寧)과 유호덕(攸好德), 고종명(考終命) 다섯 가지 복(福)을 가리킨다. 모든 소망을 이루고 객지가 아닌 자기 집에서 편안한 일생을 마치기를 바라는 간절한 마음까지 담는다.

이 모든 것은 가족 공동체로부터 시작된다. 서로 다른 인격체가 만나 또 다른 하나가 되는 것이야말로 세상에서 가장 놀랍고 신비한 비밀이기 때문이다.

다정하고 부지런한 친정아버지는 보통의 아이를 또 다른 눈으로 바라보고 칭찬을 많이 해 주셨다. 칭찬을 먹고 자란 덕에 매사 적극적이고 긍정적인 기질을 부모님께 선물로 받았다. 아버지의 눈에는 당신 여식이 세상에서 제일 예쁘고 잘난 딸이다. 어린 시절 그런 시선으로 바라보시는 아버지와 함께 한 시간은 참으로 고소하고도 달달한 보물단지다. 할 수만 있으면 아흔까지는 살았으면 좋겠다고 말씀하시던 아버지는 여든일곱 해의 마지막 달력을 끝내 넘기지 못하셨다. 그러나 아버지로부터 증손주들까지 4대가 함께 할 수 있었으니 그분은 분명 오복(五福)을 누리신 게 분명하다. 잠시 이 땅에 소풍 왔다. 하늘로 돌아간 아버지는 분명 말씀하셨을 것이다.

"귀한 가정 이루며 살아온 시간의 발자국마다 정말 행복했다."라고. 나에게 있어서도 아버지와 함께 한 모든 날 모든 순간이 새록새록 기억나는 행복 한 자락이다.

결혼, 연애, 출산을 포기한 '3포세대'의 영향으로 결혼 연령이 늦어지고 있는 작금의 현실이다. 오래전 나이 어린 순진한 신부는 세상물정 모르고 겁도 없이 사랑을 선택했다. 대학 시절 여름수련회에서 만난 선배와 러브레터를 주고받으며 달달한 연애를 했다. 시골 학교 총각 선생이었던 그는 졸업 후 나의 진로보다는 자신과의 결혼을 우선순위에 두었다.

결혼 후 내 젊은 날을 돌아보면 눈물 날 정도로 종종걸음으로 바쁘게 열심히 살았다. 연년생 육아를 감당하기가 너무 버겁고 힘들었다. 아내로, 일하는 엄마로, 아이를 키우는 일인 다역을 감당해야만 했기에 옆도 뒤도 쳐다볼 겨를이 없었다. 당연히 감내해야 하는 내 몫이라 여겼기에 그때는 그렇게 사는 것이 당연한 줄 알았다. 네 아이의 엄마로 산다는 것은 헌신 그 자체다.

시집간 딸에게 전화가 왔다.

"엄마가 우리를 키울 때가 지금의 나보다 더 어린 나이였네요. 제가 아이를 키워 보니 그때 엄마가 얼마나 힘들었을까, 이제야 젊은 날의 엄마를 이해할 수 있게 되었어요. 엄마! 정말 고맙고 감사해요."

'그랬구나! 그땐 그랬었구나. 허리띠 졸라매고, 젊은 날들을 그만큼 버텨 여기까지 왔으니 고생 많았다. 잘 살았구나. 참 잘했다.' 스스로 나를 위로하고 칭찬해 준다.

누구에게 어떤 영향을 받았는가에 따라 삶의 가치관이 만들어지고 미래가 달라진다. 눈물과 한숨 고개 아프고 힘든 기억은 다 가고 결국 자식만 남는다. 자식이 아무리 효자라 해도 제 자식 낳고 키워봐야 부모 마음 안다는 말이 꼭 맞는가 보다.

자식들은 손님처럼 휘익 왔다 간다. 창밖을 서성이며 자식들 기다리는 어미 마음은 부모가 되고 나서야 알게 된다. 이제 조금은 나 자신을 위해 다소 이기적으로 살아도 될 듯싶다. 하고 싶었던 것들을 마음껏 누리지 못한 삶이 혹여 아쉬움으로 남지 않게 하기 위함이다.

무엇보다 자식에게 부담되지 않도록 자기 건강을 챙겨야 한다. 경제적으로도 자녀로부터 독립할 수 있어야 한다. 나 자신을 위해 잘 사는 것이, 결국은 자식을 위한 삶이다.

고맙고 감사한 마음이 교차한 많은 시간이, 나를 웃게도 하고 눈시울을 적시게 했다. 사랑도 있고 아픔도 있었던 삶의 여정이 저물어가는 십이월이다. 앞만 보고 부지런히 달려오다 보니, 올해도 어느덧 마지막 달력 한 장만 남았다. 지나간 달력 속에 우리 삶이 고스란히 들어있다.

엄마의 나들이

가을 햇살에 비치는 엄마의 그림자는 몹시 야위었다. 반쪽을 잃어버린 날개 없는 새가 된 슬픔을 안으로 삭이며 살고 계신다.

친정집 거실 탁자 위에는 전시회장을 방불케 할 정도로 크고 작은 사진이 들어있는 액자들로 가득하다. 엄마의 인생이 고스란히 담겨있는 그것들을 매 순간 그윽한 눈빛으로 바라보신다. 기쁘고 즐거웠던, 때론 슬프고도 암울했던 기억의 조각들이 담겨있기 때문일 게다. 살아온 삶과 남겨놓은 것들을 추억하는 것이리라. 아름다운 것일수록 그 머무름이 짧은 것이기에 더욱 그립고 아쉽게 느껴지는가 보다. 과거와 현재를 넘나들며 사진 속 그들과 만나 세월의 그리움을 풀어내는 그 시간이 엄마의 오늘을 살게 하는 힘이다.

아이들이 평균 셋 이상인 집이 많았던 베이비붐 시절이다. 학교에서 돌아오면 으레 달려가던 곳이 있었다. 부모님은 온종일 가게 일에 바쁘셨기에 우리 사 남매 놀이터는 교회 앞마당이었다. 그곳에서 동네 언니, 오빠, 동생들 모두 어우렁더우렁 함께 놀았다.

"흰 구름 뭉게뭉게 피는 하늘에 아침 해 명랑하게 솟아오르면, 손에 손 마주 잡은 우리 어린이. 발걸음 가볍게 찾아가는 집. 즐거운 여름학교." 북 치고 장구 치며 친구들을 모으면 조기 엮듯 줄줄이 따라가던 신나는 놀이터다. 거의 매일 찾은 우리의 아지트다. 놀면서 배우는 노래와 율동, 그림과 글짓기, 만들기까지 신나는 축제 그 이상의 시간을 즐거움으로 채웠다.

내 유년의 징검다리가 된 놀이터는 엄마의 탁월한 선택이었다. 외할머니로부터 친정엄마, 나 그리고 딸과 손주들까지 5대째 믿음의 젖줄을 이어가게 했으니 말이다. 그 시절 함께 자란 놀이터의 아이들은 어른이 되어서도 변함없이 언니, 동생, 누나, 오빠로 지금까지 허물없이 지낸다.

구십 넘은 할머니와 여든일곱 할머니가 서로 그리워한다. 두 분 모두 몸이 불편하여 타인의 도움 없이는 맘껏 다닐 수가 없는 형편이다. 보고 싶어도 만날 수 없는 거리에 있는 노 할머니들이다. 그 소식을 들은 동생에게서 연락이 왔다. 서울과 청주에 사시는 두 할머니의 상봉을 위해 시간을 내서 모시러 온다고 한다.

"보고 싶고, 생각나고, 그리운 사람들은 그리워만 해서는 안 된다. 살아생전 만나게 해 드려야 한다. 또 기회가 오면 좋고, 어쩌면 마지막일지도 모르는 도리를 다하고 싶다."며 먼 길 마다하지 않고 기꺼이 와 주겠다는 것이다. 자신의 생업만으로도 바쁜 중에 마음을 다해 어른 섬기는 일이 쉽지 않은 감사한 일이다.

그 소식을 들은 엄마의 목소리는 흥분되었다. 가을옷도 한 벌 사야 하고, 염색도 하고 드라이도 해야 하니 빨리 엄마 집으로 오라는 전화였다. 얼굴에 찍어 바를 것도 필요하고 조그만 선물도 준비해 달라는 등 이것저것 주문이 많다.

놀이터 동생의 따듯한 마음과 섬김으로 1박 2일을 보내고 온 엄마는 너무나 행복해했다. 얼마만큼의 세월을 풀어냈을까. 지난 추억속으로 들어가 잠시 멈춘 젊은 날의 엄마와 오랜 친구는 얼마나 애틋한 시간을 보냈을까. 엄마의 나들이는 마음속에 머물러, 생각날 때마다 기분 좋아지는 기억으로 남을 것이다.

행복, 사랑, 기쁨, 슬픔…. 감정의 나이는 숫자에 불과하다. 소소한 일상의 그런 특별한 날을 많이 선물 해 드리는 것이 자식 된 도리다. 그러나 마음처럼 그리 쉽지 않다. 나를 키운 엄마는 분명 사랑이었는데, 나는 왜 의무와 도리로 하는 것일까? 나를 있게 한 엄마인데, 자식과 부모에게 하는 사랑의 색깔이 영 다르니 어찌해야 할까.

혹여라도 엄마의 기억이 사라지기 전에, 엄마가 내게 주었던 것처럼 행복한 기억들로 가득 채워줘야겠다. 지팡이라도 짚고 조금이라도 걸을 수 있을 때 가야 한다. 두런두런 이야기 나눌 수 있을 때 만나야 한다. 엄마와 함께하는 나들이를 준비해야 한다. 언제 어느 때든 무조건 나를 품어주고 안아주는 따듯한 엄마의 그늘이 사라지기 전에 어서 빨리.

꽃처럼 피어나길

한겨울 우리 집 베란다에 꽃이 만발하게 피었다. 저마다의 모습으로 한껏 멋을 낸 앙증맞은 그들과 아침 인사로, 기분 좋은 하루를 시작한다. 애플블러썸, 스완랜드핑크, 마리루이스, 랑고화이트…. 내가 그 이름을 불러 줄 때 내게로 와서 나의 꽃, 나의 의미가 된 제라늄을 키우는 재미가 쏠쏠하다. 같은 색, 같은 모양인 듯해도 서로 다른 것들이 조화롭게 어울려 예쁘게 보이려 키 재기를 한다. 생명 있는 것들을 돌보며 또 다른 생명으로 번식하며 자라는 것을 보는 기쁨은 키워 본 사람만 알 수 있다. 생육하고 번성하여 땅에 충만하라는, 생명의 의미를….

젊을 땐 일하는 엄마로 우리 집 네 아이를 키우느라 눈코 뜰 새 없이 바쁘게 살았다. 게다가 큰아이와 막내의 터울이 열 살 이상이다 보니 육아 기간이 길 수밖에 없었다. 아이들 장난감이나 옷가지며 책, 육아용품 등을 바로 물려주지 못해, 도무지 집 안 정리가 잘 안 됐다. 하지만 아이들은 여러 형제끼리 부비고 얽히며 위, 아래, 옆을 돌아볼 줄 아는 사람으로 성장할 수 있었다.

반짝반짝 저마다의 빛을 내는 네 개의 보석이 나에게 가장 큰 재산이다. 꽃보다 어여쁜 여섯 손주가 세월의 훈장을 달아주었다. 시집가는 딸들에게 말했다. 남들보다 더 많은 자녀를 키운 엄마로서 자유 선언이다.

"엄마에게 더 이상의 육아는 없다. 그동안 하고 싶었던 취미활동과 운동을 하며 여유로운 시간을 갖고 싶다. 너희 아이들은 너희가 키우되, 부득불 엄마가 꼭 필요할 때는 친정엄마 찬스를 이용할 수 있다. 아이를 데리고 외출하기 어려울 때, 부부 동반 모임이나 잠깐 커피타임을 갖거나 둘만의 데이트를 즐기고 싶을 때는 기꺼이 도우미가 되어 주겠다."

고맙게도 저희끼리 서로 도우며 육아를 함께하고, 제 자식들을 잘 키우는 모습들이 보기에 흐뭇하다. 행복한 가정생활로 아기자기 사이좋게 살아가고 있는 그들이 세상에서 가장 아름다운 꽃이다. 가정 안에서 작은 사회를 이루던 아이들을 하나둘 모두 보내고 나니 또 다시 새로운 생명의 꽃이 내게로 왔다.

하모니카, 난타, 바느질, 생활공예…. 다람쥐 쳇바퀴 돌듯 빡빡한 스케줄을 소화해 가며, 시간 가는 줄 모르고 재미나게 보낸다. 몇 년을 바쁘게 살다 보니 백수가 과로사한다고, 다시 또 천천히 느긋하게 한가로운 여유를 갖고 싶어진다. 간사한 게 사람 마음이라더니 요랬다 저랬다. 변덕이 죽 끓듯 한다.

내게 있는 씨앗을 나누고 아낌없이 주고받는 꽃을 사랑하는 여인들이 있다. 제 집 정원에 나무와 꽃을 심고 가꾸고 정보를 공유하며 함께 시간을 보낸다. 꽃구경하러 간 집에서 제라늄 작은 화분 3개를 잘 키워 보라며 분양해 주었다. 햇볕과 습도, 물주기, 바람길 만들기, 삽목하는 법까지 가르쳐준다. 그때부터 열심히 자료를 찾고 동영상으로 공부하며 식물관리에 대해 알아갔다. 제라늄 잎의 독특한 향내를 벌레들이 싫어한다고 한다. 모기에 잘 물리는 내게 딱 맞는 식물이다. 예뻐하며 사랑을 주었더니 곁가지에 새잎이 돋아나고, 작은 봉오리가 맺혔다. 얼굴을 쏘옥 내밀며 함박웃음을 터뜨리는 작은 생명을 보는 것은 살아있음을 느끼는 또 다른 순간이다.

젊을 때는 꽃이 피는지 계절이 지나가는지, 하늘과 자연을 바라볼 겨를 없이 오로지 아이들만 보였다. 세상의 어머니들은 모두 다 그렇게 자녀들을 키웠을 것이다. 그것이 어찌 사람뿐이겠는가. 나도 모르는 사이에 꽃을 가꾸고 돌보는 일에, 남녀가 사랑에 빠지듯 푹 빠져들었다. 사랑하면 알게 되고, 알면 비로소 보이고, 그때 보이는 것은 전과 같지 않다는 말이 내게 꼭 들어맞는다.

정월 대보름에 태어난 나는 올해도 어김없이 특별한 생일선물을 받았다. 아이들이 준비한 대형 현수막이 거실 창을 가득 채웠다.

> 엄마의 아름다운 꽃 청춘으로 인해 우리라는 예쁜 꽃이 피었습니다. 그 사랑에 감사하며 우리로 인해, 못다 핀 청춘의 꽃! 효도하며 꽃 피워드릴게요. 오래오래 건강하게 함께해 주세요.
>
> 엄마의 분신 사 남매 드림

가슴이 뜨거워지는 눈물겨운 메시지다. 사람 꽃이 가장 아름답다는 것을 깨닫는 순간이다. 어느새 형형색색 제라늄 꽃밭을 이룬 나의 베란다를 보는 행복을 오래오래 간직해야겠다. 삶의 모든 순간이 꽃처럼 피어나는 꽃띠 여인으로 그렇게 살고 싶다.

웰다잉(Well–Dying)

햇살 따스한 봄이 오는 길목이다. 한 템포 숨을 고르고 나를 돌아보기 위한 마침표를 찍기로 했다.

그것은 미처 끝내지 못한 숙제처럼 늘 가지고 있던 마음속 무거운 짐이었다. 행복하게 산다는 것은 좋아하는 일을 하며 오늘, 현재를 사는 것이다. 지금(Now), 바로 여기(Here)서 바로 행동함을 기준으로 한다. 연명의료 중단에 대한 내 생각을 밝혀 미리 문서로 남겨두는 결정을 하기까지, 잠깐의 고민이 있었다. 남편과 함께 서로의 의견을 충분히 나누고, 아름답고 존엄한 삶의 마무리를 준비하기로 결심했다.

누구든 잘 먹고, 잘 살기를 바라지 않는 사람이 있을까. 웰빙(Well–being)은 몸과 마음이 건강한 행복을 추구하며 살아가는 '참살이'를 말한다. 고령사회로 가고 있는 지금 이 시대는 웰빙에서 웰다잉(Well –Dying)을 더한다. 두려워하고 피하는 죽음을 맞이하기보다는, 의미 있고 당당하게 죽음과 맞닥뜨리는 것을 택하기로 한다. 잘 죽기 위해서 내 삶을 주체적으로 기약하고, 남길 것을 스스로 결정한다. 그 숭고한 행위의 우선순위 중 하나가 연명의료 중단 문서를 작성해 두는 일이다.

생각과 말은 운명을 만든다. 오래전에 장기기증을 서약한 표식이 있는 운전 면허증을 나는 이미 가지고 있다. '내 몸의 어느 한 부분이라도 누군가에게 빛이 되고 도움을 줄 수 있다면 기꺼이 사용해도 좋다.'는 약속이다. 거기에 나의 마지막 죽음을 쓰다듬으면서 맞아들여야겠다는 긍정적인 생각의 전환을 시도하는 것 중 하나가 사전 연명의료 중단 의향을 밝히는 것이다. 향후 언젠가 생각지 못한 일이 닥쳤을 때, '그때는 쉽지 않은 결정이었지만 참 잘했다.'라는 생각을 하게 될 것이라 확신이 섰다.

바로 실천에 옮기기로 했다. 우선 가까이 계시는 친정엄마께 우리 부부는 이렇게 하기로 결심했다는 의사를 밝혔다. 엄마는 어떻게 생각하느냐? 의견을 여쭈었다. "나도 그렇게 하고 싶다."라고 말씀하신다. 엄마의 정신이 온전할 때 스스로 결정하는 것이 옳다고 생각해, 엄마를 모시고 건강보험공단을 찾았다.

공단 직원은 일대일 상담을 통해 누구의 강요에 의한 것이 아닌 자발적 의사임을 확인하고 자필 서명을 받았다. 해가 쨍쨍할 때 비가 올 것을 대비해 우산을 준비하는 것이 보험이라는, 친구의 말에 고개를 끄덕인 적이 있다. 남편과 나, 엄마, 우리 셋은 미리 우산을 준비한 셈이다. 치료 효과 없이 임종 과정의 기간만을 연장하는 의료행위를 기꺼이 사양하기로 했다. 그것은 스스로 주체적인 죽음을 맞이하겠다는 의지의 표현이다.

연명의료 중단을 결정하는 것에는 여러 가지 제약이 있다. 병원에 입원 중인 환자를 대신할 수 없고, 환자 가족이 대신 작성할 수도 없다. 단지 목숨을 이어가기 위한 심폐소생술, 인공호흡기 착용, 체외 생명 유지 기술 등 의학적 시술을 거부하는 것이다. 그러면 의료기관에서는 연명의료를 시행하지 않거나 중단하기로 결정한다. 인생을 마무리하는 일에 정답은 없다. 마지막 시간을, 콧줄을 꽂아 두고 가지 못하게 억지로 붙잡아두는 것은 단지 숨만 유지 시키는 의료행위다. 살아있어도 살아있는 것이 아니다. 남은 가족들에게도 마음의 짐, 의무의 짐을 지워 머무는 시간을 연장하는 것뿐이다. 인생 후반의 삶과 성취에 대한 진정한 만족은 어디에서도 찾을 수 없는 모양새다.

의료 기술의 발전과 의료보험의 혜택으로 인간의 기대수명은 하루가 다르게 늘어가고 있다. 웰빙(Well-being)과 웰다잉(Well-Dying) 사이에서 진실로 잘 살다, 잘 가는 것은 어떤 삶일까? 너나 할 것 없이 누구든 언젠가 알지 못하는 시간에 먼 길 떠나, 처음 있던 본향(本鄕)으로 가게 되는 것은 기정사실이다. 편안히 그리고 평안하게 다시 만날 것에 대한 소망으로 가족들과 마지막 인사를 나누는 것을 꿈꾼다.

나는 오늘을 사랑하며 현재를 즐기는 '카르페디엠' '라잇 나우(Right now)'를 선택한다. 언제까지나 지금, 현재를 즐기면서 살 것이다. 그렇게 현재를 살다 언젠가 하늘에서 날 부르면, 웰다잉(Well-Dying)으로 기꺼이 그 길을 따라갈 것이다.

햇살이 눈부시다

아차! 하는 순간의 사고였다.

지난겨울 비바람에 찢긴 비닐하우스의 너덜너덜한 가장자리가 눈에 거슬렸다. A형 사다리에 올라 가위로 비닐을 자르고, 타이로 단단히 깔끔하게 묶어 정리했다. 평온한 하루가 주는 일상을 보내고 있던 봄날 오후다. 거의 마무리 단계에 이를 때에 중심을 잃고 2미터 높이에서 곤두박질쳤다.

얼굴은 땅에 처박혀 이마에선 피가 줄줄 흐르고, 손목뼈는 이미 살 밖으로 튀어나와 덜렁덜렁 흔들렸다. 입안 가득 고인 물컹한 핏덩이를 뱉으니, 앞니 세 개가 뿌리째 쏙 빠져나왔다. 하늘이 노랗고 뱅글뱅글 별이 돌아가는 게 보인다. 119구급차에 실려 가는 긴박함 속, 생과 사의 경계선에서 두렵고 떨리는 사투를 벌이면서 '모든 것이 한 순간이고 이렇게 죽을 수도 있겠구나.'라는 생각을 했다.

환자들로 가득한 응급 외상센터는 그야말로 분초를 다투는 전쟁터다. 수술실에 누워있는 나는 이리저리 뒹굴리는 정육점의 고깃덩어리 같았다. 양 손목을 수술하고 얼마 만에 깨어났는지 알 수 없을 때 남편이 보였다. 애처로운 눈빛으로 나를 바라보고 "살아있어 줘 고맙다."며 손을 잡아준다.

마취에서 깨어나면서부터 시작되는 통증과 무통 주사의 역겨움은 참을 수가 없었다. 손가락 하나도 까딱하지 못하는 상황에서 잠 못 이루는 밤을 보내야만 했다. 입원환자 옆에는 COVID 음성판정을 받은 지정 보호자 한 사람만 병실에 있어야 하는 규칙이 있다. 환자와 보호자는 병원 밖을 나갈 수도 없고 외부인 면회도 금지되는 병원 생활이 시작되었다.

살면서 이런저런 소소한 일로 병원에 들랑날랑했던 일은 가끔 있다. 그러나 이번엔 달랐다. 누군가의 도움 없이는 세수와 식사, 양치와 배변 등 혼자서 할 수 있는 일이 아무것도 없다. 붕대로 칭칭 감아 손을 쓸 수 없으니, 간병인 도움 없이는 아무것도 할 수 없는 사람 인형에 불과했다. 그렇게 만난 간병인 언니와 24시간 동고동락(同苦同樂)하게 되었다. 양손 장애가 된 나에게 엄마가 아기를 돌보듯 밥을 떠 먹여주는 일에서부터 샤워까지 일거수일투족을 함께 했다.

친구를 만나 밥을 먹고, 남편과 함께 파크 볼을 치고, 맛난 음식을 만들며, 당연하게 여기던 일상이 결코 당연한 일이 아닌 게 되었다. 잃고 난 후에야 깨닫게 되는 우둔함을 피할 수 없다. 이미 놓쳐버린 안타까운 후회는 소용없다. 그래서 있을 때 잘하라고 하는 말인가 보다.

손목을 수술한 지 2주일이 지난 후, 또다시 세 번째 수술을 해야 했다. 떨어질 때의 강한 충격으로 눈알을 둘러싸고 있는 뼈 한 쪽이 깨졌다. 콧속으로 밀려들어 간 뼈를 코 내시경을 통해 다시 제 자리를 잡아주는 이비인후과적 수술이다. 코가 막혀 입으로 숨을 쉬다 보니, 혓바닥이 가뭄에 논바닥 갈라지듯 했다. 가제 수건에 물을 적셔 입에 물고 잠을 청해야 하는 힘겨운 밤을 지새웠다. 코로 숨을 쉰다는 것이 얼마나 큰 감사인지, 비싼 대가를 치르고서야 알게 되었다. 굶어봐야 배고픔을 알고, 목마름에 지쳐봐야 물이 달디단 생명수인 것을 안다. 건강이 얼마나 큰 재산인지, 소소한 일상 그것이 얼마나 소중한 것인지 뒤늦게 깨닫는 어리석은 인생이다.

괴롭고 힘든 잔인한 4월을 보냈다. 퇴원 후 다시 바라본 하늘엔 햇살이 축복처럼 쏟아진다. 사고가 났던 그 순간 만약, 뒤로 넘어졌더라면 뇌진탕으로, 나는 지금 저 하늘을 바라볼 수 있었을까? 비록 고통스러운 시간이었지만, 다시 생각하면 감사의 조건이 넘쳐난다. 머리 다치지 않은 것, 허리나 척추, 고관절 다치지 않은 것, 눈동자를 안전하게 지켜준 것들이 얼마나 큰 기적인가. 앞을 볼 수 있어 감사하고, 손을 움직일 수 있어 감사하고, 걸어 다닐 수 있으니 감사하다. 그래서 감사하고, 그러니까 감사하고, 그럼에도 감사(感謝)하다. 사랑하는 가족들이 있어 고맙고, 곁에서 함께 해 준 평생 동역자 내 편이 있어 든든하다.

조금 더 연장된 삶의 시간을 겸허히 받아들이고, 남은 생의 여백을 감사와 사랑으로 채워 나가야겠다.

오늘, 햇살이 유난히 눈부시다.

그녀의 돌잔치

노랫소리가 들리면 엉덩이가 먼저 반응하는 그녀는 엄마와 아빠, 그리고 그림책을 좋아하는 다섯 번째 손주다. 태국 한 달 살기를 하고, 공주님 첫돌을 축하하기 위해 예정보다 서둘러 돌아왔다.

딸과 사위는 직계가족과 가까운 친인척들이 만나는 돌잔치를 위해 만반의 준비를 했다. 정겨운 자리에는 아기의 탄생 순간부터 지금까지 하루가 다르게 자라는 손녀딸의 영상이 준비되었다. 보는 것만으로도 충분히 기쁘고 행복하다. 밤낮 가리지 않고 온 정성을 다해 수고한 젊은 엄마 아빠의 수고를 느낄 수 있었다. 사 남매 키우느라 동분서주하던 젊은 날 내 모습이 오버 랩 된다.

딸과 사위는 캠퍼스 새내기 친구로 만났다. 같은 동아리에서 딸은 캠퍼스 총무로, 사위는 연합 총단의 총무를 맡아서 함께 일을 했다. 4년을 줄곧 같이 사역하다 보니 콩이니 팥이니 서로를 너무나 잘 아는 친구였다. 졸업 후 우연히 다시 만나게 된 그들은 이전과는 다른 감정이 서로에게 다가왔나 보다. 익숙한 친구에서 서툰 연인으로 한 곳을 향해 길을 걷기로 약속했다는 것이다. 그들은 자기들끼리 쓰는 약어로 캠총과 총총의 만남이라 말한다. 이들의 달달하고 사랑 넘치는 열애를 지켜보는 흐뭇함은 이루 말할 수 없다. 그것은 인생 낙(樂) 중 빼놓을 수 없는 현재 진행형 기쁨이다.

그녀의 돌잔치는 이제까지 보지 못했던 아주 특별한 자리였다. 식순의 첫 페이지에. "오늘 제 생일 잔치에 와 주셔서 정말 감사합니다." 한복을 입은 귀여운 아기의 인사말로 시작하여, 엄마 아빠의 마음이 고스란히 담겨있는 육아시(育兒詩)가 들어있었다. 시인 아빠는 폭풍 성장한 딸아이의 일 년을 꼼꼼히 써 내려갔다.

하나님이 주신 최고의 선물 우리 기쁨 지안아/ 태어나 첫울음을 터트린 날/ 배냇짓 하며 까르르 소리 내 웃어준 날/ 인상 쓰며 처음 아빠와 눈을 맞춰주던 날/ 자기 팔에 깜짝 놀라 울음 터뜨리던 날/ 힘껏 고개 들고 엄마 아빠를 바라봐 준 날/ 처음 뒤집기에 성공해 온 가족이 박수 치며 환호하던 날 / 밤새 열이 나 끙끙 앓던 날 / 무릎이 빨개지도록 엉금엉금 기던 날/ 두 발로 걸으며 손을 쭉 뻗어 잡아주던 날/ 엄마 아빠에게 와 준 우리 딸 참 고맙고 사랑한다.

온 마음과 사랑을 담은 세상에서 가장 아름다운 만남이 눈앞에 펼쳐지는 그림을 보는듯했다. 게다가 손녀를 사랑하는 할아버지의 진한 마음이 절절히 느껴지는 편지 낭독의 여운은 지금까지 그대로 남아있다.

"처음 할머니 할아버지 타이틀을 달아준 손녀 지안아! 첫 번째 생일, 많이 많이 축하한다. 할아버지, 할머니 손녀가 되어 주어 고맙고 사랑한다. 너의 예쁜 이름처럼 지혜롭고, 생각이 바른 사람으로 잘 자라 주길 바란다. 저 넓은 세상에 반짝이는 보석되길 항상 응원한다. 초보 할아버지 할머니가."

거기가 끝이 아니었다.

"반짝반짝 빛나는 지안이를 낳고, 오늘 돌을 맞이하기까지 고생한 우리 며느리, 그리고 아들 수고했다. 부모가 된다는 것이 결코 쉽지 않음을 알게 되었으리라 생각한다. 사랑한다. 우리 며느리, 우리 아들." 몸을 돌려 아들과 며느리 눈을 맞추며, 사랑을 전하는 너무나 멋진 노신사의 뒷모습이다. 사랑의 언어는 천만번 더 들어도 기분 좋은 언어다. 힘이 되고 능력이 되는 말이기 때문이다.

돌잡이는 축복의 글이 들어있는 '말씀 잡이' 였다. 무지개색 상지를 돌돌 말은 두루마리 중 아기가 잡은 색지에 있는 말씀을 읽어주고, 그렇게 자라도록 다 같이 축복해 주는 시간이다. 지혜와 키가 자라며 하나님과 사람들에게 사랑받고 칭찬받는 아이가 되길 바라고 또 바란다. 게다가 양가 할아버지 할머니께 전하는 보너스 영상이 또 있었다. 우리가 부모 되어 보니, 우리를 키워주신 부모님 사랑을 이제야 알게 되었다는 감사의 고백으로 마지막까지 감동을 선물했다.

이런 선물이 세상 그 어디에 또 있을까? 사방으로 고스란히 전해지는 사랑의 고백 그 자체다. 답례품 또한 빛나는 재치가 보였다. 다음 세대 아이들에게 좋은 환경을 물려주기 위해, 지구를 지켜야 한다는 사명감으로 친환경 선물을 준비했다는 것이다. 하나에서 열까지 지혜로움이 돋보이는 돌잔치였다.

우리가 얼마나 조건 없이 자녀들을 사랑했는지, 또한 그들이 손녀를 얼마나 사랑하는지, 말하지 않아도 될 만큼 사랑은 그렇게 흘러간다. 캠총과 총총이 사랑으로 준비한 외손녀 첫 돌잔치는 한 편의 드라마였다.

한옥(韓屋)에 머무르다

해남 땅끝마을 윤탁 가옥에서 하룻밤을 묵었다. 이곳은 1984년 국가민속문화재로 등록된 조선 말기 상류 주택의 모습이 그대로 간직되어 있는 어린 시절 친구네 집이다. 안채, 문간채, 별당채, 대문간채, 사랑채 다양한 공간의 배치가 고택의 매력을 한껏 드러낸다. 사랑채 마당 한편에 자리하고 있는, 꾸민 듯 꾸미지 않은 듯 자연스러운 고즈넉한 정원에 눈길이 머문다. 검푸른 수피에 구부러진 소나무 한 그루가 세월의 흔적을 고스란히 담고 묵묵히 서 있다. 그 안에서 살다 간 사람들의 수많은 이야기가 녹아 있으리라 싶어 숙연해진다.

야트막한 산을 뒤로하고 앞으로는 초록들이 보이는 기와집, 쉴 만한 공간을 허락받았다. 나도 모르게 대갓집 안방마님이 된 기분이다. 반질반질 윤이 나는 안채 대청마루에 앉아 "이보게 돌쇠 어멈 게 있는가." 집안의 안살림을 거드는 돌쇠네를 불러보는 상상을 해 본다. 이태조 셋째아들 익안대군 23대손이니 어쩌면 그 시절 거울을 보며, 매무새를 다듬고 있다가 하문할 일이 있었을지 모르겠다. 고택이 주는 행복한 상상이다.

적당한 온도로 데워진 따듯한 방에서 자고 일어나니 몸이 개운하다. 고택으로 들어오는 햇살은 더없이 상쾌한 아침을 선물한다. 자연의 재료를 적절히 사용한 한옥 덕분이다. 나무와 흙을 이용하여 만든 한옥은 우리 몸을 건강하게 해 준다. 기둥과 서까래, 문, 대청 마루 나무는 숨을 쉬며 온도와 습도를 조절한다. 짚과 황토를 섞은 흙벽 또한 곰팡이와 세균 번식을 막는다. 게다가 따듯한 온돌과 시원한 마루는 더위와 추위를 동시에 해결해 준다. 격자 넘어 그림자를 드리우는 한지 창호는 따사로운 햇살과 은은한 달빛을 선사한다. 휜 나무는 휜 대로 울퉁불퉁한 것들은 울퉁불퉁한 그대로 사용한다. 한옥에는 자연에 대한 사랑이 깃들어 있다. 크고 작은 방들의 어울림 속에 머물다 간 그 옛날 화목한 대가족의 웃음소리가 지금도 들리는 것 같다.

정방사(淨芳寺) 화장실에 앉아 건너편 풍경을 꼭 보고 오라는 지인의 조언을 따른 적이 있다. 창문 너머 흐드러지게 핀 소백산 철쭉꽃 한 폭의 산수화가 바로 그곳에 펼쳐졌다. 대자연의 걸작품을 은밀한 곳에서도 볼 수 있는 호사를 누릴 수 있었다. 그 풍광을 내 집 정원으로 끌어들이는 미학이 바로 한옥 속에 들어있다.

바람 소리, 물소리가 어우러진 순리를 거스르지 않는 자연 그대로가 바로 우리 민족의 정서다.

우주(宇宙)는 커다란 집이다. 집은 곧 작은 우주다. 그 속에 살고 있는 우리는 더 작은 우주이지만, 세상을 품는 더 큰 우주이기도 하다. 자연을 통해 겸허함을 배우고 욕심을 비우며, 사람을 수용하는 삶의 공간이 바로 집이다. 세상 그 무엇이 흙에서 나오지 않은 것이 있을까? 흙은 만물을 키우는 시작이고, 마지막 돌아가는 또 하나의 집이 된다. 굳이 '자연으로 돌아가라' 말하지 않아도 된다.

나무와 흙이 주는 편안함이 바로 한옥의 매력이다. 오래 보아도 싫증 나지 않고 자세히 보면 볼수록 더 예쁜 목조 건축물이다. 아침 햇살을 받은 돌담 안과 고즈넉한 바깥 풍경이 주는 담백한 멋은 아무리 강조해도 지나치지 않다. 추운 바람에도 나무 자체의 온기는 몸과 마음을 데우고, 처마 밑으로 똑똑 떨어지는 낙수의 경쾌한 가락 또한 삶의 노래가 되는 고택의 매력이다.

특별한 외출 한옥 나들이로 마음까지 부요해졌다. 나는 언제쯤 한옥 속 안방마님으로 살아갈 수 있을까. '간절히 바라면 이루어진다.' 한옥에서 자연과 더불어, 욕심 없이 살고 싶은 바람을 바구니에 한가득 담는다.

새로운 시작이 되는 곳

낯선 곳을 찾아 지나간 것들과 현재를 즐기는 것이 여행이다. 하늘길이 막혀 답답하고 좀이 쑤신다. 일상을 떠나 바람을 맞으며 가슴 벅차고 설레는 재충전에 목이 말랐다. 미국과 캐나다로 이어진 4,500Km의 눈 덮인 로키산맥의 웅장함에 감탄하던 그해 겨울 속으로 잠시 들어가 본다.

여행이 주는 느긋한 휴식은 삶의 속도를 늦추는 낭비가 아니다. 바닷가를 걸으며 파도에 취하고, 숲속 길을 산책하며 숲 향기에 빠져 밀려오는 행복감을 만끽한다. 그것은 아름다움을 느끼며 그것으로 인해 새로운 기쁨을 누리는 순간들이다.

출장이나 연수, 이런저런 연유로, 여행을 통해 함께 추억을 만들고, 시간을 공유하는 것을 좋아하는 남편이다. 직원들과의 여행조차도 사랑하는 사람과 함께 하는 것이 좋지 않겠다며, 부부 동반을 적극 추진할 정도다. 과학을 전공하는 사람들이 모인 남편의 직장 동료 부부들과 여행 동반자가 된 지 꽤 오래되었다,

'오악(五嶽)을 보고 나면 다른 산은 보이지 않고, 황산(黃山)을 보고 나면 오악은 보이지 않는다.'라는 황산 여행을 기점으로 '이 멤버 리멤버 포에버(이 member remember forever)'가 만들어졌다. 가는 곳마다 기이한 풍광과 순간 포착으로 작품을 만들어내는 멋진 노

신사분이 이멤버 안에 있다. 카메라맨인 그의 렌즈에 익숙한 탓인지 짝지는 어디서든 자연스러운 몸짓과 표정으로 늘 그의 모델이 된다. 바로 그 장소에서 그대로 따라 하면 하나의 그림이 되는 추억 한 컷이 만들어진다. 긴 여정을 풀고 난 후 뒤풀이 모임에 가면 순간의 추억이 고스란히 들어 있는 여행앨범을 선물로 받을 수 있으니 기쁨이 두 배다.

여행은 설렘으로 향하는 걸음의 시작이다. 행복한 여행자가 되는 그 시간은 눈부신 오늘을 사는 것이다. 기획력이 뛰어나고 다재다능한 아내를 그림자처럼 지키는 목사님 부부도 이멤버다. 다시 태어나도 서로를 택할 것이라는 사랑꾼이다. 덕분에 낯선 땅 어느 곳에서든 현지에서 주일예배를 드릴 수 있으니 일석이조다. 무엇이든 하고자 하면 바로 해결해 주는 척척박사 아내와 알콩달콩 살고 있는 행복한 사역자와 함께 할 수 있음이 감사 그 이상이다.

여행은 곳곳에 숨어있는 비밀스러운 보물을 캐듯, 목적보다는 과정을 즐기는 것이다. 숨을 쉬면 그 숨결조차 얼어버리는, 체감온도 50도까지 느껴지는 옐로나이프에서 있던 일이다. 날숨이 얼어붙은 하얀 머리칼에 선글라스를 쓴 모습이 너무 멋진 여인. 마치 러시아 배우 나타샤를 보는 것 같았다. 무슨 일이든 야무지게 해내는 탁월한 능력을 갖춘 똑소리 나는 그녀 또한 이멤버다. 아들과 함께한 여행 중 하필이면 엄마 몸 상태가 좋지 않아, 이국땅 낯선 병원에 들러 진료를 받을 정도로 고생한 기억의 끈이 이어진다. 곁에서 엄마를 간호하느라 마음고생한 효자 청년의 듬직한 모습 또한 잊히지 않는다. 요하 국립공원 전망대에서, 호수가 바라보이는 벤치에서, 다정한 엄마와 아들은 그 누구보다도 사랑스러워 보였다. 이 또한 리멤버 앨범

속에 인생 컷으로 들어있다.

여행의 추억은 그리움이 되어, 또 다른 낯선 곳으로 떠나는 꿈을 꾸게 한다. 벤프에서 고기가 가장 맛있다고 소문난 식당에서 이민 간 선배가 대접해 준 식사를 마치고 숙소로 돌아왔다. 타국에서 이방인으로 살아온 이야기를 두런두런 나누고 있을 때였다. 일행 중 한 분이 여권이 들어있는 크로스백을 식당 의자에 놓고 깜박했다는 것이다. 그 순간 우리는 당황하지 않을 수 없었다. 여권을 잃어버렸다는 건 앞으로의 일정이 쉽지 않으리라는 것을 예고하기 때문이다. 제발 꼭 찾을 수 있게 해 달라고 기도하면서, 온 길을 다시 되돌아 가는 방법 외에는 도리가 없었다. 찾아간 그곳에서 놀랍게도 본인 확인 후 여권을 만날 수 있었다. 살아있는 도덕 교과서를 보는듯 정직한 국민성을 마주했다. 지옥과 천국을 경험한 잊지 못할 에피소드다. 낯선 곳에서 가슴을 쓸어내린 황당한 경험을 통해, 풀 한 포기 돌 하나가 새롭게 보이는 순간이었다.

길고 긴 로키산맥의 웅장한 설산이 보여준 대자연의 위대함이 각인처럼 찍혔다. 꽁꽁 언 호수에서 얼음 낚시한 물고기로 점심을 먹고, 열두 마리의 개가 끌고 가는 썰매를 타고 눈 위를 마음껏 달린다. 꼬리에 꼬리를 무는 1.6킬로 이상 되는 기차 칸을 하나둘, 눈으로 세다가 결국 숫자를 놓쳐버리기도 했다. 벤프국립공원 해발 1,585미터 지점 온천욕은 특별한 체험이다. 머리 위에는 눈이 내리고, 몸은 노천탕에서, 로키의 장엄한 경치를 눈에 담는 호사를 누렸다. 김치부침개와 누룽지 죽을 끓여 가장 한국적인 음식을 먹던 캐나다의 아침을 그곳에 두고 돌아오는 여정은 잊혀 지지 않는 한컷이다.

여행은 과거와 현재와 미래의 나를 붙들어 매기도 하고, 풀기도 하는 인생 끈이다. 오늘도 나는 인생 짝궁과 새로운 시작이 되는 또 다른 곳으로의 여행을 꿈꾼다.

부부(夫婦)로 살아간다는 것

부부의 인연이란 참으로 신묘막측(神妙莫測)하다. 서로 다른 사람들이 만나 하나가 되어 아이를 낳고 키우며 가정을 이루어간다. 때로는 삶의 무게가 너무 힘들어 지지고 볶고 싸울 때도 있다. 그러나 투박하지만 오래 끓을수록 진한 맛이 우러나는 뚝배기처럼, 서로를 위하는 진심은 변하지 않는 것이 부부지간이다.

그를 처음 본 건 대학생선교회 동아리 모임에서다. 까무잡잡한 얼굴에 큰 쌍꺼풀 있는 맑은 눈을 가진 군인 아저씨였다. 병장 말기 군복을 입은 그가 휴가를 나와 후배들을 격려하는 자리였다. 그는 까마득한 선배님이었고 나는 그가 누구인지 이미 알고 있는 학생이었다. 제대 후 다시 보게 된 그는 그저 존경하는 나사렛 순장님이었다.

여름수련회를 마치고 나그네의 삶을 체험하는 거지 전도 여행을 농촌 마을로 향했다. 누군가 밥을 주면 먹고, 잠을 재워주면 자고, 목마름은 우물가의 생수로 채웠다. 아무것도 가지지 않은 빈손이 채워지는 기쁨을 경험하지 못한 사람은 알지 못한다. 거지 순례 이야기를 생생한 뉴스로 깨알같이 우편엽서에 써 보냈다. 여름방학이 끝나고 C.C.C 회관에 갔더니 답장이 와있었다. 그 후 육십여 통의 편지를 주고받으며 서로의 비젼을 나누었다. 그리고 우리는 같은 곳을 향해 함께 걸어가기로 약속했다. 하나님의 섭리 가운데 우리의 부부 됨을 믿고 성경대로 살기로 한 것이다.

가장 가까운 사이면서도 돌아서면 남이 되는 무촌(無寸)인 것이 부부 사이이다. 세상 어디에도 완벽한 연애, 온전한 결혼은 없다. 2% 부족한 그 무엇이 있기에, 행복한 결혼 생활을 위해서 부부지간의 노력이 절대 필요하다. 함께 가정을 이루고 부부로 살며 긴 세월을 걷는 동안 힘들고 지칠 때도 있었다. 서로에게 쉴 곳이 되었던 순간 또한 부인할 수 없는 게 결혼 생활이다. 둘이 하나가 되어 산다는 것은 상대방의 배려와 자신의 희생으로 오래 참음의 열매를 맺는 삶의 연속이다.

살면서 갈등 없는 부부(夫婦)가 있을까? '결혼은 미친 짓이다.' 때로 그런 생각이 드는 순간이 있었던 것도 사실이다. 어느 순간 너무 힘들고 괴로운 감정이 치밀어 오를 그때, 문득문득 외롭다고 느껴질 때다. 좁고 협착한 길을 헤쳐 나올 수 있었던 애증의 부부 사이란 어떤 것일까? 그것은 절체절명의 독립운동을 함께하는 동지애나, 세계 평화를 위한 인류애로 똘똘 뭉친 그런 관계였다고 해도 지나치지 않을 것이다.

결혼 40년 시간여행 동안 세 명의 사위가 가족이 되었다. 그들의 가정생활을 들여다보면 부끄럽기 그지없다. 돈은 나중에 벌 수도 있지만, 지금 이 시간은 다시 돌아오지 않는다며 현재에 투자한단다. 사위들은 아이들과 아내를 최고로 여기는 지혜로운 가정생활을 씨줄과 날줄로 엮어가고 있다. '순간에 충실하자.' '현재를 즐기자.'라는 카르페디엠(Carpe diem)이다. 또한 그들은 날마다 미 · 고 · 사 · 축 러브레터를 주고받는다. 사랑스러운 말과 눈빛으로 '미안해요.' '고마워요.' '사랑해요.' '축복해요.' 이렇게 고백하며 산다면 싸울 일이 어디 있을까. 어쩌면 저리도 달달하고 귀한 사랑을 하는지 작은 둥지마다 행복의 꽃들이 피어난다. 행복은 원하는 모든 것을 얻는 게 아니라, 가진 것을 즐기는 순간순간이다.

아이들이 친정집에 와서 냉랭한 분위기가 느껴질 땐 "엄마도 아빠에게 미안해요라고 먼저 말한다면 아빠는 금방 풀어질 거예요."라며 고집 센 엄마를 딸내미가 슬그머니 코치한다. 산다는 것은 매 순간 의미를 두는 것이다. 나는 아이들로부터 부부(夫婦)로 살아가는 지혜를 배운다. 이것이야말로 딸 가진 엄마의 행복이고 특권이다. 돌이켜보면 부부(夫婦)로 함께 살아가는 동안 힘들고 어려웠던 일이 없지 않았다. '이 또한 지나가리라.'라고 그를 믿고 의지하며 이 자리까지 함께 왔다.

"여름날 멀찍이 누워 잠을 청하다가도 어둠 속에서 앵 하고 모깃소리가 들리면 순식간에 합세하여 모기를 잡는 사이가 바로 부부다."라고 한 어느 시인의 말이 마음에 와 닿는다.

인생의 동반자로 지나온 시간을 돌아보며, 다시 또 결혼 50주년을 향해 걸어간다. 저 높은 곳을 향해 오늘도 뚜벅뚜벅 걸어가는 이 땅의 순례자는 아직도 '공사 중'이다.

서로를 부를 때
'배우자'라고 부르는 것은
서로를 '고치자'하면
살 수 없기 때문입니다.

외상값

언젠가는 내려놓아야 할 마음 한구석 작은 짐이다. 하얀 도화지 위에 발을 올려놓으면, 아저씨는 한쪽 무릎을 세우고 한쪽 발을 굽힌 채 발 모양을 따라 선을 그린다. 엄지발가락과 새끼발가락 발뒤꿈치 부분 몇 군데 꼭지점 표시를 해 발 모양을 완성한다. 다른 한쪽도 본을 더 재단하고 미싱을 한 후, 바닥 처리 등 숙련된 제화공의 손을 거쳐 맞춤 구두가 완성된다.

중학교 입학 기념으로 아버지를 따라 간 곳이 K 제화점이다. 교복에 어울리는 학생 구두를 맞추러 갔다. 구두를 맞추러 가는 날과 찾으러 가는 날은 아버지와 번화한 명동거리를 걸으며, 짜장면 한 그릇 먹고 돌아오는 재미가 더 쏠쏠했다. 대량생산이 가능하지 않았던 1970년대는 신발이며 옷이며 맞춤이 주를 이루었다. 한 번은 치수를 재러 두 번째는 가봉하러, 세 번째 가서야 완제품을 찾아올 수 있었다. 설렘과 기다림의 시간이 더 소중하게 느껴진다.

부모를 떠나 친구와 같이 자취하는 꿈을 꾸었다. 혼자서 독립 할 수 있는 가장 확실한 명분은 공부하러 멀리 가는 것이기에 그랬다. 왜 그렇게 혼자 살고 싶었을까? 왜 그렇게 친구에게 집착했을까? 이런 저런 연유로 지방대학에 원서를 냈다. 터미널 근처 낯선 여인숙에서 하룻밤을 보내고 친구와 함께 시험을 치렀다. 그럭저럭 충청도 생활에 익숙해질 무렵 교생실습을 하게 되었다. 모교로 가려 생각했는데, 학교에서 가까운 학교로 실습지를 정해주었다. 갑자기 실습 장소가 바뀐 터라 유의 사항에 있는 단정한 정장과 구두를 준비하지 못했다. 급 한대로 정장을 사고, 가까운 구두점을 찾았다. 구둣값이 모자랐다. 객지에서 생활하는 학생에게 여윳돈이 부족했던 탓이다. 사장님께서 우선 있는 돈만 주고 나중에 가져오라고 배려해 주셨다. 교생실습, 졸업, 약혼, 취업 준비, 결혼까지 바쁘고 분주하게 살다 보니 시내 본정통이 기억에서 멀어졌다. 시골 학교를 두 군데 돌아 다시 온, 그 후로도 오랫동안 잊고 살았다.

처음엔 구두 가게를 찾아 구두를 사면서 그때 감사했다고 인사를 드리러 갔다. 시간이 오래 흐르다 보니 그분은 날 알아보지 못했고, 나 역시 손님으로 구두를 사면서도, 내가 그때 누구였다고 말하지 못했다. 물건을 사면서도 입 밖으로 그 옛날이야기를 꺼낼 용기가 없었다. 체면도 변명도 아닌 그놈의 쑥스러움과 소심함이 장벽이었다. 단지 구두를 사는 고객으로만 가게를 드나드는 어리석음을 범한 것이다. 언젠가는 꼭 전하리라 생각하고 그 옛날 계산하지 못한 값의 몇 배를 봉투에 담아, 사장님께 드리는 간단한 쪽지까지 써 지갑 안쪽에 넣고 다녔다. 시간이 흘러 봉투가 너덜너덜해지는 동안에도 입을 열지 못하는 어둑한 손님이다. 왜 그랬을까? 어쩌면 사장님은 누군가에게 선행을 베풀며, 받을 생각을 하지 않았을 수도 있다. 하지만 또 다른 누군가는 내려놓지 못하는 가볍지 않은 짐을 지고 살았다. 수차례 그 앞을 스쳐 지나기도 했고, 일부러 그곳에 들러 물건을 사기도 여러 번이다.

어느 날부터 그 가게가 보이질 않았다. 인터넷 검색을 해 보니 터미

널 쪽으로 점포 이전을 했다. 생각해 보면 그리 부끄러운 일도 아닌데, 용기를 내야겠다고 결심했다. 오늘은 꼭 찾아가, 그때 일을 말하며 감사를 표현하고 봉투를 전하리라. 이전한 점포를 찾아 사장님을 뵙고 싶다고 말했다. 무슨 일이냐는 물음에 사장님과 꼭 나눌 이야기가 있다고 했다. 그런데 사장님은 돌아가시고 자신이 아들이라고 한다. '바보….'

정말로 어리석었다. 돌고 돌아 이제 와 2대째 사장에게 전하는 감사가 무슨 소용이 있을까. 그의 마음에 와닿기나 했을까? 사실 이야기를 하고 늘 가지고 다니던 문제의 봉투를 전했다. 너무 늦게 갚은 외상값이다. 그리고 구두 티켓을 두 장을 사서, 꼭 주고 싶은 사람에게 선물했다.

뒤늦은 외상값 갚기는 끝이 났지만, 뭘 먹고 언친 것 같이 개운하지 않은 마음이다. 바로 해결 했어야 했다. 미루다가 미루다 세월 다 보내고, 너무 늦은 후회다. 내 안에 나에게 말한다.

'종은 울릴 때까지 종이 아니라고.'

'생각했을 때 바로 행동하는 용기가 필요했다고.'

신발 끈을 다시 묶는다.

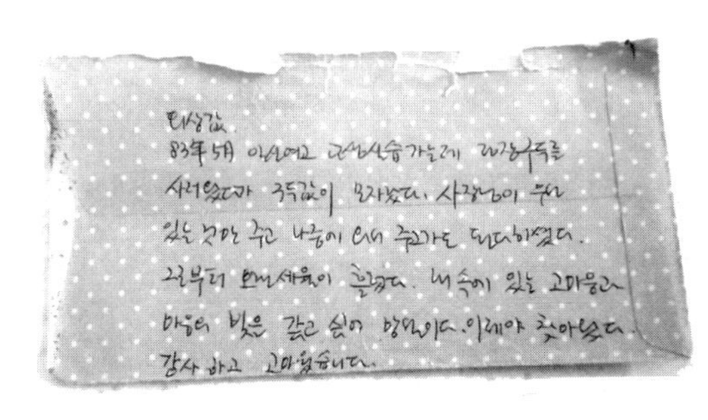

외상값.
83年 5月 [illegible] 교생실습 가는데 리갈구두를
사러왔다가 구두값이 모자랐다. 사장님이 주머니
있는 것만 주고 나중에 언제 주고가도 된다하셨다.
그로부터 오랜세월이 흘렀다. 내 속에 있는 고마운
마음의 빚을 갚고 싶어 방문이다. 이제야 찾아왔다.
감사 하고 고마웠습니다.

온전성에 대한 회화繪畵

–생명이 생명을 낳은, 삶의 풍성함에 이르는 조우

이철호 | 소설가

(새한국문인 이사장)

삶의 온전성이란 무엇일까. 동시대 이 땅을 살아가는 수많은 사람은 얼마나 다양한 사고 속에 다양한 삶의 양식으로 살아가는가.

재레드 다이아몬드가 인류를 이끌어 온 주요한 요인은 총, 균, 쇠라고 명명하였듯 삶은 그렇게 호락호락하게 흘러왔던 것은 아니었다. 무력, 질병, 거대 자본 앞에서 고통당하며 살아왔던 인류 역사가 있고 여전히 고통당하고 있는 허다한 사람들이 있다. 전쟁으로 인한 고통은 말해 무엇하랴. 아프리카에서 식량 부족으로, 이슬람권에서는 수많은 여성이 이런저런 이유로 극심한 고통을 당하고 있다.

우리는 정말 절벽 위를 위태위태하게 걸어가고 있으면서 그 밑이 낭떠러지라는 것을 의식하지 못하고 있지 않은가. 머리가 어지럽다. 국경을 넘어가지 않더라도, 자살률 1위, 출산율 최저는 오늘날 우리가 어디에 있는지 그 지표를 말해주고 있다. 도대체 '온전'한 삶이란 어떤 것인가. 삶의 온전성과 맞닿아 있는 나의 온전성이란 또 어디서 비롯되는 것일까.

전설 가운데 '사람'이 되고 싶어 하는 백년 묵은 여우가 있다. 사람이길 동경하는 여우는 누구인가. 끊임없이 사람을 엿보며 사람처럼 행동하고 있지만, 자신은 진짜 사람이 아니라고 느낀다. 그들에게 '사람'이라고 명명될 수 있는 기준은 무엇인가. 사람의 모양을 하고 있고 사람의 흉내를 내고 있지만 스스로를 사람이라고 인식하지 못하는 결핍은 어디서 비롯되는 것인가.

한때 '좀비 영화'가 대유행한 적이 있다. 《웜바디즈》 《창궐》 《부산행》 등…. 좀비는 산 것도 죽은 것도 아니다. 집단적으로 몰려다니지만 어떤 상호작용도 없이 단지 본능에 따라 생존을 위해 살아있는 사람을 쫓을 뿐이다. 이런 좀비에 사람들은 이상할 정도로 열광했다. 그 이유가 무엇이었을까. 빙산의 일각처럼 보이는 저변에는 더 큰

무의식이 도사리고 있는 법이다. 사람들은 그것이 좋든 그렇지 않든 자기 것을 사랑하는 본능이 있다. 자기애적 열광이라 말한다면 지나치다 할 것인가.

포스트모더니즘, 해체주의에 나아가 인류는 심각한 '변성'의 위기 가운데 있다. 그 위협을 가중시키고 있는 것은 AI의 등장이다. 어느 시점에서는 사람을 동경하는 여우 따윈 존재하지 않을 것이다. 인간의 자화상으로서 자기애적 강렬한 표현이었던 좀비마저 AI의 등장에 그 자리를 내어주고 있다. 그렇다면 이 시대, 어디서 삶의 표본을 찾을 수 있을까.

이경영 작가의 글에서 단연 눈에 띄는 글은 〈보리밥 도시락〉이다.

사람은 무엇으로 사는가, 굳이 톨스토이를 끄집어내지 않더라도 〈보리밥 도시락〉에는 응축된 서사 속에 한 편의 소설 같은 이야기가 파노라마 치고 있다.

그 시절의 부모는 자식 잘되는 것이 최고, 최대의 기쁨이었다. 가시고기처럼 자식들은 부모의 피와 살을 먹고 자랐다. 먹는 것이 귀했던 시절, 애틋했던 마음은 고스란히 도시락통에 꽉꽉 담겨진 꽁보리밥에 쟁여졌다.

이제는 학교 가기 위해 수십 리를 걸어야 할 일은 없어졌다. 몇 리를 걸어 새벽녘 기차를 타고 또 그 기차를 타고 늦은 밤에서야 돌아와야 했던 그 힘겨움이, 현대를 살아가는 지금에는 들창으로 바라다보이는 그리움이 되었다. 배고프고 어려웠지만 그 배고픔과 어려움마저 달콤하게 느껴지는 것은 아직 펼쳐지지 않은 미래에 대한 소망이 있었고 힘겨움을 거뜬하게 이기게 하는 어머니의 '사랑'이 있었다. 공동묘지 앞을 지나갈 때쯤이면 오싹거리며 돋아나는 소름에도 삶의 낭만은 불현듯 아름다웠다고 말한다.

부뚜막에 걸린 가마솥에 불을 때면 사르락 짚불 타는 냄새와 밥 익는 구수한 냄새가 새벽을 깨운다. … 가방에 도시락을 넣고 부지런히 십 리 길을 걸어가야만 기차를 탈 수가 있다. … 충북선 열차는 유난히 연착이 잦았다. … 꼬르륵~ 뱃가죽이 등가죽에 달라붙어 배고프단 신호에 더는 참을 수 없다. 한걸음에 기차역 광장 식수대로 달려가 벌컥벌컥 수돗물을 마시고 잠시 시장기를 면하고는 기차역으로 달려오는데 뱃속에서 출렁 소리가 난다. 먹을 것이 부족하였던 시절이었다. 가난한 농촌 소년은 역 근처 김이 모락모락 나는 십 원짜리 밀가루 풀빵을 냄새로만 허기를 채워야 했다. … 그렇게 기차 통학을 하던 50여 년 전 어느 날, 소년이 깜박 잠이 들고 말았다. 내려야 할 정거장을 놓치고 화들짝 놀라 엉겁결에 내린 역 앞에서 오도 가도 못할 신세가 되었다. 어릴 적 어머니를 따라갔던 먼 친척 집이 생각나 그곳에서 하룻밤을 묶고 더불어 하얀 쌀밥 도시락을 싸 주셨다. 점심시간 뚜껑을 여는 순간, 당황하지 않을 수 없었다. 얇게 펴 넣은 하얀 쌀밥은 반찬과 뒤범벅되어, 한쪽으로 쏠려 도시락 속 반 정도밖에 차지 않았다. 미묘한 감정이 일순간에 올라왔다. 가슴으로 진하게 밀려오는 어머니의 사랑을 어렴풋이 알게 된, 남모르는 속울음을 삼키며 점심을 먹었다.

어머니가 싸주신 도시락은 늘 꽁당보리밥에 무짠지 반찬이 전부였다. 창피하다고 불평하며 먹던 보리밥 도시락은 책가방 속에서 이리 굴리고 저리 쓸려도 밥과 반찬이 섞이는 적이 없었다. 어머니의 도시락은 내 새끼 배고프지 말라고, 많이 먹으라고, 꾹꾹 누르고 눌러 흔들어 넘치도록 담아주었던 것이다.

—〈보리밥 도시락〉 요약

정작 도시락 뚜껑을 열고는 예기치 않았던 모래바람이 몰아쳐 왔다. 그 모래바람 속에서 아들은 다시금 어머니의 사랑을 깊이 느끼며 어떻게 살아야 할지 굳건한 지침을 얻게 된다.

〈보리밥 도시락〉은 시점이 모호하다. 3인칭 시점도 그렇다고 1인칭 시점도 아닌 듯, 교묘하게 화자는 소년의 이야기를 밀도 있게 그려낸다. 하지만 문장의 말미에 "소년은… 그는… 내 남편이다. 쌀밥보다 보리밥을 더 좋아하는 그의 소리가 들린다. 여보~ 밥…." 남편에 대한 사랑스러움을 반전의 묘에 얹었다.

결국 생명은 생명을 잉태한다. '반찬과 쌀밥이 뒤엉켜 뭉개진 것'은 꽉꽉 눌러 싼 꽁보리밥에 담긴 어머니의 사랑을 발견하는 사건이 되었다. 하지만 '반찬과 쌀밥이 뒤엉켜 뭉개진 것'에서 서운함이 마음을 메웠더라면 어땠을까. 만약 마음이 공허했더라면 엉뚱한 것에 마음이 매이지 않았을까.

톨스토이는 "인생은 삶을 훌륭한 것으로 만들기 위해서만 필요한 것이다."라고 했지만 삶은 스스로 훌륭해지지 않는다. 숨 막히는 절벽의 아름다움조차 수 없는 파도와 바람이 만들어내었다. 특별히 마음에서야 더욱 알뜰살뜰한 보살핌이 없이 어찌 힘을 얻으며 날개를 펴고 날아갈 소망을 얻을 수 있겠는가.

〈태몽(胎夢)〉에서 보여지는 '아들'에 대한 믿음은 그 아들에게는 마음껏 뛰고 놀 수 있는 대지였을 터, 어머니의 믿음은 곧 아들에게 '시온의 대로'였다.

할머니 보리밥집에는 사람들의 발길이 끊이지 않는다. 구수한 된장찌개와 보리밥, 따듯한 숭늉 한 그릇 소박한 상차림이다. 시골길을 달려 그곳을 찾는 이들은 아마도 어머니 손맛이 그리워서일 게다. 보리밥 속에 어린 시절의 향수를 함께 비비는 것이고, 그들 노부부는 오랜 세월 연륜의 정( )을 양념으로 넣는 것이리라. 30초 광고 속에, 넘쳐나는 뉴스의 홍수 속에, 소중히 간직하는 물건 속에 스토리가 있으면 상품이 된다. 그 속에 무엇이 들어있느냐가 중요하다. 의미가 된다는 건 누군가의 마음속에 살아있다는 것이다.

–〈태몽〉 중에서

생뚱맞게 보리밥집 이야기로 시작되는 수필 〈태몽〉은, 마치 장대에 놋뱀을 달아 높이 들었던 민수기 21장을 떠올리게 한다. 놋뱀은 '쳐다보면 뱀에 물린 상처가 낫는다'라는 하나님의 말씀의 상징이었고 그것은 곧 말씀대로 되었다.

화자는 〈태몽〉 때문에 아들이 기관장이 되었다고 말하지 않는다. 태몽의 의미화가 당신의 힘겨움을 지탱할 소망이 되었고 아들에게는 성취할 삶의 목표가 되었다는 것을 할머니 보리밥집을 전면에 내세워 보여주고 있다. 이는 수필 〈태몽〉의 상징성을 극대화하여 글의 품격을 높이는데 기여한다.

병원에서는 노환이니 집에서 잘 드시고 요양하라. 퇴원을 종용해 결국 우리 집에 모시게 되었다. 어머님은 그해 겨울까지 일어나지 못하셨다. 우리 내외는 아침저녁 번갈아 가며 밥을 떠 드렸고 출근 후에는 시누님이 오셔서 지극정성으로 어머니를 보살펴 드렸다.

서울에서 큰아주버님이 어머님을 뵈러 오셨다.

"제수씨가 고생이 많네요."

"아주버님? 어머님 모신 복(福)은 제가 다 받을게요." 대답했다.

"네 그렇게 하세요." 그다음 주에는 둘째 아주버님이 다녀가셨다. 역시나 똑같은 인사를 하셨고, 또 같은 답을 들었다.

화자는 당돌하다. '나는 분명히 믿음의 고백을 한 것이다.'라고 말한다. 이른 비와 늦은 비를 받을 그릇이 준비되었고 당당하게 장자의 명분을 샀다. 그 때문이었을까.

막내아들이 기관장으로 발령이 났을 때다. 부모님 떠나가신 빈 둥지 고향 동네 어귀와 초등학교 교문에 누구누구 아무개 씨 아들을 축하하는 커다란 현수막이 걸렸다. 동창회와 마을에서 대형 현수막을 만들어 주었다.

물로 배를 채우고 행상을 하며 간직했던 꿈이, 네거리에서 펄럭였을 때 어머니는 아들이 얼마나 자랑스러웠을까. '그것은 퍼내고 퍼내어도 차고 넘치는 내리사랑으로 끝없이 흘러가는' 사랑의 깃발이었다.

상징성이 두드러진 또 하나의 작품은 〈우산〉이다. 밴쿠버 공항에 도착하였을 때 뜻하지 않는 비에 단체로 알록달록 우산을 샀다고 한다. 곧 여행이 어떠어떠했다는 이야기를 예상했던 독자는 허가 찔리고 만다. 화자는 능수능란하게 우산의 의미를 확장하며 어머니의 사랑과 알파와 오메가 되신 이의 사랑을 우산의 상징성으로 묘파해내기에 이르기 때문이다. 〈한옥에 머물다〉와 함께 중수필적 요소가 가미되어 중후한 무게와 깊이를 더한 출중한 작품이다.

우산 자체는 힘이 없다. 점점 작아지고 가벼워져 핸드백 속에 쏙 들어 가는 악세사리 기능까지 갖출 정도다. 그러나 가녀린 이슬비조차 맨몸으로 만나야만 할 그때, 우산은 나를 안전하게 지켜주는 강력한 힘이 된다. 햇빛 쨍쨍한 맑은 날에는 알 수 없다. 비가 올 때 비로소 날개가 되어 나를 보호해 주는 우산의 가치를 말이다.

부모의 사랑이 우산과 같은 것이라며 비 오는 날 엄마가 들고 왔던 우산을 쓰고 오면서 느꼈던 한없는 안도와 안위를 회상한다.

센 빗줄기를 피해 내 몸을 감싸는 엄마 품속은 어떤 상황 속에서도 안전한 날개 그늘이다. 우산 속에서 빗방울이 만드는 노래 소리를 듣던 평안의 우산은 지금도 내 안에 머물러 있다.

세상을 살아갈 담대함과 힘은 '어떠한 상황 속에서도 안전한 날개 그늘'에서다. 이쯤에서 화자 안에 머물고 있는 사랑의 힘은 폭풍우에 온통 몸이 젖고 흔들려도 마음을 흔들거나 젖어 들 수 없는 강력한 우산이 된다. 시온의 대로란 만사형통의 문제가 아니라 환경과 상황에 구애받지 않고 한결같은 걸음으로 나아갈 수 있는 마음의 대로가 아닌가. 화자 또한 사망의 음침한 골짜기를 걸어야 했던 때가 있었다. 그러한 어둠을 뚫고 걸어 나오게 한 것 역시 '권위의 우산'으로 표현되고 있는 사랑이었다.

마음의 문을 닫고 두문불출하던 어느 순간 마음속에 훅 들어오는 소리가 있었다. '내가 너와 함께 있는데 도대체 무엇이 문제냐?' 폭풍우가 휩쓸고 간 자리에 비바람을 막아주는 지붕처럼 차갑고 메마른 내 마음을 덮어주었고 나를 안아주었다. 지치고 외로운 나에게 위로가 된 그것은 넓고 큰 권위의 우산이다. 그 우산으로 인해 힘겨운 인생 고비를 눈물을 삼키며 넘어갈 수 있었다.

이렇게 부모와 더 큰 권위의 우산인 전능자의 날개 아래 다층적인 보호를 받는 것이야말로 아니, 그것을 지각하는 것이야말로 작가의 온전성을 이루는 결정적인 한 요소가 아닐까. 죽느냐 사느냐의 경계 곧 안정성의 문제에서 허비될 수 있는 에너지는, 보호받고 있다는 절대적 믿음 없이는 삶의 성장이거나 인격의 성숙에 기여할 수 없다.

가끔 윤동주 시인의 〈서시〉에서 '잎새에 이는 바람에도 괴로워했다'라는 구절을 떠올릴 때면, 시인의 순수성의 지향은 별론하고, 의문이 들곤 한다. 세상에는 크고 작은 수많은 바람이 시도 때도 없이 부는데 잎새 소리에 괴로움을 느낀다면 어찌 될 것인가. 우리의 귀가 특정 주파수에만 열려있다는 것은 모든 주파수에 노출되어서는 안 된다는 의미이기도 하다. 안정성 곧 마음의 평안은 무의식적이든 의식적이든 '선택과 집중'에도 결정적이다. 어쩌면 여행에 관한 크고 작은 이야기는 '넓고 큰 권위의 우산'을 위한 너스레에 불과할지도 모른다. 그럼에도 날실과 씨실처럼 글의 짜임새를 탄탄하게 할 뿐 아니라 재미를 더한다.

〈한옥에 머물다〉는 화자의 집에 대한 성찰이 과거와 현재를 잇는 통시성 속에 '정방사'라는 또 다른 공간의 도약으로, 시공간을 초월하는 듯한 종횡무진의 드넓고 깊은 시점을 창조하고 있다.

한옥은 마당에 정원을 일부러 꾸미지 않는다. 마당을 방의 연장으로 보는 뛰어난 예술가의 안목이다. 문만 열면 보이는 바깥 경치는 사시사철 풍경화를 볼 수 있다. 지천으로 피어난 개나리와 진달래, 빠알간 동백꽃과 탐스러운 목련의 자태는 값으로 계산할 수 없는 자산이다. 저 멀리 앞동산의 자태와 개울물을 끌어들이고, 늘어진 나뭇가지 위로 새를 부른다. 집 안에서 봄, 여름, 가을, 겨울 자연의 변화를 바라보며 욕심 없이 순박하게 살았다. 그들은 내게 말한다. 빨리 가려는 조급함보다, 풍류와 멋을 즐기며 천천히 여유롭게 살아가라고. 뜨거운 여름을 견뎌야 열매가 익는다는 진리를 가르쳐준다.

마치 아름다운 한옥의 영상을 잔잔한 음악 속에서 보고 있는 듯한 착각을 일으킨다. 카메라의 앵글은 정방사 화장실에 쪼그리고 앉아서 창문 너머 흐드러지게 피어있는 소백산 철쭉을 비추다가 한순간 한옥의 정원에 맞추어진다. 카메라 앵글의 변화는 자연스러우면서도 급진적이다. 곧 작가의 유연함과 대범함이다.

정방사(淨芳寺) 화장실에 앉아 건너편 풍경을 꼭 보고 오라는 지인의 조언을 따른 적이 있다. 창문 너머 흐드러지게 핀 소백산 철쭉꽃 한 폭의 산수화가 바로 그곳에 있다. 대자연의 걸작품을 은밀한 곳에서도 볼 수 있는 호사를 누릴 수 있었다. 그 풍광을 내 집 정원으로 끌어들이는 미학이 바로 한옥 속에 들어있는 것이다. 바람 소리, 물소리가 어우러진 순리를 거스르지 않는 자연 그대로가 바로 우리 민족의 정서다.

우주(宇宙)는 커다란 집이다. 집은 곧 작은 우주다. 그 속에 살고 있는 우리는 더 작은 우주이지만, 세상을 품는 더 큰 우주이기도 하다. 자연을 통해 겸허함을 배우고 욕심을 비우며, 사람을 수용하는 삶의 공간이 바로 집이다. 무릇 위대함은 역사 속에서 그 빛이 드러나는 법이다. 통시(通時)와 공시(共時)의 교차점에 있는 개인은 역사와 공감각적인 상호작용으로 자신이 누구인지를 온전히 인식할 수 있다. '옛사람의 삶과 지금의 만남'을 통해서 나아갈 길에 대한 성찰로 이어지며 그것이 곧 위대함으로 이끄는 역사가 된다.

대청마루에 앉아 "이보게 돌쇠 어멈 게 있는가." 부르는 화자의 지경(地境)은 벽이 없다. 통쾌할 만큼 크고 넓고 깊고 섬세하다. 이러한 성찰은 내가 누구인지를 아는 겸손함에서 비롯되는 자신감이 아니라면 '우주를 커다란 집'으로 명명하기란 쉽지 않을 것이다. 더 나아가 '내가 우주'라는 도약이 한갓 말뿐이 아니라는 실체적인 감흥으로 다가오는 이유는 '겸허함을 배우고 욕심을 비우며, 사람을 수용하는' 광활함 때문일 것이다.

이러한 광활함의 견지에서 〈사돈 사이〉와 〈사위 추천서〉를 읽는 것도 흥미로울 것 같다. 선입견과 편견이라는 경계를 허물었을 때 삶은 얼마나 더 풍요롭고 아름다운가. 숨겨진 보석들을 찾는 듯한 삶의 묘미가 이런 것일까.

'주먹을 쥐고 있으면 악수를 할 수 없다.' 격식과 권위를 버리면 마음을 열게 되고 삶을 나눌 수 있게 된다.

〈사돈 사이〉의 첫 도입부는 도발적이다. 어렵고 무겁게 느껴지는 '사돈 사이'를 무력화하기 위해 던져진 포문이다.

혼인한 두 집안의 부모들 사이에 서로 상대방을 이르는 '사돈'은 참으로 가깝고도 먼 사이다. '사돈집과 뒷간은 멀수록 좋다.'는 옛말이 있다. 너무 가깝게 지내는 것보다는 적당한 거리를 두고 지내라는 뜻일 게다.

그러므로 이어나온 현실을 적시한 일반성은 힘을 잃는다. 악수를 위해 격식과 권위를 버리면 마음을 열게 되고 손을 맞잡을 수 있는 것이다. 하지만 악수란 '혼자서' 이루어질 수 있는 일이 아니다. 한쪽이 격식과 권위를 버렸더라도 상대방이 주먹을 쥐고 있다면 펴진 손으로 무엇을 할 수 있을까.

〈사돈 사이〉는 성숙한 두 가정에서 일어나는 상호작용으로 말미암은 에피소드가 잔잔하면서도 감동적이다. 권위를 내려놓는다는 일은 그리 쉬운 문제는 아니다. 리처드 도킨슨이 말한 '이기적 유전자'는 자신의 권위를 고양 시키는 대로 나아가기를 종용할 것이기 때문이다. 그것이 자신의 '생명성'을 유지하고 강화한다는 믿음 아래 말이다. 하지만 그러한 거짓된 권위주의에서 벗어났을 때 경계는 허물어지고 새로운 관계성 안에서 친밀감은 더욱 커지게 된다.

사위는 아내에게 1박2일 만삭 여행을 선물했다. 게다가 안사돈께서는 며느리 여행 잘 다녀오라며 용돈까지 보냈단다. 경직된 사고를 가진 나만 해도 '만삭 여행이라니 이건 또 뭔 뚱딴지같은 소리인지?'

도무지 이해되지 않았다.

딸은 친구들과 여행을 떠났고, 사돈 어르신들은 며느리가 없는 동안 손주를 돌봐 주러 오셨다. 사위는 꽃다발을 준비해 기차역에서 아내를 마중한다. 딸의 만삭 여행은 결국 사돈 가족 전체가 여행을 다녀온 셈이다.

창조성은 단지 예술 분야에서만 필요한 것이 아니다. 낡은 사고를 허물고 새로운 사고의 전환은 삶의 창조다. 에베레스트산을 오르는 것과 같은 도전이다. 일상이 모험이 될 수 있고, 매일이 여행이 될 수 있는 인생은 얼마나 멋진가. 삶은 얼마나 우리를 기대에 차게 하며 설레이게 하는가.

〈사위 추천서〉는 하마터면 사소한 편견 때문에 보석을 놓칠 뻔했던 이야기가 달콤쌉쌀하다. 가시가 돋은 밤송이를 처음 본 사람이 있다면 그는 그 속에 탐스러운 밤알이 들어있다는 사실을 까맣게 모를 것이다. 밤송이에 찔릴까 겁내며 피하는 건 당연해 보인다.

자신의 진면목을 보여주기 위해 〈사위 추천서〉를 장모 앞에 내민이 발칙함이라니! 하지만 '사람들은 보이는 것만 본다'라며 스스로 편견을 내려놓고 선선히 청년을 만났던 장모의 넉넉함은 존경심으로 다가온다.

호수 위 물살을 가르는 우아한 백조의 몸짓 속에, 보이지 않는 발짓은 더 분주하고 힘겹다. 행복해 보이는 다정한 연인들의 모습 뒤에, 감추어질 수 없는 발놀림, 그것은 오리 배를 타 본 사람만 안다. 둘이 함께 오리 배를 타는 것은 결혼을 향한 항해와도 같다. 목적지가 같아야 하고 그 방향을 향해 나아가는 두 사람의 발짓과 호흡이 잘 맞아야 한다. 창밖을 바라보며 이런저런 생각을 하고 있을 때다.

마릴린 먼로 이미지의 하얀색 플레어 원피스를 입은 딸과 초록 셔츠를 입은 청년이 웃으며 걸어온다. 흰색과 초록의 싱그러운 어울림이 산뜻해 보인다.

역시 이경영 수필가의 도입부는 신선하다. 사위 아니 아직은 청년을 만나기 위해 기다리며 창밖을 바라보며 젖어 든 상념이다. 백조도 물속에서 분주하게 움직여야 우아하게 물살을 가를 수 있다. 조율되지 않으면 무질서로 나아가는 엔트로피 법칙을 거스르는 반향이다. 비슷하게 다정한 연인들의 모습 뒤에도 관계를 유지하고 더 깊은 데로 나아가기 위한 감추어진 고군분투가 있다. 이는 딸에 대한 애틋함이 우회적으로 읽히는 부분이다. 엄마의 따뜻함으로 군불을 지펴서 방 저 윗목, 글 끝까지 온기가 느껴진다.

때로 세상의 존경을 받는 사람조차 이면의 얼굴이 있을 수 있다. 바깥에서는 온유하며 친절하지만 집안에서는 권위적이거나 폭력적인 사람이 있다. 거룩한 모습으로 예배당에 앉아 있지만 그 삶은 속되고 비천한 것처럼 말이다. 그렇다면 가장 가까운 이들의 평가야말로 그 사람됨의 어떠함을 알 수 있지 않을까. 그런 면에서 〈엄마의 일기장〉은 일종의 '엄마 추천서'이다.

엄마의 소녀 시절 이야기가 소설책보다 더 재미있단다. 딸들은 엄마에게 묻고 또 물으며, 궁금한 것이 산더미처럼 쌓였다고 엄마랑 같이 자면서 이야기하고 싶어 했다. 엄마의 일기장 그것은 철없는 아이가 일기를 쓰며 소녀의 모습으로 성장해 가는 한 편의 자서전이다.

…고물고물 쏟아내는 딸들의 질문에, 나도 같이 추억의 그림을 하나씩 꺼내보는 시간을 가지게 되었다. 반세기를 훌쩍 넘겨버린 엄마와 지금의 딸들이 일기장을 통해 속마음을 나눈다. 아이들과 같은

눈높이와 같은 마음으로 단숨에 추억여행을 다녀온 느낌이다.

딸들은 엄마의 무엇이 그리도 궁금했을까. 맨날 마주치고 티격태격하며 일상을 나누는 사이에서 무엇이 그리 알고 싶은 것이 많을까. 딸들은 엄마의 일기장을 보며 열광한다. 마치 숨겨진 보물이라도 발견한 듯하다. 엄마가 평소에 보여준 모습에서 어떤 경외감이나 깊은 사랑이 없다면 40년이 넘은 낡은 일기장에 이토록 환호하지는 않을 것이다. 아이들과 같은 눈높이서 단숨에 다녀온 추억은 그래서 아주 특별한 여행이 된다.

아버지는 학교 앞 문방구에서 예쁜 일기장을 사주셨다.

"기쁜 일이나, 슬픈 일이 있을 때 일기장과 마음의 대화를 나눠 보거라. 때론 책을 읽다 감동받은 특별한 글이나, 멋진 말이나 교훈적인 이야기도 써 보고, 무엇이든 쓰고, 또 쓰도록 해라."

친정아버지의 가정교육은 신문읽기와 일기 쓰기였다. 새로운 것을 알게 되었을 때의 아는 기쁨이나, 생각하고 느낀 것은 반드시 일기장에 기록하게 하셨다. 메모하며 종이에 쓰는 소소한 기록의 힘이 어쩌면 오늘의 나를 만든 원동력이다.

…낡은 일기장은 흑백 필름의 따듯한 영상을 돌려보며, 잊고 있던 소중한 기억들을 떠올리고는 저절로 흐뭇한 미소가 지어진다.

생각은 온전히 나의 것인가. 번뜻 떠오르는 생각은 바람처럼 지나 실체 없는 흔적만을 남긴다. 기록은 생각과 영감을 붙들어 한 편의 수필이나 시가 탄생하는가 하면 사업을 이루는 단초가 되기도 하지만 한 사람을 세우는데 쌓이는 벽돌이 되기도 한다. 수필가는 기록을 통해 자신의 마음과 생각을 다잡았다고 고백한다. 그렇게 선한 삶의 양식으로 궤도를 만들고 우람한 나무가 자라날 수 있는 넉넉한 마음의 토양을 가질 수 있었으리라. 아버지는 훌륭한 스승이었다. 신문읽기와 일기 쓰기를 통해 소소한 기록의 힘을 실감하게 했다.

수필가의 아버지는 어떤 사람이었던가. '세월 따라 삶의 모양과 살아가는 방식이 달라'지는 모습을 담은 〈시장풍경〉에서 그 일면을 엿볼 수 있다. 아버지의 바람과 꿈이 실린 '말'에 의지하여 소녀는 거침없이 평원을 달릴 수 있었다. 그것도 아무 염려 없이, 힘차게 말이다.

전기구이 통닭을 손에 들고 오시는 날이면 온 가족이 둘러앉아 아버지의 꿈과 바람을 들었다. 가끔 우리 사 남매를 데리고 자장면 집에 외식하러 가는 날에는, 잔소리 같은 아버지의 훈시를 들어야만 했다.

"아버지가 힘든 줄 모르고 새벽부터 시장에서 열심히 일하는 이유는 오로지 너희들을 위해서다." 얼마나 우리를 사랑하는지 고백하시는 아버지에게서 정서적 친밀감을 느낄 수 있었다. 가족을 최우선으로 두고, 성실하게 사시는 아버지의 뒷모습을 보며 우리는 자랐다.

'어머니가 계시는 곳이 고향이고 봄이다. 엄마! 하고 달려가면 언제든지 반겨주는 그곳이 친정이다.' 한 편의 시가 되어도 좋을 문장이다. 어찌 보면 당연하지만, 어머니의 의미가 집약된 구절이다. 그런데, 왜 이 문장이 〈친정엄마〉의 시작이 되지 않았을까. 다시 첫머리로 돌아가 글을 읽을 때에야 고개가 끄덕여진다.

위의 문장이 내밀한 감성의 표현이기도 하지만 '어머니'에 내재한 보편적 상징성을 무시할 수는 없다. 보편적인 상징성으로 은밀하고, 개별적인 특별함이 강조되지는 않는다. '신 앞에 단독자'라는 우리 정체성의 탁월한 묘파는 동일하게 우리의 삶에도 적용될 수 있다. 우리는 '단독자'라는 주체성으로 반응해야 하는 존재이기 때문이다. 그런 의미에서 '엄마가 딸에게 주는 인생 레시피가 누군가에겐, 버려지는 고물이기도 하지만 나에게는 보물로 거듭난다.'라는 어머니에 대한 개인적 상징성을 창조하는데 압도적이라 할 만하다.

극진한 사랑으로 아내를 보살펴 주시던 아버지가 돌아가신 후 엄마는 내게로 오셨다. 아버지의 빈자리를 채우기엔 턱없이 부족하지만 아침저녁 부축을 받아 올라탄 주간보호센터 차가 출발하는 모습을 눈으로 봐야만 안심이 된다. 진자리 마른자리 갈아 주시며 나를 길러주신 엄마를, 이제는 내가 다시 보살펴 드려야 할 때가 왔다. 아기가 태어나 어른이 되고 자기 자식을 키우다, 늙어 제 몸 추스르지 못할 때가 온다. 제 어미 기저귀를 자식이 다시 또 갈아주어야 하는 돌고 도는 것이 인생이다….

여기까지 오느라 고생하며 살아오신 그 길, 잠시 왔다 가는 나그네 인생길이다. 언젠가 나도 따라갈 순례자의 길이다. 인생의 강물은 무심히 흐른다.

화자는 시어머니를 자신의 집에 모시며 지극정성으로 돌보았던 것처럼, 동일하게 자신 어머니의 진자리 마른자리를 보살핀다. 화자에게 그것은 선택의 문제가 아니라 마땅한 길로 받아들이고 있다. 내 몸의 무겁고 힘듦을 느끼기 전에 화자가 본 것은 무엇일까. 나그네 인생길, 언젠가 따라갈 순례자의 길에 대한 통찰이, 받았던 사랑으로 넉넉한 마음이 있기에, 성실하게 살아왔던 탄탄한 길로 말미암아 의구심 없이 그 길을 갈 수 있는 것은 아닐까.

삶의 온전성이란 이런 삶이 아닐까. 세대에서 세대로 이어진, 순연한 눈으로 세상을 바라보고 반응함으로써 누릴 수 있는 기쁨 같은 것….

수필은 다른 어떤 장르보다 순수한 삶의 향기를 지니고 있다. 하지만 '온전성'의 의미에서 살피자면 그것은 저자의 삶과 밀접한 관련이 있는 또 다른 이야기이다.

이경영 수필가의 글은 진한 삶의 냄새가 스며난다. 살아간다는 게 어떤 것인지 생명의 충만함으로 가득하다.

위대한 명성이 있어서거나 엄청난 부(富)를 소유해서도, 그렇다고 어떤 사회적 큰 성취 때문도 아니다. 부드럽게 때로 급하게 흘러가는 물살같이 완급을 조절하는 글의 호흡 때문도 아니다. 그러면서도 삶의 '온전성'에 내재하는 기쁨이 총총히 전하여 온다. 놀라운 삶의 균형 감각은 생의 아름다움과 맞물려 목적이 이끄는 완성을 향해 나아간다. 그것은 평화이며 생명성의 강화이다.

1인칭 화자와 동질성을 가지며 작품을 읽는다는 것은 어떤 의미일까. 수필이 가진 특징이 만들어내는 솔직성은 사람들에게 진실성에 대한 의구없이 읽히고 받아들여질 수 있어야 한다. 어쩌면 그것은 백화점에서 시식해 보고 물건을 사듯이 삶 살기의 맛보기용인지도 모르기 때문이다. 우리 안에 결핍으로 사람됨을 갈구하며 살아가는 이들에게 작가의 수필들은 훌륭한 시식이 될 수 있을 것이다. 어떻게 살아가야 하는지, 삶의 모습은 어떠해야 하는지 이경영 작가의 수필은 훌륭한 모본이 되어질 수 있을 것이다.

결국 일그러지고 변형된 개인 한 사람, 한 사람이 살아나 자아를 회복하고 또 그 삶의 온전성을 가질 수 있다면 그것은 곧 인류가 본질을 지켜 인간성을 잃지 않는 길이 될 것이라 믿는다. 수필가의 글을 통해 생명이 생명을 낳은, 삶의 풍성함에 이르는 조우遭遇를 누릴 수 있기를 바란다.

이경영 수필집

그 많은 봄날을